FÜR MEGAN GREEN, DENN IHR VERDANKT DIESES BUCH DEN BESTEN TITEL ALLER ZEITEN. DU BIST MEINE HELDIN. ÄNDERE DICH NIEMALS.

1. Kapitel

»Bist du dir sicher, dass du das so machen willst? Mir erscheint das irgendwie … unüberlegt.«

»Was genau ist daran unüberlegt?«

»Du erstellst einen Flyer und lädst völlig Fremde in unsere Wohnung ein.«

Ich drohe ihr mit dem Finger. »Na, na. Du hast dazu gar nichts zu sagen. Du bist es, die mich verlässt. Das ist jetzt meine Wohnung.«

Delia, meine beste Freundin und demnächst Ex-Mitbewohnerin, seufzt ergeben und verschränkt die Arme vor der Brust. »Na schön. Du hast recht. Ich glaube, es ist ein bisschen … ich weiß auch nicht. Ich mache mir einfach Sorgen, dass sich ein übler Widerling hier einnisten könnte.«

»Ich verspreche, jeden einzelnen genau zu prüfen, bevor ich eine Entscheidung treffe. Hört sich das gut an?«

Sie nickt. »Es muss wohl genügen.«

Ich verschiebe den Laptop auf meinen Knien und lehne mich auf der Couch zurück, den Blick starr auf den Cursor gerichtet, der auf der nahezu leeren Bildschirmseite blinkt.

MITBEWOHNER/IN GESUCHT ist alles, was ich bis jetzt habe. Das wird nicht reichen.

»Ich kann immer noch nicht glauben, dass du mich allein lässt, um mit deinem blöden Freund zusammenzuziehen«, sage ich zu Delia.

»Und mit den Ziegen. Vergiss nicht die süßen kleinen Ziegen, die ich ihr gekauft habe«, meint besagter blöder Freund hinter dem Kartonstapel, den er gerade aus der Wohnung schaffen will.

»Er hat recht.« Das Lächeln auf Delias Lippen zeigt mir, dass die beiden jetzt nackt wären, wenn ich mich nicht im selben Raum befände.

Die beiden Turteltäubchen machen mich ganz krank.

»Hör auf, ihn so anzugrinsen, das ist ja eklig.«

Er steckt den Kopf hinter dem Stapel hervor, ein dümmliches Grinsen im Gesicht. Seine Augen funkeln schelmisch. »Hat sie wieder so sexy gelächelt, mit einem Mundwinkel nach oben? O Mann, ich liebe dieses Lächeln. Macht mich jederzeit hart.«

Ich werfe ihm einen angewiderten Blick zu. »Können wir jetzt einmal nicht über deinen Schwanz reden, Zach? Wir versuchen gerade zu trauern.«

»Ich glaube, ich denke, wir müssen nicht. Er wäre allerdings ein ziemlich interessantes Thema.«

Delia nickt. »Da hat er nicht unrecht.«

Ich stöhne und lasse mich erneut auf die Couch zurückfallen. »Ihr zwei seid furchtbar.«

»Im Ernst, Zoe?«

»Darf ich ihn jetzt umbringen?«, frage ich Delia.

»Nein«, kommt die Antwort von Zach. »Ich –«

»Zachary Hastings!«

Er grinst seine Freundin an, ohne deren gespielte Entrüstung auch nur im Geringsten ernst zu nehmen. »Ich geh ja schon, ich geh ja schon.« Er packt zwei Kartons auf einmal und wuchtet sie aus dem Zimmer, bevor ich ihm etwas Schweres an den Kopf knallen kann.

»Bist du sicher, dass du mit ihm zusammenleben willst? Findest du es nicht ein bisschen zu früh?«

Selbstsicher begegnet Delia meinem fragenden Blick. »Ich bin bereit.«

Ich weiß, dass sie das ist, und deshalb bin ich ja so traurig. Wir sind seit unserem ersten Jahr am College eng befreundet. Nachdem wir die letzten drei Jahre im Wohnheim verbracht haben, ist es uns endlich gelungen, für unser letztes Collegejahr und die Zeit danach ein Apartment außerhalb vom Campus zu ergattern. Unsere Freundschaft, die damals schon stabil war, hat sich seitdem noch weiter verfestigt.

Sie ist einfach meine Seelengefährtin, und ich werde sie wahnsinnig vermissen.

»Aber bist du denn schon bereit? Für jemand Neues, meine ich? Das ist ein großer Schritt, und wir wissen beide, dass du nicht darauf angewiesen bist, dass dir jemand bei der Miete hilft. Deine Eltern – nette Leute – bezahlen doch schon fast alles für dich.«

»Ich weiß, aber ich glaube, ich werde mich sehr schnell einsam fühlen. Wir wissen beide, dass ich von uns beiden die Extrovertiertere bin.«

Delia nickt. »Stimmt, aber willst du diesen Flyer wirklich posten? Warum versuchst du es nicht, nun ja, indem du einfach unter die Leute gehst?«

Ich lege die Hand auf die Brust und keuche. »Meinst du etwa, ich soll rausgehen und jemanden kennenlernen, auf die altmodische Art?«

Sie zieht eine Grimasse. »Nein, du hast recht – zu viele üble Typen. Mit einem Flyer funktioniert es besser, aber gib keine persönlichen Informationen heraus! Nicht, dass die irgendein Fremder zufällig in die Hände bekommt.«

»Wie der totale Fremdling, mit dem dir das passiert ist? Was ist noch mal aus dem geworden?« Ich tippe mir ans Kinn und täusche Nachdenklichkeit vor.

Delia schiebt meine Hand weg. »Hör auf! Du weißt genau, was passiert ist.«

»Ja, du hast mit ihm geschlafen. Du hast mit dem Typ geschlafen, der zufällig an deine Telefonnummer gekommen ist, und jetzt ziehst du bei ihm ein!«

Sie verdreht die Augen, gerade in dem Augenblick, als Zach zurückkommt.

»Nur damit du es weißt, ich musste drei Dates mit dieser Tussi hinter mich bringen, bevor sie endlich nachgegeben hat. Drei Dates. Hast du eine Ahnung, was sie mich gekostet hat, allein fürs Essen?«

Bevor ich es tun kann, greift Delia nach dem nächstbesten Kissen auf der Couch und wirft es in Zachs Richtung. »Hau ab, du Arsch!«

Er weicht dem Angriff aus und lacht. »Du weißt, dass du mich liebst, du ewig Hungrige.«

Ich sehe, wie Delias Augen aufleuchten und sich ein dümmliches Lächeln auf ihrem Gesicht ausbreitet. »Stimmt.«

Einerseits möchte ich kotzen wegen ihres Getues, andererseits finde ich es toll, dass sie sich so lieben.

Nichts war normal an der Art, wie sie sich begegnet sind – wegen einer falsch notierten Telefonnummer –, und ich glaube, auf andere Art hätte es für die beiden auch nie funktioniert. Irgendwie hat diese falsche Nummer zu der natürlichsten, ungezwungensten Liebesbeziehung geführt, die ich je erlebt habe.

»Nehmt euch doch ein Zimmer«, scherze ich, um die sexuelle Spannung zu lösen, die sich zwischen ihnen aufbaut.

Zach hebt eine Schulter. »Ich schätze, wir könnten ihr Zimmer nutzen für eine letzte Runde.«

Mein Kinn fällt herab, und Delia wirft lachend den Kopf zurück.

»Du bist wirklich unmöglich, Zach.«

Wieder zuckt er nur mit der Schulter, nicht im Geringsten verlegen, lädt sich ein paar Kartons auf und verlässt den Raum.

Delia setzt sich auf die Fersen und blickt mich an. »Also, ich werde dich wirklich vermissen. Ich kann noch gar nicht glauben, dass wir nicht mehr zusammenleben.«

»Und ich kann nicht glauben, dass du mich allein lässt, und ich kann nicht glauben, dass Zach Robbie rauswirft.«

»Hey, er wirft ihn nicht raus. Robbie ist ausgezogen, bevor Zach mich überhaupt gebeten hat einzuziehen.«

Es gelingt mir kaum, nicht die Augen zu verdrehen.

»Jetzt mach aber einen Punkt. Als ob die Jungs das nicht genau geplant hätten. Zach wusste, du würdest Ja sagen. Robbie wusste, du würdest Ja sagen. Er hat für dich den Platz geräumt, Delia. Mach mir nichts vor.«

»Ich weiß, aber wenn ich so tue, als hätte er es nicht getan, habe ich nicht so ein schlechtes Gewissen.«

Ich muss lachen, weil sie so ehrlich ist. »Nun ja, für ihn ist es eine mehr als positive Veränderung, das ist die Hauptsache.«

»Redet ihr immer noch täglich miteinander?«

Als ich Robbie, Zachs besten Freund und ehemaligen Mitbewohner, das erste Mal sah, letztes Jahr bei dem großen Ziegenraub, da fühlte ich mich sofort zu ihm hingezogen. Ich meine, was soll eine Frau tun angesichts Wahnsinnsmuskeln, Tattoos und Killergrinsen?

Aber dann habe ich erfahren, dass er ein Kind hat, und mit Kindern habe ich nichts am Hut. Das war der kalte Wasserguss auf dem Feuer meiner Begierde. Da wusste ich, wir waren dazu bestimmt, einfach nur Freunde zu sein, und es stellte sich heraus, dass es genau das war, was wir beide brauchten.

Während Delia und Zach sich ineinander verliebten, kamen wir uns näher, indem wir über alles und jeden redeten, auch über meine kürzlichen Misserfolge in der Welt des Datings und über seine Versuche, die Mutter seines Kindes zurückzuerobern. Jetzt kann ich mir nicht mehr vorstellen, mich auf andere Art zu ihm hingezogen zu fühlen. Er ist einfach mein Wingman, denn er fühlt sich viel zu sehr nach großer Bruder an als nach sonst irgendetwas.

»Ja. Er ist übrigens begeistert von seiner neuen Wohnung, und seine Ex freut sich, dass er jetzt eine eigene hat. Du brauchst also wirklich kein schlechtes Gewissen zu haben, weil er ausgezogen ist. Es läuft alles prima für ihn.«

Sie nickt. »Gut. Das ist gut. Ich wünschte nur, ich hätte mehr Zeit gehabt, ihn kennenzulernen. Ich glaube nämlich, er hält mich immer noch für einigermaßen verrückt.«

»Nur einigermaßen? Bist du sicher? Ich meine, du bist letztes Jahr durch sein Schlafzimmerfenster eingestiegen, um ein Ziegenbaby zu stehlen.«

»Aber ...«, beginnt sie zu argumentieren, »... er ist auch mit Zach befreundet, und der ist der Verrückteste von uns allen.«

»Stimmt auch wieder.«

»Keine Sorge, Ladys, bleibt ruhig sitzen und heult, oder was auch immer ihr gerade tut. Ich schleppe dann eben sämtliche Kartons allein.«

»Machen wir!«, sagt Delia, als Zach, voll beladen mit Kartons, an ihr vorbeigeht. »Um noch mal auf deine Suche nach einem Mitbewohner zurückzukommen – bist du wirklich sicher, dass du das so willst?«

Ich überlege einen Moment. Ein Teil von mir möchte versuchen, allein zu wohnen, aber ich werde mich bestimmt langweilen und einsam fühlen. Ich werde sehr schnell anfangen, Delia zu nerven, aber ich will eigentlich nicht die verzweifelte Freundin sein, die Bestätigung braucht, während die andere einen neuen Freund hat.

Nein. Ich brauche Gesellschaft, um normal zu bleiben und um Unterhaltung zu haben.

»Ja, ich bin sicher«, sage ich.

Sie klatscht in die Hände. »Okay, dann an die Arbeit. Ich helfe dir bei dem Flyer, bevor ich verschwinde.«

»Bevor du verschwindest?«, protestiere ich. »Ich dachte, ihr bleibt noch bis morgen? Heute Abend wollten wir doch unsere letzte Pizza-/Pyjama-Party veranstalten, bevor du mich endgültig wegen des Adonis allein lässt.«

»Beruhige dich.« Sie hebt die Hand. »Die Pyjama-Party findet statt, aber ich möchte das jetzt anpacken. Wir wollen sicher sein, dass es hundert Prozent Zoe ist.«

»Was genau soll das heißen?«

»Du weißt schon«, erwidert sie leichthin.

Ich verschränke die Arme vor der Brust und feixe. »Nein, Delia, tu ich nicht. Sag du mir, wer genau Zoe ist.«

»Leicht reizbar. Ein bisschen sarkastisch. Krass. Liebenswert.« Sie zwinkert mir zu und lacht. »Ich weiß nicht. Du bist ... einfach du. Wer auch immer in Zukunft mit dir zusammenwohnt, sollte nichts dagegen haben, Frühstück für eine Diva zuzubereiten, und sich nichts daraus machen, wenn du dich tagelang in dein Zimmer zurückziehst, weil du gerade an einem Projekt arbeitest.«

»Findest du wirklich, dass wir das alles reinschreiben sollten?«

Sie zuckt mit den Achseln. »Wahrscheinlich nicht. Es klingt, als ob du ein bisschen verdreht wärst.«

»Ich habe das Gefühl, ich muss eine Liste aufstellen. Ich hole rasch mein Notizbuch.«

Ich erhebe mich von der Couch, gehe den Flur hinab zu meinem Zimmer und bleibe vor Delias stehen, das jetzt fast leer ist. Nur sechs Kartons und ihr Bett sind noch da. Sonst nichts.

Der Anblick versetzt mir einen Stich, und ich spüre, dass mir die Tränen kommen. Schnell blinzle ich sie weg. *Ich werde nicht heulen. Ich werde nicht heulen. Ich werde nicht heulen, verdammt!*

»Sie wird dich vermissen.«

Ich zucke zusammen und drehe mich wütend zu dem Störer um. »Verdammt, du schleichst wie ein Ninja, Zach.«

Er grinst. »Tut mir leid.« Tut es ganz offensichtlich nicht. »Ich wollte nur, dass du das weißt. Ich habe das Gefühl, mich entschuldigen oder ein schlechtes Gewissen haben zu müssen, weil ich sie dir wegnehme, aber das kann ich nicht.«

Ich tätschle seine Schulter. »Sollst du auch nicht. Ihr beiden seid prima zusammen. Ihr habt es verdient, glücklich zu sein. Ich bin nur genervt, weil du mir meine Freundin stiehlst. Du bist einfach so in unser Leben hereingeschneit, und BUM! Jetzt verlässt sie mich.«

»Sie wird oft vorbeikommen. Dafür werde ich sorgen.«

»Du hörst dich an, als müsstest du sie mit Gewalt dazu bringen. So toll bist du auch wieder nicht, Zach.«

Eine Braue schießt in die Höhe. »Oh, das sehe ich anders.«

Ich lache und gehe an ihm vorbei. »Schön, dass dein Ego nach wie vor intakt ist«, sage ich über die Schulter, bevor ich in mein Zimmer abbiege.

»Hey, ich sage nur, was offensichtlich ist.«

Ich schüttle den Kopf, hole das Notizbuch von meinem

Bett und gehe zurück ins Wohnzimmer. Ich habe dieses Ding eigentlich immer bei mir, und das kann man sehen, weil der Einband schon anfängt, sich aus der Spiralbindung zu lösen. Vielleicht sollte ich mir ein neues besorgen.

Ich bin ein bisschen komisch, wenn es um Notizbücher geht. Ich benutze jede Seite bis zum letzten Quadratmillimeter. Kritzeleien, Notizen, Listen, Buchtitel und Autorennamen fürs Studium – für all das habe ich mein Notizbuch.

»Dein Freund ist ja so arrogant.« Ich setze mich wieder neben Delia, klappe mein Notizbuch auf und suche nach einer weißen Stelle.

»Ja, nicht wahr? Manchmal ist es fast anstrengend.«

»Fast?«

»Okay, ganz schön anstrengend. Er macht mich fertig, aber ich finde es wundervoll.« Sie seufzt wieder, geradezu sehnsüchtig. »Wie auch immer, lass uns jetzt Pizza bestellen. Ich bin am Verhungern.«

»Bleibt Zach zum Essen?«

»Oh, verdammt, nein. Ich will nicht mit ihm teilen. Er nennt mich zwar ständig die ewig Hungrige, aber er ist genauso schlimm. Er verschlingt das ganze Ding, bevor ich überhaupt ein einziges Stück hatte.«

»Was für ein Vielfraß.«

»Das habe ich gehört!« Zach kommt gerade zurück in die Wohnung. »Ich muss noch zweimal hin- und hergehen, dann seid ihr mich los, meine Lieben. Ihr beiden könnt Pizza bestellen und tratschen und Nacktkissenschlachten veranstalten so viel ihr wollt – ihr wisst schon, was Mädels halt so machen.«

Ich blicke Delia an. »Er glaubt immer noch, dass wir Nacktkissenschlachten machen?«

»Ist ihm nicht auszureden. Es wäre für ihn die größte Enttäuschung, dass wir nichts weiter tun wollen, als unser Make-up abzuwaschen, die BHs auszuziehen und in eine Yogahose zu schlüpfen.«

»Er sagt, die Sache mit den BHs hat ihn überzeugt.« Zach wackelt mit den Augenbrauen.

Delia wirft noch einmal ein Kissen nach ihm, und er lacht und verschwindet.

Er muss noch dreimal hin- und hergehen, dann gibt er seiner Freundin einen Abschiedskuss und lässt uns allein, damit wir unseren letzten Abend als WG feiern können.

»Pizza ist bestellt«, sage ich, als Delia mit Decke und Kopfkissen ins Wohnzimmer zurückkehrt.

»Kissenburg?«, schlägt sie vor.

»Was für eine Frage.«

Wir machen uns an die Arbeit und bauen uns eine kleine Burg aus Couch, Couchtisch, TV-Regal und einem Küchenhocker.

Als wir damit fertig sind, kuscheln wir uns in unsere Kissen und Decken und sehen uns *Parenthood* an, die Serie, die wir seit Wochen bis zum Exzess konsumieren. Ich bin traurig, weil wir noch eine komplette Staffel vor uns haben, jetzt, wo sie auszieht.

»Ich kann immer noch nicht glauben, dass du diese brandneue Couch hierlässt.«

»Das war doch Zachs Ding. Er war es, der darauf bestanden hat, sie zu kaufen, als Marshmallow eines der Polster durchgekaut hat, nicht ich. Ich habe ihm gesagt, wir könnten es einfach mit der Unterseite nach oben drehen und uns nicht weiter darum kümmern. Ich habe kein Problem, mich von ihr zu trennen. Es ist ja nicht so, dass wir sie brauchen würden. Er hat schließlich ein vollständig möbliertes Haus.«

Da hat sie nicht unrecht, und es war ja wirklich seine Ziege, die an meiner Couch gekaut hat.

»Ja, ja. Ich weiß – du ziehst bei einem geldschweren Typen ein, der seine Schäfchen im Trockenen hat.«

»Er ist kein reicher Mann«, verteidigt sie sich. Ich blicke sie eindringlich an. »Okay, er hat Geld, aber er ist kein ›geldschwerer Typ‹, das klingt so ... machohaft.«

»Also gut. Zach ist kein geldschwerer Typ. Er ist einfach nur ... wohlhabend.«

Delia prustet. »Lassen wir es dabei. Schieb deinen Laptop rüber. Lass uns mit dem Flyer anfangen.« Ich schiebe ihr den Computer zu. Sie klappt ihn auf ihren Knien auf, lässt ihre Fingerknöchel knacken und legt die Hände auf die Tastatur. »Also, was fällt dir als Erstes ein, was du dir an deinem neuen Mitbewohner oder Mitbewohnerin wünschst?«

»Hm ... langes braunes Haar. Schnippisch. Vorzugsweise mit dem Vornamen Delia.«

»Mach es nicht so dramatisch. Was wünschst du dir wirklich?«

»Ich will eine Person, die nicht ihre Sachen überall herumliegen lässt. Eine, die nicht ständig Partys feiern will, aber kein Problem mit Übernachtungsgästen hat ... wenn du verstehst, was ich meine.«

»Klar. Und die Person muss auf jeden Fall weiblich sein?«

»Nö. Männlein oder Weiblein, kein Problem.«

Delia schmunzelt. »Das wird auf jeden Fall drinstehen.« Sie fängt an zu tippen. »Moment, warum machen wir nicht gleich Nägel mit Köpfen? Eine Anzeige auf Craigslist oder so? Damit erreichst du viel mehr potenzielle Interessenten.«

Ich schüttle den Kopf. »Ein Flyer ist persönlicher, das gibt dem Ganzen eine menschliche Note.«

»Bist du sicher?«

»Was? Glaubst du nicht, dass es funktioniert?«

»Ich kann mir einfach kaum vorstellen, dass Leute heutzutage noch auf eine Pinnwand schauen.«

»Vertrau mir. Ich werde jemanden finden, und es wird der oder die Richtige sein. Lass uns loslegen ...«

MITBEWOHNER/IN GESUCHT

Jedes Geschlecht willkommen!

Du suchst etwas zum Mitwohnen? Ich habe ein Zimmer frei! Du hörst deine Musik gerne laut? Ich habe Kopfhörer. Du hast gerne spätabends Besuch? Ich wiederhole: Kopfhörer. ;-) Du suchst Unterstützung beim Bezahlen der Miete? Beim Geschirrspülen? Beim Müllrausbringen? Eine Hand wäscht die andere (natürlich bildlich gesprochen).

Na so was, wir scheinen prima miteinander auszukommen.

Erste und letzte Monatsmiete müssen im Voraus gezahlt werden können.

Sympathie für *Breakfast and Beats* vorausgesetzt.

Keine Hunde.

Keine Anmachversuche.

Zwei Schlafzimmer. Ein Bad.

$ 350/Monat plus Strom.

Bei Interesse, E-Mail an ineedarobin@gmail.com

PS: Dick Pics werden direkt an meine Großmutter umgeleitet.

Tu ihr das nicht an.

2. Kapitel

VON: themredwardnigma@gmail.com
AN: ineedarobin@gmail.com
BETREFF: Habe deinen Flyer gesehen …

Hallo Batman,
nachdem ich deine E-Mail gelesen habe, gehe ich mal davon aus, dass du gerne als Batman angesprochen werden möchtest. Ich bin sozusagen ein Comic-Nerd, also entschuldige, falls ich falschliege.
Wie auch immer, ich habe deinen Flyer am schwarzen Brett auf dem Campus gesehen und hätte ein paar Fragen, bevor wir uns einigen.

1. Was stimmt nicht mit dem Apartment? Ist es die Lage? Der Zustand? Es ist unheimlich billig für diese Gegend.
2. Du sagst Nein zu Hunden – heißt das, gar keine Haustiere oder nur keine Hunde?
3. Wie hoch ist normalerweise die Stromrechnung?
4. Wann könnte ich einziehen?

Und, das ist keine Frage, aber du kannst mir danken, dass ich kein Dick Pic angehängt habe.

Danke für deine Aufmerksamkeit
Mr Edward Nygma

VON: ineedarobin@gmail.com
AN: themredwardnigma@gmail.com
BETREFF: Du hast Glück

Hallo Edward,
ich muss zugeben, anstelle eines Dick Pics ein Foto von einem Cocktailwürstchen beizufügen … nicht schlecht, hat mich zum Lachen gebracht. Damit hast du dir eine Antwort verdient.

1. Nichts stimmt nicht mit dem Apartment, es liegt in einer guten Gegend. Die Miete ist niedrig, weil meine Eltern mich lieben und nicht wollen, dass ich während meines Studiums zusätzlich zu viel arbeiten muss. Sie zahlen einen großen Teil der Miete.
2. Nur Hunde. Ich bin kein Fan. Ich stehe eher auf Katzen. Ich habe erst kürzlich festgestellt, dass wir Haustiere halten dürfen, und dachte mir, das kläre ich besser vor Vertragsabschluss. Du weißt schon, um rechtlich auf der sicheren Seite zu sein und so weiter.
3. Die Stromrechnung beträgt im Schnitt etwa $ 50.

4. Das Zimmer ist ab sofort frei, aber ich würde mir gerne Zeit nehmen, dich kennenzulernen, bevor du einziehst. Also sagen wir, in zwei Wochen? Das ist nicht zu viel verlangt, oder?

Nachdem wir das geklärt haben, erzähl mir von dir, Edward. Bring mich dazu, mit dir zusammen wohnen zu wollen.

Viele Grüße
Der un-Brucigste aller Bruce Waynes

VON: themredwardnigma@gmail.com
AN: ineedarobin@gmail.com
BETREFF: Ah, du willst mich

Batman,
das soll sich jetzt nicht nach Klischee anhören, aber ich bin in gewisser Weise der ideale Mitbewohner. Ich arbeite und habe noch andere Verpflichtungen, verbringe also nicht sehr viel Zeit zu Hause. Du wirst wahrscheinlich die meiste Zeit ungestört sein. Ich feiere keine Partys, habe kaum jemals Besuch und bin ein Ordnungsfreak. Wenn ich wieder ausziehe, weil es Zeit wird, einen richtigen Job für große Jungs anzunehmen und dich zu verlassen, wirst du wahrscheinlich Depressionen bekommen und nichts mehr mit dir anzufangen wissen.
Ich sollte noch hinzufügen, dass du Glück hast – ich stehe auch auf Katzen. Er ist sechs Monate alt und würde gerne

mit einziehen. Ich füge ein Foto hinzu, in der Hoffnung, dich zu betören.

VON: ineedarobin@gmail.com
AN: themredwardnigma@gmail.com
BETREFF: Immer noch unentschlossen ...

Edward,
das Katzenfoto war zwar eine gute Idee, aber ich bin immer noch unentschlossen. Du hörst dich zu gut an, um wahr zu sein.
Was machen wir jetzt? Ich mache mir Sorgen, ich könnte dieses wunderbare Zimmer an jemanden vermieten, der mich enttäuscht. Ich will damit nicht sagen, dass das der Fall sein wird, aber ... #Vertrauensprobleme ...
Außerdem ... bist du ein Kerl. Du hast einen Schwanz.
Ich habe eine Vagina.
Könnte das zum Problem werden?

VON: themredwardnigma@gmail.com
AN: ineedarobin@gmail.com
BETREFF: Kein Problem

Batman,
das Apartment hört sich zu gut an, um wahr zu sein. Ich schätze, wir haben hier eine Pattsituation.
Inwiefern sollte sich irgendetwas ändern, weil du eine Vagina hast? Ich habe immer noch einen Schwanz. Wäre es für *dich* in Ordnung mit einem Typen zu leben? Für mich ist das

jedenfalls absolut kein Problem.
Gibt es irgendetwas, womit ich dich davon überzeugen könnte, dass ich kein totaler Freak bin?

VON: ineedarobin@gmail.com
AN: themredwardnigma@gmail.com
BETREFF: Hmmm ...

Edward,
schick mehr Katzenbilder.

VON: themredwardnigma@gmail.com
AN: ineedarobin@gmail.com
BETREFF: Leicht zu beglücken

Batman,
BITTE SEHR.

PS: Er heißt Mittens.

PPS: Tut mir leid, dass ich für meine Antwort ein paar Tage gebraucht habe. Du erinnerst dich, dass ich erwähnt habe, ich würde sehr viel arbeiten und wäre selten zu Hause? Es ist mal wieder eine dieser Wochen. Ich bin kein Schaumschläger, versprochen.

VON: ineedarobin@gmail.com
AN: themredwardnigma@gmail.com
BETREFF: WEGEN SEINER PFOTEN?!

Edward,

ehrlich gesagt, genau das habe ich heute gebraucht.

Ich habe dich nur für ungefähr zehn Minuten für einen Schaumschläger gehalten, bis mir einfiel, dass du etwas von einem wahnsinnigen Zeitplan geschrieben hattest. Wo arbeitest du denn dermaßen viel, und wie schaffst du das neben dem College? Und du hast außerdem geschrieben, du hättest darüber hinaus noch andere Verpflichtungen? Im wievielten Jahr bist du denn? Es hört sich an, als müsstest du für einen Collegestudenten sehr viel schuften. Ganz schön ungerecht, wenn du mich fragst.

VON: ineedarobin@gmail.com
AN: themredwardnigma@gmail.com
BETREFF: Entschuldigung

Edward,

es sind jetzt zwei Tage, seit ich zuletzt etwas von dir gehört habe.

Entweder bist du beschäftigt, oder du hältst mich für eine nervige Quasselstrippe.

Ich bitte um Entschuldigung, falls ich irgendwelche Grenzen überschritten habe. Ich verspreche, ich bin nicht immer so ... nervend.

Du scheinst ein cooler Typ zu sein, und ich hoffe, ich habe nicht alles ruiniert.

PS: Ich will dich wirklich nur deshalb als Mitbewohner, weil ich dann deine ... Katze streicheln kann.

VON: themredwardnigma@gmail.com
AN: ineedarobin@gmail.com
BETREFF: Oje

Batman,
ich wusste, es ist nur wegen der Katze.
Deine Fragen waren nicht nervend. Ich bin im letzten Collegejahr und lege oft eine Nachtschicht ein, mache Sport und habe familiäre Verpflichtungen.
Wirklich, ich weiß auch nicht, wie ich das alles schaffe. Es ist irgendwie zu viel, aber jemand muss es tun, oder? Jedenfalls rede ich mir das ein. Wenn ich mich nicht um alles kümmere, wer tut es dann?
Wie auch immer, ich rede zu viel. Das interessiert dich alles gar nicht.
Bitte halte mich auf dem Laufenden, wann ich einziehen kann.

VON: ineedarobin@gmail.com
AN: themredwardnigma@gmail.com
BETREFF: Ich verstehe

Edward,
ich verstehe, was dich antreibt. Ich bin Einzelkind und habe zugegebenermaßen ein gutes Leben, aber ich bin ziemlich perfektionistisch.
Perfektionistisch zu sein und künstlerisch zu arbeiten, passt *nicht* zusammen.
Ich weiß, ich weiß, ich bin selbst schuld, aber ich kann nicht

anders. Mein Gehirn erlaubt einfach nicht, dass ich weitermache, solange nicht alles in Ordnung ist … allerdings habe ich das Gefühl, dass niemals alles in Ordnung ist.
Daher mein Liebesleben bzw. meine alles andere als erfreuliche Vorgeschichte in der Hinsicht.
Äh, jetzt habe *ich* angefangen zu schwafeln. Das brauchst du dir wirklich nicht anzuhören.
Das Zimmer ist immer noch frei. Ich habe ein paar andere E-Mails erhalten, aber nichts hat sich wirklich richtig angefühlt. Nicht einmal du.
Wow, jetzt hat sich wohl der Kreis geschlossen, oder?
Ich höre auf, bevor ich dir noch meine ganze Lebensgeschichte erzähle – die will sich niemand anhören.

VON: themredwardnigma@gmail.com
AN: ineedarobin@gmail.com
BETREF: Bin übrigens ein guter Zuhörer

Batman,
mach dich auf etwas gefasst … hier kommt eine knallharte Frage in 3, 2, 1 …
Glaubst du, ich habe Potenzial als Mitbewohner? Ich habe … nun ja, ein paar Probleme, und ich muss irgendwie weitermachen mit der Suche nach einer billigeren Unterkunft. Ich habe mir gestern an meinem freien Tag welche angesehen, und alles, was ich gesehen habe, war entweder von Mäusen bevölkert, oder es lagen Wasserpfeifen herum (jedem das Seine, sage ich immer), oder der Besitzer begrüßte mich in Unterwäsche. Wie du siehst, waren die Bedingungen nicht

gerade ideal. Dein Apartment hört sich nach etwas so viel Besserem an.
Habe ich eine Chance? Oder soll ich mich anderweitig umsehen?

VON: ineedarobin@gmail.com
AN: themredwardnigma@gmail.com
BETREFF: Verzweifelt

Edward,
der Grund, weshalb ich für meine Antwort zwei Tage gebraucht habe, ist …
Du klingst verzweifelt und ein bisschen unseriös.
Ein Teil von mir denkt: »Oh Mann, der arme Kerl«, aber der andere Teil – der vorsichtige Teil – findet, du hörst dich zu verzweifelt an, und das bedeutet, du bist wahrscheinlich ein Freak oder ein Mörder.
Ich glaube, um dem ein Ende zu setzen, müssen wir uns treffen … an einem sehr öffentlichen Ort. Dann kann ich mir ein Urteil bilden, ob du ein Freak bist oder nicht.
Ideen? Meinungen? Einwände?

VON: themredwardnigma@gmail.com
AN: ineedarobin@gmail.com
BETREFF: Einverstanden

Batman,
ich bin dabei.
Lola's am Dienstag, um 18.00 Uhr. Einverstanden?

VON: ineedarobin@gmail.com
AN: themredwardnigma@gmail.com
BETREFF: RE: Einverstanden

Edward, wir haben ein Date!

• • •

VON: ineedarobin@gmail.com
AN: themredwardnigma@gmail.com
BETREFF: OH!

ICH MEINE KEIN RICHTIGES DATE.
Es wird keinen Sex geben, alles klar? Keine Versuche, deinen Zauberstab in dieses heiße Täschchen zu versenken.
KAPIERT?

VON: themredwardnigma@gmail.com
AN: ineedarobin@gmail.com
BETREFF: KAPIERT

Du meinst, ich kann mein Knusperstäbchen nicht in deinen delikaten Dip tauchen? Nicht mit dem Zauberstab von Gandalf die Tore von Mordor öffnen? Nicht wie ein Slytherin in deine geheime Kammer eindringen? Meine E-Mail in deinem Spam-Ordner versenken?
Wow! Warum nicht gleich den *ganzen* Spaß killen?

PS: JA, KAPIERT.

3. Kapitel

»Wodurch sollst du wissen, welcher er ist?«

»Ah, verdammt«, murmle ich. »Darüber haben wir gar nicht geredet. Ich war diese Woche so unkonzentriert, weil ich versucht habe, die Frist für mein Projekt einzuhalten, dass ich nicht einmal daran gedacht habe, zu fragen. Mist!«

Es ist knapp zwei Wochen her, seit Edward wegen des freien Zimmers Kontakt zu mir aufgenommen hat, und meine erste Reaktion auf ihn bestand darin, dass ich über seinen Namen gelacht habe.

Edward? Klingt nach *Twilight*.

Dann habe ich über den Anhang gelacht, den er mir geschickt hat – ein Foto von einem Cocktailwürstchen. Nun ja, es war kein Dick Pic. Da wusste ich, dass ich ihm antworten musste. Er war sofort auf Platz eins der Kandidatenliste. Er ist genau die Sorte Mitbewohner, die ich gerne hätte.

»Bist du dir wirklich sicher, Zoe? Ich meine, er klingt so verzweifelt wegen des Zimmers. Das sollte ein Alarmzeichen sein, oder?«

Ich nicke. »Sollte es, aber es hat sich einfach nicht so angefühlt – verstehst du, was ich meine?«

Delia schürzt die Lippen, und ich weiß, dass sie mir zustimmt. Ich habe ihr jede E-Mail gezeigt, die Edward geschickt hat. Weder sie noch ich hatten ein negatives Gefühl dabei, allerdings fanden wir, wir sollten eins haben, weil er das Zimmer so dringend braucht.

Ich sehe, wie sie ihre Sonnenbrille am Nasenrücken aufwärtsschiebt und lacht. Delia hat darauf bestanden, bei unserem Treffen dabei zu sein, andererseits wollte sie aber nicht die typische nervige Freundin sein. Deshalb sitzt sie jetzt auf der anderen Seite des Raums, ganz in Schwarz gekleidet, und Zach ist auch da. Er trägt eine schwarze Baseballkappe, die er sich tief in die Stirn gezogen hat, einen Kapuzenpulli, dessen Kapuze er aufgesetzt hat, und Jeans.

Die beiden fallen auf wie zwei bunte Hunde.

»Ihr beiden seht aus wie Idioten«, stelle ich fest.

»Halt den Mund«, brummt sie und zeigt mir den Stinkefinger. Zach bekommt mit, was sie tut, und zeigt mir ebenfalls den Stinkefinger, ohne zu wissen, weshalb.

Er ist so ein großartiges Unterstützungssystem.

»Meinst du, er ist schon hier?«, höre ich ihn Delia fragen.

»Ich sehe niemanden, der aussieht wie ein Edward.«

»Und wie sieht man aus, wenn man wie ein Edward aussieht?«, will Zach wissen. Ich höre an seiner Stimme, dass er lächelt. »Blass und als ob man an Verstopfungen leiden würde?«

Delia keucht und gibt ihm einen Klaps auf den Arm. »Wie kannst du nur! Er hat versucht, ihrem Geruch zu widerstehen!«

»Können wir bitte aufhören, über *Twilight* zu diskutieren

und uns auf das eigentliche Thema konzentrieren? Schau dich unauffällig um, Delia. Wer sieht aus, als könnte er mein Edward sein?«

»Wie wär's mit dem Typen da drüben, der mit der Tweedjacke? Oder der im blauen Pullover?«

»Also praktisch zwei Typen, die Sachen anhaben, die dem ähneln, was Edward in dem Film trug?«

Delia öffnet den Mund, zögert jedoch. »J-ja«, sagt sie endlich.

»Ihr habt es wirklich nicht drauf.«

»Unterhaltet ihr beiden euch wirklich von einem Ende der Bar zum anderen per Handy?«

Beim Klang der vertrauten Stimme zucke ich zusammen und stoße gegen mein Glas, sodass eine Pfütze auf dem Tisch entsteht.

Ich blicke den Schuldigen erbost an. »Du schuldest mir eine Kirschlimo.«

Caleb Mills grinst auf meinen köstlichen Drink mit Kirschgeschmack. »Kirschlimo? Im Ernst, Zoe?«

»Was? Das ist ein richtig gutes Getränk, das weißt du.« Er nickt und lässt sich auf einem Barhocker nieder. »Klar, setz dich gerne zu mir, Caleb.«

»Oh, danke! Es ist ein guter Drink, aber du bist hier in einer Bar – warum trinkst du nichts?«

Ich hebe mein Glas. »Tu ich doch.«

»Was macht Caleb denn hier?«, flüstert mir Delia ins Ohr.

»Wenn ich das wüsste«, antworte ich.

Caleb dreht sich um und winkt ihr zu. Sie und Zach prosten ihm zu.

Ich kann es immer noch nicht fassen, dass Delia und Caleb so cool miteinander umgehen, nachdem sie im letzten Jahr doch sechs Monate lang ein Paar waren. Sie sind im Guten auseinandergegangen, ganz ohne böses Blut, aber es ist trotzdem immer ein komisches Gefühl, wenn ein Ex-Partner oder eine Ex-Partnerin anfängt, mit jemand Neuem auszugehen, und man selbst es mitbekommt.

Bei den beiden aber nicht.

Letztes Jahr, nachdem ein Nacktfoto von Delia die Runde gemacht hatte, stand Caleb uns zur Seite, er sorgte dafür, dass die Identität der Frau auf dem Foto geheim blieb und dass der verdammte Idiot, der es verbreitet hatte, bekam, was er verdiente.

Das war das erste Mal, dass ich Caleb auf eine ganz andere Art betrachtet habe, als ich sollte, und das lag nicht etwa daran, dass ich plötzlich gemerkt hätte, wie attraktiv er ist. Das war mir schon vor langer Zeit aufgefallen.

Nein, es war die Art, wie er sich für seine Freundin einsetzte, die Art, wie er sich gegen den einflussreichsten Spieler seines Teams stellte, obwohl er wusste, dass er seine Karriere aufs Spiel setzte, indem er das Richtige tat.

Es war sein Kampfgeist und seine Entschlossenheit.

Und seine Loyalität.

Ich habe viel zu oft Zurückweisung aufgrund von mangelnder Loyalität erlebt. Calebs Loyalität gefällt mir und weckt in mir den Wunsch, ihn näher kennenzulernen, ihm näherzukommen.

Jemanden wie ihn könnte ich in meinem Leben brauchen.

»Mach, dass er weggeht. Wir haben hier noch etwas vor, Zoe.«

»Ich kann nicht einfach zu ihm sagen, dass er weggehen soll, Delia. Das wäre unhöflich.«

Mein Überraschungsgast hebt eine Braue. »Das ist tatsächlich unhöflich.« Er grinst, und ich denke, wie verdammt süß ist doch dieses Grinsen.

Ich bin nicht blind. Natürlich habe ich Caleb auch früher schon wahrgenommen. Oh ja, sogar schon lange bevor Delia es getan hat. Ich habe ihn schon immer attraktiv gefunden, so wie der nette Junge von nebenan attraktiv ist.

Mit seinem blonden Haar, das sich über dem Kragen kräuselt, und den dunkelblauen Augen, die immer so schelmisch blitzen, ist Caleb ein hübscher Typ. Aber von hübschen Typen wurde mir schon zu oft das Herz gebrochen.

»Sag ihm, er ist es, der unhöflich ist. Erzähl ihm, was wir hier tun.«

»Wir sind aus einem bestimmten Grund zusammen hier, Caleb. Würdest du uns allein lassen?«

Er legt eine Hand aufs Herz, und da ist es wieder, dieses schelmische Blitzen in seinen Augen. »Hast du so wenig Zeit für mich übrig? Bin ich so unwillkommen nach allem, was ich für dich und Delia getan habe?«

»Sag dem Knallkopf, dass er diese Karte nicht ewig ausspielen kann«, höre ich Delia sagen.

»Das sage ich ihm nicht. Er hat irgendwie recht.«

»Recht, Specht, schmecht.« Sie lässt das Handy sinken.

»Hey, wir sind hier mitten in der Arbeit!«, ruft sie mit einem Akzent. Ich bin sicher, sie versucht zu klingen, als käme sie aus New Jersey, aber es hört sich nicht einmal entfernt danach an.

Caleb lacht und schüttelt den Kopf. »Kirschlimo, nicht wahr?«

Ich nicke, und er verschwindet in Richtung Tresen.

»Wie sagtest du, heißt der Kerl?«, höre ich Zach Delia fragen.

»Edward Cullen«, erwidert sie.

»Sein Name ist nicht Edward Cullen, du Blöde!«, zische ich in mein Handy.

»Na schön. Einfach nur Edward.«

»Wie lautet noch mal seine E-Mail-Adresse?«

»Du hast ihm die E-Mails gezeigt?«, kreische ich. Die Gäste am Nachbartisch drehen sich zu mir um. Ich erwidere ihre Blicke, da wenden sie sich wieder ab.

»Was? Ich wollte seine Meinung auch hören.«

»Das sind *persönliche* Daten, Delia!«

»Es ist doch nur Zach. Kein Ding.«

»Nur Zach«, höre ich ihn sagen, mit einem Hauch von Sarkasmus in der Stimme. »Zoe, wie lautet seine E-Mail-Adresse?«

»Ich weiß nicht!« Caleb schiebt mir ein frisches Glas Kirschlimo zu, und ich nicke ihm dankend zu, als er sich setzt. »Schau nach!«

Ich warte, während Zach und Delia sich durch ihre Handys scrollen auf der Suche nach den E-Mails, die ich ihr geschickt habe.

Ich beobachte Caleb, als er einen kräftigen Schluck von seinem Bier nimmt, und bin fasziniert von seinen Schluckbewegungen ... was wirklich ein saublöder Grund ist, fasziniert zu sein.

Ich bin allerdings nicht überrascht.

Seit Caleb mir seine Kavaliersseite gezeigt hat, ist mein Blick mehr als einmal in seine Richtung gewandert. Mein Interesse ist erwacht, eindeutig.

Aber das darf nicht sein.

Er ist der Ex meiner besten Freundin, verdammt noch mal! Das *darf* einfach nicht passieren. Regel Nummer eins im Girls-Code: Date und schlafe mit niemandem, mit dem es deine beste Freundin getan hat.

Was bedeutet, dass ich nicht Calebs Indigo-Augen bemerken darf oder die Art, wie sich in deren Winkeln kleine Fältchen bilden, wenn er lächelt; ich darf mich nicht von dem dummen Grübchen in seinem Kinn angezogen fühlen oder von der Unebenheit an seinem Nasenrücken, die darauf hinweist, dass diese schon das eine oder andere Mal gebrochen war, und es gibt auch keinen Grund, weshalb ich mir wünschen sollte, den Tropfen Bier abzulecken, der an seiner Lippe klebt.

Aber das tue ich.

Mist!

Ich schüttle den Kopf und konzentriere mich wieder auf das Gespräch zwischen Delia und Zach.

»Irgendwelche Auffälligkeiten gefunden?«, frage ich.

»Aha! Alles klar«, sagt Delia. »Gib Zach einen Moment.«

Ich sehe zu, wie seine Finger über das Display gleiten,

während er sich rasch durch unsere E-Mails scrollt und sie dabei überfliegt.

»Wie konntest du das übersehen, Zoe? Es ist so verdammt offensichtlich.«

»Was denn?«, frage ich mit halbem Interesse. Die andere Hälfte fragt sich, wieso Calebs rechte Hand eingegipst ist.

Ich gebe ihm unter dem Tisch einen Tritt, um seine Aufmerksamkeit zu erhalten, und zeige mit dem Kopf auf seine Hand.

»Gebrochen«, brummt er. Meine Augen weiten sich erschrocken, denn ich weiß, was das für seine Baseballkarriere bedeuten könnte. »Kein Problem.«

Seine mitternachtsblauen Augen sagen etwas anderes, aber ich lasse es dabei bewenden. Ich nicke und wende mich wieder Zach zu. »... Name. Hast du gehört, Zoe?«

»Nein. Sag es bitte noch mal.«

»Edward ist nicht sein Name. Er hat deine E-Mail-Adresse zum Anlass genommen, als Comic-Figur aufzutreten.«

»Was? Wie? Welche?«

»Der *Riddler*. Sein richtiger Name ist Edward Nigma. E. Nigma. Enigma ist griechisch und heißt Rätsel. Alles klar?«

Ich nicke nur und versuche zu verarbeiten, was Zach mir da sagt. Es bedeutet, dass ich absolut nichts Wesentliches über den Mann weiß, mit dem ich heute Abend verabredet bin, nicht einmal seinen Namen.

Verflixt noch mal!

Was habe ich mir nur dabei gedacht? Einen Fremden einzuladen, bei mir zu wohnen? Ich muss den Verstand verloren haben.

»Bist du sicher, Zach?«

»Du fragst mich, den Nerd-König, ob ich sicher bin? Ja, ich bin sicher.«

»Wonach – oder nach wem – sollte ich jetzt Ausschau halten?«

Er schmunzelt, weil ich so genervt klinge, und ich würde ihm am liebsten den Stinkefinger zeigen. »Wahrscheinlich nach jemandem mit einem Rätsel auf dem T-Shirt.«

»Ich –« Ich blicke mich in der Bar um und versuche den Aufdruck auf den T-Shirts sämtlicher Männer, die alleine hier sind, zu entziffern. Eines kann ich von hier aus nicht lesen, und ich weiß, auch Zach und Delia werden das nicht können. »Warte, lass mich den da drüben unter die Lupe nehmen.«

Ich hüpfe vom Barhocker und marschiere auf den Typen zu. Er nippt an einer Limonade, und als er merkt, dass ich auf ihn zukomme, strafft er die Schultern und schiebt sich die Brille am Nasenrücken aufwärts.

Der Aufdruck auf seinem T-Shirt ist eigentlich kein Rätsel, sondern eines von diesen Motiven aus Bild plus Bild ist gleich … irgendwas. Für mich rätselhaft genug.

Mit erhobenen Brauen baue ich mich vor ihm auf. »Bist du's?«

Er blickt sich um, seine Augen zucken nervös hin und her, und er greift nach seinem Glas. Er nimmt einen Schluck mit dem Strohhalm und holt dann Luft. »M-Mistress Jasmine?«

Meine Augen weiten sich, und seine Wangen färben sich dunkler. Verlegen senkt er den Kopf.

Ich schätze, wir sind beide nicht das, was wir erwartet haben.

»Mein Fehler. Falscher Typ«, murmle ich und ziehe mich an meinen Tisch zurück. Delia und Zach lachen mir ins Ohr.

»Mund halten!«, belle ich.

»Ich habe kein Wort gesagt.« Caleb hebt unschuldig beide Hände, völlig unbeirrt durch mein plötzliches Verschwinden und meine ebenso plötzliche Rückkehr.

Ich werfe ihm einen Blick zu, und er grinst, wohl wissend, dass er sich wie ein Klugscheißer aufführt.

»Was könnte er sonst noch auf der Kleidung haben, Zach?«

»Vielleicht ein Fragezeichen? Das ist das Markenzeichen des Riddlers. Ich würde allerdings darauf hoffen, dass er nicht ganz so klischeehaft ist.«

»Deinen Nerd-Snobismus können wir jetzt nicht brauchen, Mr Hastings.«

Er schnalzt mit der Zunge. »Hey, ich meine ja nur, die Damen hätten mich wirklich gleich einbeziehen sollen. Ich hätte sehr viel bessere Ideen als Robin, Batman und den Ridd–, autsch!« Delia gibt ihm einen Tritt gegen das Schienbein, und ich möchte ihr einen High five geben dafür, dass sie mich unterstützt. »Amateurinnen«, brummt Zach.

Mein Blick wandert durch den Raum, auf der Suche nach irgendjemandem, der etwas mit einem Fragezeichen anhat. Verstohlen sehe ich mir noch einmal alle Männer ohne Begleitung an, aber keiner von ihnen entspricht den Kriterien.

»Seht ihr jemanden?«

Beide verneinen.

»Vielleicht ist er ja noch nicht hier?«, schlägt Delia vor. »Ich meine, wir sind fünf Minuten zu früh hier gewesen.«

»Ja, und inzwischen wäre er fünf Minuten zu spät.«

»Nach wem sucht ihr eigentlich?«, wirft Caleb dazwischen.

»Wir wissen es nicht so ge...« Mein Blick gleitet über Calebs Shirt, und mir stockt der Atem. »Nein.«

»Was?«

Mein Blick klebt an der Brusttasche seines Shirts. Ich kann den Blick nicht losreißen, denn genau dort, für jedermann zu sehen, ragt ein Fragezeichen hinter dem viereckigen Stück Stoff hervor.

Ohne nachzudenken, greife ich in Calebs Brusttasche und ziehe daran. Die abrupte Bewegung führt dazu, dass das Bier aus seinem Glas, das er gerade zum Mund führt, herausschwappt.

Ich hatte recht.

In der Tasche steckt ein Bild des Riddlers, mit weit ausgebreiteten Armen, als wollte er sagen „Hier bin ich!“

»Nein«, flüstert Caleb. »Das gibt's doch nicht.«

»Ich rufe zurück«, sage ich, beende das Gespräch und lege mein Handy auf den Tisch, ohne auch nur eine Sekunde den Blick von Caleb zu lösen.

»Du bist das? Mir dir habe ich Mails geschrieben?« Seine Stimme klingt total überrascht.

»Du bist das? Dich wollte ich bei mir einziehen lassen?«

»Ich schätze ... Moment. *Wollte*? Vergangenheit?«

Seine Nasenflügel blähen sich, als er begreift, was ich gesagt habe, und, Gott steh mir bei, ich finde das attraktiv. Ich weiß nicht, was heute Abend mit mir los ist, aber mir fallen an Caleb Dinge auf, die ich gar nicht bemerken sollte.

Argh!

»Vergangenheit.«

»Warum, Zoe? Warum können wir nicht zusammenwohnen? Wir kennen uns. Ich würde sagen, wir verstehen uns ziemlich gut, und du müsstest dir keine Sorgen machen, weil ein völlig Fremder bei dir einzieht. Es wäre perfekt.«

Ich schüttle den Kopf. »Nein. Kommt nicht infrage.«

»Warum? Nenn mir einen guten Grund.«

»Weil du der Ex meiner besten Freundin bist, deshalb.« *Und weil ich dich extrem attraktiv finde, du Idiot.*

So wie ich ihn in letzter Zeit wahrnehme, wird eher die Hölle gefrieren, als dass ich mich mit diesem Mann in einem Apartment einsperre. Damit wäre eine Katastrophe vorprogrammiert – und zu viel nächtliche Beschäftigung mit mir selbst.

Caleb seufzt und fährt sich mit der Hand übers Gesicht. »Wen kümmert denn so was? Es fühlt sich an, als wäre seitdem ein Leben vergangen. Sie lebt ihr Leben, ich lebe mein Leben – das ist kein richtiger Grund.«

»Für mich schon.«

»Und wenn ich jetzt rübergehe und Delia frage, ob es für sie okay ist, was dann?«

»Dann ist die Antwort immer noch Nein. Es ist mein Apartment.«

Er stößt einen entnervten Seufzer aus und lässt die

Schultern hängen. Ich habe fast ein schlechtes Gewissen, weil ich Nein zu ihm sage, aber ich kann nicht Ja sagen. Es wäre einfach zu seltsam, nachdem er doch vor nicht einmal einem Jahr noch als Delias Freund hier geschlafen hat.

»Zoe ...« So wie er meinen Namen ausspricht, klingt es wie ein Flehen, und meine Entschlossenheit gerät ins Wanken.

»Warum? Warum brauchst du das Zimmer so dringend? Ich dachte, du hast eine Unterkunft.«

»Habe ich, aber ich brauche etwas Billigeres. Ich ... verdammt, ich habe Mist gebaut, okay? Ich bin in etwas hineingeraten, eine ... Rauferei. Ja, sagen wir, eine Rauferei. Dabei habe ich mir die Hand verletzt, ziemlich schlimm.« Er hebt die Hand, um mir erneut die Schiene zu zeigen. »Tja, meine Arztrechnungen stapeln sich langsam, und ich kann es nicht darauf ankommen lassen, dass sie mein Budget übersteigen. Ich war sowieso auf der Suche nach etwas Billigerem, weil sie mir auch die Stunden gekürzt haben, aber jetzt, wo das noch dazukommt ... Ja, ich brauche es, Zoe. Du hast keine Ahnung, wie dringend. Bitte!«

Ich höre die Verzweiflung in seiner Stimme, und ein Teil von mir möchte Ja sagen, aber die Skepsis behält immer noch die Oberhand. Ich will nicht, dass eine unangenehme Situation entsteht, und ich fürchte, genau das wird der Fall sein. Ich meine, wie kann man mit dem Ex-Freund seiner besten Freundin zusammenleben? Wenn es doch noch nicht einmal ein Jahr her ist, dass sie Schluss gemacht haben? Wenn er doch so wahnsinnig attraktiv ist?

Ich werfe einen letzten Blick in seine Richtung. Der Ausdruck in seinen Augen lässt mich innehalten. Er sieht müde aus und traurig und leidend, alles zugleich. Ich weiß nicht, was ich tun soll.

Ich betrachte sein Gesicht und stelle fest, dass er erschöpft ist, und zwar erschöpfter als normal am Ende des letzten Collegejahres.

Er ist emotional und mental ausgelaugt, und er braucht dringend eine Pause.

Ich kann ihn nicht abweisen, nicht jetzt. Ich muss eben erwachsen sein und mein Höschen hochziehen – und dort festhalten – und Caleb mein freies Zimmer anbieten, wie es sich unter guten Freunden gehört.

»Hast du wirklich eine Katze?«

»Weshalb sollte ich dich belügen?«

»Wer weiß, Leute machen die merkwürdigsten Dinge«, erwidere ich achselzuckend.

»Ja, Mittens gibt es wirklich.«

»Frag Delia«, gebe ich nach.

»Bist du sicher?«

Ich nicke. »Ich bin sicher, aber Delia muss damit einverstanden sein.«

Plötzlich sitzt er ein bisschen aufrechter, und sein Blick wirkt ein bisschen fröhlicher.

Vielleicht wird es ja gar nicht so übel.

4. Kapitel

»Bist du dir wirklich sicher?«

»Du fragst mich das ständig, bis ich es mir noch anders überlege.«

»Ich will einfach sicher sein, Zoe. Du scheinst dir über das Ganze unschlüssig zu sein.«

»Bin ich auch.«

»Bin ich wirklich so übel?«

Zum ersten Mal, seit ich in die Straße zu Calebs ziemlich fragwürdig aussehendem Apartmentkomplex eingebogen bin, schaue ich ihn an. Für jemanden, der hier vier Jahre gewohnt hat, besitzt er nicht viel. Sein gesamtes Schlafzimmer passt in meinen SUV. Sie haben ihm nämlich nicht erlaubt, die Matratze mitzunehmen, haben behauptet, es wäre ihre, nicht seine.

Tolle Mitbewohner, was?

Die Wahrheit ist, dass Caleb wirklich *nicht* übel ist, und das ist ein Teil des Problems.

Genauer gesagt, Caleb ist ganz und gar nicht übel. Er ist ... attraktiv, besonders mit dieser Baseballkappe, die verkehrt herum auf seinem Kopf sitzt, und mit dieser Lederjacke um die breiten Schultern.

Aber das ist das Letzte, worüber ich nachdenken sollte. Ich konzentriere mich besser darauf, den letzten seiner Umzugskartons, von denen die meisten voller originalverpackter Comics sind, einzuladen; ich versuche, den Hauptanteil dieser Arbeit zu übernehmen angesichts des Zustands, in dem sich Calebs Hand befindet. Ich wusste gar nicht, dass er so ein Comic-Liebhaber ist. Das ist irgendwie ... süß, auf nerdige Art.

»Nein, Caleb, du bist nicht so übel. Es ist nur ... merkwürdig. Du bist Delias Ex-Freund.«

Seine Augen bilden schmale Schlitze. »Ja, du weist mich immer wieder darauf hin, als ob nicht ich es wäre, der sechs Monate mit ihr gegangen ist. Warum genau ist das so schrecklich für dich? Es ist ja nicht so, als ob wir viel miteinander unternommen hätten, wir sind nur ab und zu mal mit anderen zusammen ins Kino gegangen.«

Ich weiß nicht, *warum* ich ihn immer wieder darauf hinweise.

Liegt es daran, dass niemals jemand Delia wirklich ersetzen kann und ich immer noch verletzt bin, weil sie ausgezogen ist? Wahrscheinlich.

Oder liegt es vielleicht daran, dass ich das ungute Gefühl habe, dass diese idiotischen Gefühle, die ich für Caleb entwickelt habe, intensiver werden, wenn wir erst einmal zusammenwohnen? Dass sie dadurch überhaupt erst möglich werden?

Ich ignoriere ihn und schiebe den Karton, den ich gerade einlade, noch ein Stück weiter nach hinten. Dann bücke ich mich und hebe den nächsten Karton auf, nur um beschäftigt zu sein.

Ich richte mich zu schnell auf, und mir wird schwindlig. Ich schwanke und stoße mit Caleb zusammen. Er streckt die Hand aus und hält mich fest. In dem Augenblick, als er mich berührt, habe ich das Gefühl, meine Haut fängt Feuer, so heiß, dass ich abrupt die Luft einziehe.

Was ihm nicht entgeht.

Unsere Blicke treffen sich, meine braunen und seine blauen Augen verschmelzen. Im äußeren Rand seiner Iris ist das Blau heller, was mir bisher noch nie aufgefallen ist. Ich beuge mich vor, um mir das genauer anzusehen. Jetzt bin ich ihm so nah, dass ich seinen Atem auf meinen Lippen spüre. Ein einzelnes Haar ist unter seiner Kappe hervorgerutscht, und ich wünsche mir so sehr, es wegzuschieben.

Calebs Pupillen weiten sich, und sein Blick haftet an meinen Lippen, viel zu lange.

Er möchte mich küssen. Er möchte mich wirklich, wirklich küssen.

Ich erlaube mir nicht, in diesem sinnlichen Augenblick zu verweilen, denn ich kann einfach nicht zulassen, dass es passiert. Außerdem weicht Caleb langsam zurück. Er weiß es auch.

»Heilige Scheiße – deshalb willst du nicht, dass ich bei dir wohne.« Er grinst, und zum ersten Mal, seit ich angekommen bin, wirkt sein Grinsen schelmisch. »Du stehst auf mich.«

»Ich will, dass du aufhörst, mich anzufassen und mir

hilfst, diesen Kram einzuladen.« Ich befreie mich aus seinem Griff und hieve einen weiteren Karton ins Auto. »Wir verschwenden hier unsere Zeit.«

»Es ist zwei Uhr nachmittags – wie lange, glaubst du, werden wir brauchen bis zu unserer neuen Wohnung?«

Ich hebe eine Braue. »*Unsere* neue Wohnung?«

»Hey, ich habe unterschrieben, also ist das jetzt auch *meine* Wohnung.«

»Du zahlst nicht einmal die Hälfte der Miete. Es ist immer noch mein Apartment.«

Es dauert einen Moment, bis ich merke, dass er aufgehört hat, Kartons einzuladen. Ich richte mich auf und erwidere seinen Blick.

Dieser Ausdruck von Verlangen, der gerade noch mir gegolten hat? Es ist nichts davon übrig. Er ist einem extrem kühlen Blick gewichen.

Ich verschränke die Arme vor der Brust und stoße einen genervten Seufzer aus. »Was, Caleb?«

»So soll das also laufen? Es ist deine Wohnung, und nichts gehört mir? Ich habe lediglich ein Zimmer gemietet, und das war's?«

Ich blicke ihn meinerseits kühl an. »Nein.«

Er rührt sich nicht, offenbar glaubt er mir nicht.

Verdammt, ich glaube es selber nicht. Es ist ja nicht seine Schuld, dass ich sexuell frustriert bin und mich am liebsten auf ihn stürzen würde. Ich sollte das nicht an ihm auslassen.

Ich seufze und werfe resigniert die Hände in die Luft.

»Nein, Caleb so soll es nicht laufen, okay? Ich bin einfach schlecht drauf. Ich verspreche, so wird es nicht sein.«

»Ganz sicher?«

Ich knirsche mit den Zähnen und presse ein »Ganz sicher« hervor.

Caleb strahlt mich an. »Super.«

Wir laden jeder noch einen Karton ein, dabei kommt mir ein Gedanke.

»Wie willst du eigentlich dein Motorrad steuern, mit dem Arm in der Schiene?«, frage ich ihn.

»Vorsichtig … ganz vorsichtig. Ich glaube, ich kriege genug vom Lenker zu fassen, um nicht den Halt zu verlieren.«

»Wie würdest du ins Lola's kommen?«

»Taxi.«

»Caleb, das hört sich für mich nicht sicher an. Fahr einfach mit mir mit, wir holen dein Motorrad später.«

Er hebt den Arm. »Wie viel später? Ich werde dieses Ding eine Weile behalten.«

»Kann vielleicht jemand anders sich darum kümmern? Mir wäre es lieber, wenn sowohl du als auch dein Motorrad sicher beim Apartment ankommen.«

»Ich will nicht, dass jemand anders mein Schätzchen fährt.«

»Caleb.«

»Zoe.« Er schnaubt. »Na schön. Wir lassen es hier. Ich sorge dafür, dass einer aus dem Team es zu unserem Apartment fährt.«

»Oder Zach.«

»Ich bitte doch nicht den Freund meiner Ex, mein Motorrad für mich zu fahren. Also wirklich, das wäre echt sonderbar.«

»Wie wär's mit meinem Kumpel Robbie? Er fährt selbst Motorrad, und ich würde ihm mein Leben anvertrauen. Er würde niemals zulassen, dass dein Schätzchen Schaden nimmt.«

»Ich werde darüber nachdenken«, brummt er, immer noch genervt.

Als er sich bückt, um einen weiteren Karton einzuladen, nutze ich den Moment, um den Blick über seinen Körper gleiten zu lassen ... das Muskelspiel an seinen Armen zu bewundern, als er den letzten Karton hochhebt ... auf sein T-Shirt zu starren, unter dem sich seine Rückenmuskeln abzeichnen, als er den Karton in den Kofferraum schiebt.

Langsam dreht er sich zu mir um, aber ich kann den Blick nicht schnell genug losreißen.

»Ich glaube, das war alles, oder?«

»Okay.« Meine Stimme klingt zu hoch und zu dünn, und Caleb hebt verwundert eine Braue.

»Gut.« Er wirft die Klappe zu. »Dann kann es also losgehen?«

»Okay.«

Wieder zu hoch.

»Alles in Ordnung?«

»Okay.«

Er lacht und bückt sich, um seinen Helm aufzuheben, den er dann unter dem Rücksitz verstaut. Ich begutachte derweil seinen Hintern.

Diesen knackigen, perfekt geformten Hintern, an den

sich eine verwaschene Levis schmiegt und genau die richtigen Stellen zur Geltung bringt.

Ich bin so verdammt schamlos.

»Versuch, nicht alles durcheinanderzuwürfeln beim Fahren. Es sind ein paar Sammlerstücke dabei, die ich gerne in einem Stück auspacken würde, und vergiss nicht, dass auch Mittens in seinem Transportkäfig dabei ist. Er wird wahrscheinlich eine Weile herumjammern, sich dann aber beruhigen.«

Ich blicke Caleb schnell in die Augen, bin jedoch sicher, dass er genau weiß, was ich gerade getan habe.

Aus irgendeinem, mir völlig unbekannten Grund halte ich beide Daumen hoch. »Alles klar.«

Wir steigen ein, und in dem Augenblick wird mir klar, dass es ein Riesenfehler war, Caleb zum Mitfahren aufzufordern.

Sein Körper verströmt in meinem Auto einen herben Geruch mit einer Schweißnote. Ich hasse es, und ich liebe es.

Ich schalte auf Drive und fahre los. Mittens stößt ein leises Miauen aus, und Caleb greift hinter sich und versucht das Kätzchen zu beruhigen, doch ohne Erfolg. Das Miauen wird immer lauter, denn seine Angst wegen des schaukelnden Wagens verstärkt sich.

»Hast du etwas dagegen, wenn ich ihn rauslasse?«

»Keineswegs.«

Ich versuche, mich auf die Straße zu konzentrieren, während Caleb das verängstigte Tier aus seiner Transportkiste holt und an seine Brust drückt.

Kennt ihr diese albernen Videos, in denen man sieht,

wie die heißesten Typen mit kleinen Katzen spielen? Große Machos, die beim Anblick der Tiere total weich werden?

Genau das spielt sich jetzt hier in diesem Auto ab, direkt vor meinen Augen – und es ist in jeder Hinsicht genauso hinreißend wie auf Video.

Es geht nicht bloß darum, dass es wahnsinnig sexy ist, Caleb dabei zuzusehen, wie er sich bei Mittens einschmeichelt. Er lächelt, sein Gesicht erhellt sich, seine sonst so angespannten Schultern lockern sich.

Sieht aus, als würde Caleb Mittens genauso brauchen, wie Mittens ihn braucht.

Und vielleicht brauche ich alle beide.

•••

»Die Seife ist alle.«

Caleb wohnt hier jetzt gerade mal fünf Stunden, und schon bereue ich meine Entscheidung, ihn bei mir einziehen zu lassen. Ich könnte Delia erwürgen dafür, dass sie auch einverstanden war. Er hat bereits die letzten Papierhandtücher aufgebraucht, und jetzt ist auch mein Duschgel weg. Warum er unbedingt nach *Brown Sugar Pears* duften möchte, erschließt sich mir nicht.

Ich stöhne. »Musstest du unbedingt *mein* Duschgel benutzen?«

»Meins ist leer. Ich dachte, es ist kein Problem.«

Ich sitze auf der Couch und drehe den Kopf, um Caleb sehen zu können. Ein Schrei entfährt mir, als ich feststelle, dass er außer einem Handtuch nichts anhat.

»Warum bist du *nackt?*«

»Ich bin nicht *nackt*, Zoe. Ich habe ein Handtuch um mich gewickelt. Warum hörst du nicht auf, mich anzustarren?«

Seine Mundwinkel zucken, und ich merke, dass er recht hat. Ich starre ihn immer noch an, aber ich kann den Blick einfach nicht von ihm losreißen, nicht, solange er mir seine perfekt geformte Brust präsentiert.

Man sieht, dass Caleb Wert darauf legt, seinen Körper zu pflegen. Man sieht außerdem, dass er einen großen Teil seiner freien Zeit im Kraftraum verbringt. Seine Bizepse sehen aus wie gemeißelt, einfach perfekt, und seine Unterarme sind kräftig und muskulös. Seinen Bauchmuskeln widmet er offenbar besondere Aufmerksamkeit, denn sie weisen diese wundervolle V-Form auf, die mich ganz schwach macht.

Ein Wassertropfen gleitet langsam an ihm herab, tiefer, tiefer, tiefer, bis unter das Handtuch. *Oh Gott, wie wünsche ich mir, unter dieses Handtuch blicken zu dürfen!*

»Zoe?«

Seine Stimme lässt mich aufschrecken, und ich zwinge mich, seinen Blick zu erwidern. Meine Wangen sind ganz heiß wegen all der Gedanken, die mir durch den Kopf gehen.

Ich will meinen Mitbewohner nicht attraktiv finden. Ich will meinen Mitbewohner nicht attraktiv finden.

»Geh, und zieh dir was an, Caleb.«

Er grinst. »Weil du Angst hast, du könntest mich bespringen?«

Ja. »Nein.«

»Lügst du?«

Ja. »Nein.«

Sein Grinsen wird breiter, denn er weiß genau, dass ich lüge, aber er sagt nichts.

Er dreht sich um und eilt den Flur hinab zu seinem Zimmer, nur um nach wenigen Augenblicken erneut aufzutauchen, angetan mit einem einfachen schwarzen T-Shirt, einer grauen Sweathose und keinen Socken.

Das ist vielleicht noch schlimmer.

Irgendwie sind Männer in Sweathosen mit nackten Füßen extrem sexy. Es weckt Erinnerungen an verregnete Sonntagnachmittage, die man im Bett verbringt ... wo ich in diesem Moment am liebsten wäre.

Ich sehe zu, wie Caleb zur Küche marschiert und eine Schranktür nach der anderen öffnet und von Mal zu Mal mit einem lauteren Knall wieder schließt.

Als er beim Kühlschrank ankommt, schnaubt er angewidert.

»Gibt es hier irgendetwas Essbares?«

Ich erhebe mich von der Couch und setze mich an den Tresen. »Was soll das heißen? Die Schränke sind doch voll, und im Kühlschrank steht Milch.«

»Milch für Makkaroni oder Müsli, und das ist praktisch alles, was in den Schränken ist.«

»Okay.« Verwirrt ziehe ich das Wort in die Länge. »Das ist doch essbar.«

Er stöhnt. »Das ist doch kein richtiges Essen.«

»Es hält mich am Leben.«

»Aber nicht auf gesunde Art.«

Ich verdrehe die Augen. »Spießer.«

»Schlaumeier.«

»Was soll ich denn sonst essen? Ich kann nicht kochen.«

Calebs Kinn fällt herab. »Du kannst nicht kochen? Überhaupt nicht?«

»Ich kann Eier machen und backen ... zählt das?«

Er schlägt die Hände vors Gesicht und lacht. »Du kannst das, was ich überhaupt nicht hinkriege.«

»Moment, du kannst keine Eier zubereiten? Aber das ist doch so einfach.«

»Tja, für mich anscheinend nicht. Was kannst du backen?«

»Alles Mögliche.«

»Cookies?«

Ich wedle mit der Hand. »Total einfach.«

»Cupcakes? Richtig hausgemachte?«

»Willst du mich beleidigen?«

»Wie wäre es damit: Du machst die Desserts und ich das Abendessen.«

»Du meinst ... jeden Tag?«

»An allen Tagen, an denen wir beide zu Hause sind«, erwidert er. »Außer sonntags. Sonntags werde ich nicht hier sein.«

»Wieso das?«

»Da habe ich etwas vor.«

»Tatsächlich?« Er nickt. »Wirklich jeden Sonntag?« Er nickt wieder.

Interessant ...

»Also abgemacht?«

»Abgemacht«, stimme ich zu.

»Gut.« Er klatscht in die Hände. »Dann müssen wir also einkaufen gehen.«

Ich hebe die Hand. »Jetzt *sofort*? Ich war vor zwei Tagen erst einkaufen.«

»Und in deinen Schränken gibt es nichts als Junk.«

»So schlimm ist es nicht.«

»Aber ziemlich schlimm.«

»Na schön.« Ich seufze resigniert. »Dann lass uns einkaufen gehen. Ich ziehe mir ein anständiges Shirt an.«

»Und eine Hose. Vergiss nicht, eine Hose anzuziehen.«

»Leggings sind Hosen!«, rufe ich über die Schulter zurück, als ich schon auf dem Weg zu meinem Zimmer bin.

Ich lausche, als Caleb mir folgt, dann höre ich, dass seine Kommodenschubladen geöffnet werden. Ich höre jedoch nicht, dass seine Zimmertür geschlossen wird, und ich würde zu gern in den Flur schleichen und einen Blick durch diese Tür erhaschen.

Stattdessen nehme ich brav ein T-Shirt aus dem Schrank, das nicht drei Nummern zu groß ist, ziehe mir das simple dunkelblaue Teil mit V-Ausschnitt über, stecke mein Haar zu einem extrem lässigen Knoten zusammen und lege etwas Lipgloss auf.

Caleb schlendert aus seinem Zimmer, statt der Sweathose von vorhin trägt er jetzt eine tief auf der Hüfte sitzende Jeans. Er hat sich nicht die Mühe gemacht, sein Shirt zu wechseln, und er hat auch dieselbe Kappe wie vorhin verkehrt herum auf dem Kopf. Sein dunkelblondes Haar quillt darunter hervor.

Ich habe früher nie verstanden, was an Baseballkappen so toll sein soll. Ich fand sie als Accessoire immer ziemlich merkwürdig.

Bis jetzt.

Ich weiß nicht, ob es daran liegt, wie er sie trägt, oder daran, dass sie ihn irgendwie verwegen aussehen lässt, aber zum Teufel …

Caleb ohne diese Kappe ist süß. Caleb mit dieser Kappe? Sexy!

»Macht es dir nichts aus zu fahren?«

Ich lasse meine Schlüssel klimpern. »Nö.«

»Ich habe gesehen, dass Mittens auf dem Weg in dein Zimmer war. Ist das in Ordnung für dich?«

»Klar, aber wundere dich nicht, wenn er sich in mich verliebt und nur noch dort schlafen will.«

»Ha! Als ob das je passieren würde.«

»Hey, ich meine ja nur. Ich bin unwiderstehlich.«

»Du meinst, unausstehlich.«

Ich blicke erbost in seine Richtung. »Vorsicht, mein Lieber!«

Er streckt die Hand aus und zwickt mich in die Nase. Ich schlage seine Hand weg.

»Du siehst atemberaubend aus. Lass uns losfahren.«

Wir verlassen das Apartment, und ich schließe die Tür hinter mir zu. Ganz ruhig gehen wir zum Auto, aber ich spüre die Wärme, die Calebs Körper ausstrahlt, während er mir über den Fußweg folgt.

»Wohin?«, frage ich, als wir die Sicherheitsgurte anlegen.

»Bist du einverstanden mit *Smart Shoppe*?«

»Auch wenn es mich nervt, dass sie zwei Ps und am Ende ein E verwenden, ist das okay. Ein schöner Supermarkt und billig; so, wie ich es mag.«

»Ich habe das mit den Extrabuchstaben auch nie kapiert. Ich glaube, es soll irgendwie extravagant wirken.«

»Wichtigtuerei.« Ich schnalze mit der Zunge und lenke den Wagen von unserm Privatparkplatz auf die Straße.

Es ist nur eine kurze Fahrt. Im Nu sind wir angekommen, und Caleb schnappt sich einen Einkaufswagen und steuert die Gemüseabteilung an.

»Was für Gemüse magst du am liebsten?«, erkundigt er sich, nimmt eine Handvoll grüne Bohnen und wirft sie in eine Tüte.

»Alles, was nicht grün ist.«

»Im Ernst?«

Ich zucke mit den Achseln. »Was denn? Die Farbe ist eklig.«

»Wie kann eine Farbe eklig sein?«

»Es ist einfach so.«

Er gibt sich größte Mühe, einen Seufzer zu unterdrücken, aber vergeblich. »Na schön. Nimm einfach das, was du gerne isst.«

Ich lade Möhren, Blumenkohl, Süßkartoffeln und Butternusskürbis in unseren Wagen.

»Das *alles* isst du gerne?«

Ich blinzle ihn an. »Ja. Ist das ein Problem?«

»Nein. Ich bin nur überrascht, nach allem, was ich in deinen Schränken gefunden habe.«

»Nur weil ich ziemlich lange mit Hamburgern und Käse überleben kann, heißt das nicht, dass ich ausschließlich das esse.« Caleb blickt mich regungslos an. »Manchmal bestelle ich mir auch etwas.«

Ein Grinsen breitet sich auf seinem Gesicht aus. »Ich wusste, dass das kommen würde.«

»Ach ja? Kannst du Gedanken lesen?«

»Gar nicht. Du bist einfach so berechenbar.«

Ich greife nach dem nächstbesten Gegenstand und werfe ihn nach Caleb.

»Hast du ... hast du gerade eine Kartoffel nach mir geworfen, verdammt? Mitten im Supermarkt?«

Ich kreuze die Arme vor der Brust und starre Caleb wütend an. »Bin ich immer noch berechenbar?«

Er lacht und schüttelt den Kopf. »Du bist vielleicht eine Nummer, Zoe.«

»Danke ... glaube ich.«

»Gern geschehen. Lass uns weitergehen. Ich sterbe vor Hunger, und der ungünstigste Zeitpunkt zum Einkaufen ist, wenn man hungrig ist.«

Wir durchqueren den Supermarkt und streiten darüber, was wir kaufen wollen.

»Oreos?«, schlage ich vor.

»Nein.«

»Pop-Tarts?«

Seine Lippen kräuseln sich. »Negativ. Wie wär's, wenn du ab jetzt ohne dieses Zeug lebst?«

»So übel ist es gar nicht.«

»Sie enthalten keine Nährstoffe.«

»Nur damit du es weißt, Oreos sind vegan. Etwas an ihnen muss schließlich nützlich sein«, versuche ich zu argumentieren.

»So funktioniert das nicht.«

»Du funktionierst nicht«, brumme ich.

»Das habe ich gehört.« Er nimmt eine Packung Vollkornnudeln und lässt sie in den Wagen fallen.

»Diese Dinger schmecken wie Pappe.«

»Aha, isst du oft Pappe?«

Er dreht sich nicht einmal zu mir um, also sieht er auch nicht, dass ich abfällig mit der Hand wedle.

»Hör auf damit!«

Wie um alles … »Ich glaube, ich hasse dich.«

»Du wünschst, du würdest mich hassen.«

Und ich wünschte, ich würde mich nicht danach sehnen, dir dieses Cap vom Kopf zu reißen und meine Lippen auf deine zu drücken. Warum zum Teufel muss er beim Lebensmitteleinkauf auch noch sexy aussehen?

Eine weitere Nudelpackung landet im Wagen. »Was ist *Breakfast and Beats?*«

»Was?«

Er wirft mir über die Schulter einen Blick zu, bevor er ein Glas mit zuckerfreier Bio-Tomatensoße aus dem Regal nimmt. »Auf deinem Flyer stand etwas von *Breakfast and Beats*. Was soll das sein?«

»Oh!« Ich zucke mit den Schultern. »Ich höre gern Rap

aus den Neunzigern und frühen Nullerjahren, wenn ich Frühstück mache.«

»Eier, richtig?«

»Oder Frühstücksflocken.«

»Frühstücksflocken sind kein richtiges Frühstück.«

»Du bist ganz schön dogmatisch, wenn es darum geht, was ich in den Mund nehme.«

Calebs Brauen schießen in die Höhe, und er schürzt die Lippen zu einem schiefen Grinsen, da erst wird mir bewusst, was ich gerade gesagt habe.

»Oh Gott, ich rede hier nicht von Schwänzen, Caleb. Sondern vom Essen.«

Ich höre ein halb ersticktes Lachen und drehe mich um. Eine alte Dame steht direkt hinter mir. Ihr Haar ist eine chaotische weiße Masse, ihre Nägel sind knallrot lackiert, und ein Armband aus würfelförmigen synthetischen Diamanten baumelt an ihrem Handgelenk, als sie nach einer Nudelpackung greift. Eine lange schwarze Stola bedeckt ihre Schultern, sie trägt eine schmal geschnittene schwarze Hose, dazu eine weiße Bluse; ein unechtes Perlencollier um ihren schlanken Hals rundet das Outfit ab. Sie ist perfekt gestylt, ein bisschen übertrieben für Smart Shoppe, besonders um diese Tageszeit.

Meine Wangen werden heiß, und Caleb beugt sich vornüber vor Lachen. Er wusste die ganze Zeit, dass die Frau hinter mir stand. Ich gebe ihm einen Klaps auf seinen gebeugten Körper in der Hoffnung, ihn zum Schweigen zu bringen.

»Du!« Ich verpasse ihm einen Schlag auf den Rücken. »Du bist so ein Arsch!«

»Oh, Süße, kein Grund zur Verlegenheit. Ein bisschen Spaß im Bett ist kein Grund, sich zu schämen.«

Sie zwinkert mir zu und tänzelt davon. Ich stehe einfach nur da, mit offenem Mund und einem immer noch lachenden Caleb neben mir.

»Hat sie gerade …?«

»Genau.«

»Nicht zu fassen«, murmle ich.

Caleb richtet sich auf und wischt sich die Lachtränen aus dem Gesicht. »Ich glaube, ich liebe die alte Dame.«

»Ich glaube, ICH liebe die alte Dame. Wenn ich groß bin, will ich so sein wie sie.«

Caleb ergreift meine Hände und zieht mich weiter. »Komm! Nicht, dass du noch hinter ihr herrennst und ihr einen Antrag machst.«

Ich versuche, noch ein paar Snacks in den Wagen zu schmuggeln, aber es hat keinen Sinn. Caleb merkt es sofort. Nach dem sechsten Versuch gebe ich es auf und lasse ihn auswählen, was immer er will.

»Wie hast du eigentlich kochen gelernt?«, frage ich und lasse eine Packung Milch in den Wagen gleiten.

»Mir blieb keine andere Wahl.« Er überprüft die Eier in der Packung, die er gerade in der Hand hält, und reicht sie dann an mich weiter. »Ich war zu Hause der Älteste, und meine Mutter war nicht oft da. Mit Makkaroni und Käse oder Ramen-Nudeln kommt man auf die Dauer nicht weit.«

»Deshalb bestelle ich mir von Zeit zu Zeit etwas – damit es nicht zu eintönig wird.«

Caleb schmunzelt. »Wieso kannst du backen? Kommt mir merkwürdig vor.«

»Eigentlich nicht, wenn man es sich überlegt. Es gibt viele Variablen beim Kochen. Backen ist einfach. Es gibt bestimmte Zutaten, die zusammen dies oder das ergeben, und man muss es so und so lange backen. Alles ist ganz klar definiert, und es gibt nicht viele Möglichkeiten, davon abzuweichen. Es gefällt mir, dass alles klar geregelt ist.«

»Hm ... so habe ich das nie betrachtet.«

Und das ist alles, was er sagt.

Wir schlendern die Gänge auf und ab, und unsere Arme stoßen dabei immer wieder aneinander. Ich weiß nicht, ob absichtlich oder nicht, aber ich fange an zu glauben, dass es absichtlich ist. Ich meine, wie oft kann so etwas zufällig passieren, bis es auffällt?

»Ich hole noch ein oder zwei Packungen mit gefrorenen Früchten für Smoothies. Du gehst rüber und besorgst ein paar Beutel Gemüse zum Dämpfen, die Sorten, die du magst.«

»Roger.«

Wir gehen in entgegengesetzte Richtungen, und ich schaue mich bei den Kühlvitrinen um und versuche zu finden, was ich im Sinne habe. *Natürlich* befindet es sich im obersten Regal, und ich bin zu klein, um dranzukommen.

Ich öffne die Tür – die kalte Luft schlägt mir ins Gesicht und jagt mir einen Schauer über den Rücken – und stelle mich auf die unterste Stufe der Regale. Auch jetzt und auf Zehenspitzen komme ich nicht an den Beutel mit Maiskörnern heran. Er liegt ganz hinten im Kühlregal, ganz knapp außerhalb meiner Reichweite.

Da fährt es mir heiß über den Rücken, und ich erschauere schon wieder. Meine Brustwarzen richten sich auf. Diesmal nicht wegen der kalten Luft, sondern wegen der plötzlichen Änderung der Temperatur.

»Hey«, sagt Caleb. Seine raue Stimme dringt mir durch jede Pore. »Lass mich das machen.«

Seine Hand liegt auf meinem unteren Rücken, die Berührung verwandelt sich in einen leichten Druck, und für einen Moment verharren wir beide regungslos. Er ist so nah, dass ich spüre, wie bei jedem Atemzug seine Brust meinen Po streift.

Diese Nähe verursacht auch eine Reaktion in ihm.

Ich weiß nicht, ob ich mich deswegen freuen oder mich alarmiert fühlen soll.

Ein Teil von mir möchte sich fallen lassen, um festzustellen, ob er mich auffangen würde, ein Teil von mir möchte wissen, wie es sich anfühlen würde, in Calebs Armen zu liegen.

Aber ich tue es nicht.

Stattdessen klettere ich abwärts und genieße es, seine starken, rauen Finger durch mein dünnes Shirt hindurch zu spüren.

Ich trete zur Seite, als Caleb mühelos nach oben greift und den Beutel mit Maiskörnern in den Einkaufswagen wirft.

»Sonst noch etwas?«, fragt er.

Ich schüttle den Kopf, denn ich traue im Moment meinen Stimmbändern nicht.

»Das ist dann also alles.« Er blickt in den Wagen und dann noch ein letztes Mal zu den Regalen. »Ich denke, wir haben alles. Es ist kein schlechter Anfang, um den Kühlschrank aufzufüllen.«

»Kein schlechter Anfang. Du hast von fast allem zwei Packungen genommen.«

»Und keine einzige Packung mit Käse-Makkaroni.«

»Aber nur, weil wir davon genug zu Hause haben, oder?«

Er schüttelt belustigt den Kopf. »Klar. Jetzt lass uns zur Kasse gehen, bevor ich es mir noch überlege und dich zwinge, diese Schokomilch zurück ins Regal zu legen.«

»Hast mich erwischt, was?«

»Als Diebin wärst du miserabel. Kein bisschen raffiniert.«

»Werde nicht unverschämt, Caleb.«

Er verdreht die Augen, dann schiebt er den Einkaufswagen zum Kassenband und beginnt, die Sachen aufzuladen. »Ehrlich, Zoe – ich war einfach ehrlich.«

»Bist du immer so frech?«

»Musst du immer das letzte Wort haben?«

»Nein.«

»Bist du sicher?«

»Nein.«

Der Kassierer, ein Highschool-Schüler, der sich offenbar zu Tode langweilt, schiebt die Sachen über den Scanner und dann zum Einpacker, der ungefähr genauso enthusiastisch wirkt wie er.

»Papier oder Plastik?«, fragt er mit monotoner Stimme.

»Papier«, sagt Caleb im selben Moment, als ich sage: »Plastik.«

»Papier ist besser, robuster.«

»Ich verwende die Plastiktüten mehrmals.«

»Mittens braucht die Papiertüten.«

»Papier oder Plastik?«, sagt der Junge noch einmal.

Caleb und ich veranstalten ein Wettstarren, keiner will den anderen gewinnen lassen.

Als ich den Mund öffne, öffnet er ihn auch.

»PAPIER!«, schreit er den armen Jungen an, sodass er zusammenzuckt. Dann grinst er siegesgewiss in meine Richtung.

Ich stöhne und mache weiter mit dem Aufladen der Sachen.

Ein paar Minuten und achtzig Dollar später kommt es zur nächsten Pattsituation.

»Ich zahle.«

»Auf keinen Fall. Ich mache das.«

»Caleb.«

»Zoe.«

»Lass mich das bezahlen. Du hast diese Woche schon genug ausgegeben mit der Miete.«

»Ach was. Geh und bring den Wagen zurück.«

»Du bist ganz schön stur!«, stelle ich fest.

Er hält seine Kreditkarte an den Kartenleser. »Hört sich komisch an, aus deinem Mund.«

»Na schön, aber wir holen uns auf dem Heimweg Pommes frites, nur damit du es weißt.«

»Aber die Lebensmittel ...«

»Werden nicht kaputtgehen in den fünf Minuten. Und jetzt lass uns losfahren, sonst wird meine Schokomilch noch sauer.«

5. Kapitel

»Das war die beste Idee, die du hattest, seit du mich hast einziehen lassen.«

Caleb stöhnt, als er wieder in seinen Burger beißt, schluckt und eine Handvoll Fritten hinterherschiebt.

Wie gebannt beobachte ich jede einzelne Bewegung.

»Isst du den Burger, oder hast du Sex mit ihm?«

Er blickt mich von der Seite an. »Ich esse ihn, und dabei genieße ich jeden einzelnen Bissen. Ich esse selten etwas anderes als Hühnchen oder Gemüse.«

»Im Ernst?«

»Was?«, erwidert er, den Mund voller Pommes frites. »Ich versuche wirklich, gesund zu essen. Ich bin schließlich Sportler, verstehst du? Wir müssen in Form bleiben, wenn wir das beste Spiel aller Zeiten bieten wollen.«

»Tja, gutes Argument.«

Ich werfe mir das letzte Nugget in den Mund und schiebe die leeren Verpackungen zusammen, während Caleb seinen Burger vertilgt.

»Danke, Zoe!« Er schiebt seine Verpackung in die Tüte und trinkt den Rest seiner *Powerade*, bevor er die Dose ebenfalls in die Tüte steckt. »Ich meine, ich werde es definitiv bereuen, aber verdammt, das war gut.«

»Gern geschehen ... glaube ich.«

»Ich bringe das Zeug schnell zur Mülltonne. Schließ hinter mir ab.«

Ich blicke mich um, überrascht, dass er so etwas sagt. »Wir sind hier auf dem Parkplatz von Frankie's, und es ist Dienstag und gerade mal halb neun. Ich glaube nicht, dass in den vierzig Sekunden, die du brauchst, um das wegzuwerfen, etwas passiert.«

»Bist du immer so streitlustig? Im Supermarkt warst du auch schon so.«

»Ich streite nicht. Ich steuere taktvoll deine Meinung zu meinen Gunsten.«

»Du streitest also so lange, bis du kriegst, was du willst.«

»Stimmt. Wenn man es so betrachtet.«

Er hebt die Hand mit dem Autoschlüssel himmelwärts und seufzt. »Tu es einfach.«

Er stößt die Tür auf, steigt aus, wirft sie hinter sich zu und wartet.

Ich starre erbost auf seine Silhouette hinter der Fensterscheibe. Er wird sich nicht rühren, solange ich nicht die verdammte Tür verriegle.

Nach gefühlten fünf Minuten gebe ich nach und drücke auf den Knopf.

Caleb hastet davon, und ich beobachte, wie leichtfüßig er sich bewegt. Sein Gang drückt Entschlossenheit und Selbstsicherheit aus – und ich fühle mich wie eine Idiotin, weil mir das auffällt, besonders gerade jetzt.

Im Nu ist er wieder da und klopft an die Scheibe. Ich entriegle die Tür, und dann sind wir auch schon wieder unterwegs Richtung Apartment.

Wir sind still, und sosehr ich diese Ruhe genieße, lastet doch etwas auf meiner Seele, etwas, worüber ich sprechen möchte.

Calebs Hand.

Seit ich den Campus zum ersten Mal betreten habe, weiß ich, wer Caleb Mills ist. Jeder weiß, wer er ist: ein Star, dritter Baseman bei den Hawks. Er war schon immer bekannt und beliebt, jeder an der Uni kennt ihn als den, der immer bereitsteht, auf den man zählen kann.

Dass er so ein Hottie ist, hat natürlich zusätzlich die Aufmerksamkeit auf ihn gelenkt. Ich glaube, jedes Mädchen auf dem Campus hat irgendwann einmal für ihn geschwärmt, aber niemals hatte er einen anderen Ruf als den eines Gentlemans. Bevor er mit Delia ging, wurde oft gescherzt, er sei der einzige jungfräuliche Hawk im Team. Ich glaube nicht, dass irgendjemand wirklich daran geglaubt hat, aber trotzdem ...

Niemand hat jemals etwas Negatives über Caleb geäußert. Wie also konnte es dazu kommen, dass er in eine Schlägerei gerät? Ich will wissen, was zum Teufel da passiert ist.

»Kann ich dich etwas fragen?«

»Nur zu.«

»Deine Hand ...«

Er stöhnt auf. Ich bin sicher, weil er weiß, was als Nächstes kommt.

»Ja?« Es klingt ablehnend, verächtlich – nicht mir gegenüber, sondern wegen der Situation.

»Du hast gesagt, es ist bei einer Schlägerei passiert?«

»Genau.«

»Mit wem?«

»Niemand von Bedeutung.« Er flüstert beinahe, und ich kann heraushören, wie sehr er das Ganze bedauert.

»Du hast dir die Hand gebrochen wegen jemand, der keine Bedeutung hat?«

Er seufzt laut und nickt kurz. »Richtig.«

»Wie schlimm ist es?«

»Schlimm. Mit dem Baseball ist es wahrscheinlich vorbei für mich.«

Ich blicke vorsichtig zu ihm rüber. Er guckt aus dem Beifahrerfenster, sein stoppeliges Kinn wirkt kantig und angespannt. Ich spüre seine abwehrende Haltung und wünsche mir, ich hätte nicht mit dem Thema angefangen.

Aber jetzt ist es zu spät für einen Rückzieher.

»Wirklich ... endgültig vorbei?«

»Endgültig vorbei.«

Ich blase die Luft aus, und er rutscht auf seinem Sitz hin und her, als ob es ihm körperlich etwas ausmachen würde, darüber zu reden.

»Und was ist mit ...? ich dachte, du spielst nächstes Jahr in einem Team in der *Junior League*?«

Seine Mundwinkel zucken aufwärts. »Nicht *Junior League*, Babe. *Minor*. Und es ist bis jetzt nicht offiziell. Es gab Gespräche, aber jetzt ist das vom Tisch.«

Babe.

Ich weiß nicht, ob es dieses Wort ist oder Calebs Geständnis, das mir den Atem raubt. »Wow!«, ist alles, was ich herausbringe.

»Tja. Wow!«

Es ist seiner Stimme anzuhören, wie niedergeschlagen er ist. Ich möchte ihm sagen, wie leid es mir tut, dass er seinen Lebenstraum aufgeben muss.

Ich weiß, wenn mit meinen Händen etwas passieren würde und ich keinen Stift oder Pinsel mehr halten könnte, dann wäre ich verloren.

Und genauso klingt Caleb gerade.

»Hast du wenigstens gesiegt?«

Ein Schmunzeln entfährt ihm, und er neigt etwas den Kopf, zieht seine Kappe ab und fährt sich mit der anderen Hand durch seinen dichten Lockenschopf. Er blickt auf seinen Schoß und grinst. Dabei nestelt er an seiner Kappe und biegt den Rand zurecht.

»Hast du?«, necke ich ihn.

»Ja, ich habe gesiegt.«

»Gut.«

Ich lenke den SUV in eine Parklücke, und während wir uns die Einkäufe aufladen und zum Apartment gehen, sagt keiner von uns ein Wort.

»Hast du ein bestimmtes Schema, nach dem du alles verstaust?«, will er wissen, nachdem wir alles hereingebracht haben.

Er fängt an, die Sachen aus den Papiertüten auszupacken, und mir fällt auf, dass er hauptsächlich die linke Hand benutzt, die nicht geschient ist. Das tut er schon den ganzen

Abend – im Supermarkt, beim Essen und jetzt wieder. Ich würde ihm gern noch mehr Fragen über seine Verletzung stellen, aber ich möchte ihm auch Zeit lassen mit diesem Thema.

»Eigentlich nicht. Ich benutze die Schränke kaum.«

»Hast du etwas dagegen, wenn ich das ändere?«

»Nur zu.«

Ich fülle ein Glas mit dem frisch gepressten Orangensaft, den wir gekauft haben, und setze mich an den Küchentresen. Caleb zieht sein Handy aus der Hosentasche und klickt darauf herum.

»Wir haben hier doch WLAN, oder?«

»Wir sind hier nicht im Mittelalter. Klar haben wir WLAN.«

»Passwort?«

»XGonGiveItToYa69. Jedes Wort am Anfang großgeschrieben.«

Er blickt mich ausdruckslos an. »Ist das auch so etwas wie *Breakfast & Beats?*«

»Oder es bedeutet einfach, dass DMX der Hammer ist.«

»Klar, oder das.« Er gibt das Passwort ein und öffnet ein paar Bildschirmseiten. »Wie kommt es, dass du so auf Rap stehst? Du wirkst eigentlich nicht ...«

»Wie der typische Rap-Fan? Wieso, weil ich Künstlerin bin und eher dieses depressive Emo-Zeug hören sollte?«

Er schüttelt verlegen den Kopf. »N-nein, das wollte ich damit nicht sagen.«

»Nicht?«

Er grinst und meint: »Okay, vielleicht ein bisschen.«

»Dachte ich mir.«

»Im Ernst, wie kommst du auf Rap?«

»Ich stehe nicht wirklich darauf, nur auf die Songs auf meiner B&B-Playlist. Ich mag die Musik, weil ich mich dabei so aufgekratzt fühle, sie bringt morgens meinen Kreislauf in Schwung, und das fördert meine Kreativität. Zu neunundneunzig Prozent höre ich dieses depressive Emo-Zeug.«

Ich grinse Caleb an.

»Aha! Ich hab's gewusst.«

Ich zucke mit den Achseln. »Was soll ich sagen? Ich bin ein wandelndes Künstlerinnenklischee. Und du? Was für Musik magst du?« Ich schürze die Lippen und sehe ihn forschend an. »Ich tendiere zu der Vermutung, dass du auf Mainstream stehst, schließlich bist du so ein gutmütiger Typ, der typische nette Junge von nebenan. Andererseits neige ich auch zu der Vermutung, dass du ein echter Rockfan bist, schließlich hast du mich schon einmal überrascht.«

Er lacht. »Ich bin ein gutmütiger Typ? Was soll das denn heißen?«

»Du weißt schon.« Ich stehe auf, gehe zum Kühlschrank, hole die Saftflasche heraus und fülle mein Glas noch einmal. Dann lehne ich mich gegen den Tresen, trinke einen Schluck und zucke mit den Schultern. »Unwiderstehlich blaue Augen, blondes, gelocktes Haar. Grübchen am Kinn. Wahnsinnskörper. Dieses süße Grinsen, das du so großzügig verschenkst, wie Süßigkeiten an Halloween. Die Tatsache, dass dir gar nicht klar zu sein scheinst, was für ein heißer Typ du bist. Und dass du ein heimlicher Nerd bist. Du weißt das alles.«

Caleb verschränkt die Arme vor der Brust – seine Muskeln zeichnen sich unter dem Stoff ab – und lehnt sich ebenfalls gegen den Tresen. Seine Augen sind auf mich gerichtet, und ich sehe darin boshafte Erheiterung und noch etwas anderes.

Er mustert mich von Kopf bis Fuß, und sein Blick ist so intensiv, dass mir der Schweiß ausbricht. Wir sind keinen halben Meter voneinander entfernt, und die Luft zwischen uns ist plötzlich zum Schneiden.

Caleb stößt sich vom Tresen ab, macht einen Schritt auf mich zu und beugt sich zu mir herab. Der knappe halbe Meter Sicherheitsabstand, der uns eben noch trennte, ist auf wenige Zentimeter zusammengeschrumpft, und mein Herz beginnt wild zu pochen, weil er mir so nah ist. Sein Duft haut mich um. Das Erste, was ich rieche, ist meine eigene *Brown Sugar Pears*-Duschlotion, aber darunter liegt noch eine ganz andere Note.

Total Mann.

Total Caleb.

»Du beobachtest mich ziemlich genau, Zoe?«

Mir rauscht das Blut in den Ohren, und ich höre kaum, was er sagt. Das unsichtbare Band zwischen uns strafft sich, und die Luft ist so dick, dass man kaum atmen kann.

Da ist etwas an der Art, wie er das sagt, so ruhig, so leise.

Er stellt diese Frage nicht, um mich zu verunsichern. Er stellt sie, um mich zu ermutigen.

»Du bist nicht leicht zu übersehen, Caleb.«

Seine Augen werden dunkler, und sein Blick gleitet zu meinem Mund und verweilt dort viel zu lange.

Da stehen wir und sehen uns an. Wir warten darauf, dass ... ich weiß nicht, was passiert. Dass einer von uns etwas unternimmt, damit unsere Münder sich einander annähern, oder irgendetwas geschieht ...

Meine Finger werden immer schwächer, und ich frage mich, wie viele Sekunden vergehen werden, bis mir das Glas völlig aus der Hand rutscht.

Plötzlich weicht Caleb zurück und geht rückwärts, bis der Sicherheitsabstand von zuvor wiederhergestellt ist. Dabei blickt er konzentriert auf sein Handy.

Das hat er gut drauf – sich zurückziehen, sich entziehen.

Er gibt sich gern nachdenklich, viel mehr, als ich gedacht hätte. Er legt Wert darauf, generell so wenig Worte wie möglich zu verwenden.

Einerseits gefällt mir das. Andererseits könnte ich frustriert aufschreien.

Langsam beruhigt sich mein Puls, und meine Atmung normalisiert sich auch wieder.

Es war heute nicht das erste Mal, dass wir uns einander angenähert haben, nicht das erste Mal, dass sein Blick einen Herzschlag zu lange auf meinen Lippen verweilt hat, oder das erste Mal, dass ich mich am liebsten an ihn gedrückt, ihn auf irgendeine Art berührt hätte.

Caleb hat etwas an sich, was mich magisch anzieht, mich immer mehr fasziniert.

Wenn ich nicht aufpasse, wird er mich noch völlig in seinen Bann ziehen.

Und dann gibt es kein Zurück mehr.

Eine weiche, bluesige Melodie ertönt aus den Surround-

Boxen im Wohnzimmer. Sie reißt mich zurück in die Gegenwart, weg von den riskanten Gedanken, die mir durch den Kopf gehen.

Ich lache, als ich höre, was für ein Song läuft.

»Siehst du? Ich wusste, du stehst auf Rock. Led Zeppelin ist eine gute Wahl.«

Er zuckt mit den Schultern und macht sich daran, die Makkaroni-mit-Käse-Packungen aus dem Schrank zu holen und auf dem Küchentresen zu stapeln, um Platz zu machen für die neuen Lebensmittel, die er gekauft hat. »Tja, ich bin wohl ziemlich berechenbar.«

»Ganz und gar nicht.« Ich kehre zu meinem Platz an der Arbeitsplatte zurück. »Ich hätte nie damit gerechnet, dass du so eine riesige Comicsammlung hast.«

»Das hat dich überrascht?«

»Du wirkst hundertprozentig athletisch, nicht wie ein Nerd.«

Er schmunzelt. »Ich schätze, das ist verständlich, schließlich spiele ich Baseball.« Die Dose mit Maiskörnern, die er gerade in der Hand hält, schwebt in der Luft, als er plötzlich mitten in der Bewegung innehält.

Seine breiten Schultern hängen plötzlich, und es juckt mich in den Fingern, ihn zu berühren und zu trösten. Es ist schrecklich, dass er etwas verloren hat, was ihm so viel bedeutet hat.

»Ich meine, ich habe Baseball gespielt.«

»Trotzdem«, wechsle ich schnell das Thema, in der Hoffnung, dass er es auch tut. »Du hast nun mal dieses Aussehen und diese Ausstrahlung. Ich kann mir nicht vorstellen, dass du in den Laden rennst, sobald eine neue Ausgabe im Regal liegt, oder bei Conventions Schlange stehst. Aber wenn man sieht, wie viele Comics du hast und wie viele Anstecker und Aufnäher, dann hast du wohl beides schon getan – und zwar oft.«

»So? Was kannst du dir denn vorstellen?«

»Freitagabende im Stadion, Wohnheimpartys am Wochenende, die Homecoming-Feier – du weißt schon, solides Abfeiern, wie es sich für anständig erzogene Jungs wie dich gehört.«

Ein halb unterdrückter Lacher entfährt ihm. Er schüttelt den Kopf, ob belustigt oder verärgert, weiß ich nicht. »Du liegst voll daneben, Zoe.«

»Wie das?«

Er geht in der Küche hin und her, ignoriert meine Frage und fährt damit fort, die Schränke zu leeren, um sie dann neu zu befüllen, so wie es ihm passt.

Endlich, als er die letzten Einkäufe verstaut, gibt er mir eine Antwort. »Ich wurde nicht anständig erzogen. Ich bin einfach aufgewachsen.«

Ich blinzle, unsicher, was genau er damit meint. Verblüfft sitze ich da, als er mittendrin aufhört und den Raum verlässt, offensichtlich schlecht gelaunt.

Er wirft zwar nicht seine Zimmertür hinter sich zu, aber die Botschaft ist unmissverständlICH: Lass mich in Ruhe!

Meine Brauen schieben sich zusammen. Ich bleibe am Küchentresen sitzen, kaue auf meiner Unterlippe und starre auf die Stelle, wo Caleb noch vor wenigen Augenblicken gestanden hat.

War ich zu aufdringlich? Habe ich zu viele Fragen gestellt? Sind Fragen über seine Vergangenheit tabu? Ist die wirklich so düster?

Kein einziges Mal habe ich in irgendeiner Weise von Caleb das Signal bekommen, dass sein Leben etwas anderes sein könnte als einfach nur jede Menge Spaß. Er war schon immer so ein lockerer, fröhlicher Kerl. Ich bin davon ausgegangen, dass er eine goldene Kindheit hatte, seine Eltern nicht geschieden sind, er an seiner Highschool der Abschlussballkönig war, und so weiter.

Aber anscheinend hat sein sonniges Gemüt nichts mit seiner Vergangenheit zu tun, einem dunkelgrauen Bereich, von dem ich nicht wusste, dass es ihn gibt; es ist vielmehr ein Hinweis auf seine Zukunft, er zeigt damit die Person, die er sein möchte.

•••

Mein Handy vibriert auf der Nachttischplatte. Ich zögere, deswegen meinen Pinsel aus der Hand zu legen.

Ich arbeite gerade an einem dieser Werke, die immer dann entstehen, wenn ich mir etwas aus dem Kopf malen muss. Im Grunde gebe ich einfach nur die Kontrolle auf und lasse meine Hände machen, was sie wollen.

Erneutes Vibrieren.

»Och!«

Widerwillig lege ich den Pinsel weg und greife nach dem nervenden Teil.

Das ist verdammt noch mal besser eine gute Nachricht.

CALEB: Tut mir leid … sorry, dass ich einfach so gegangen bin und kein Wort mit dir geredet habe. Manchmal bin ich ein Arsch, und heute Abend ist es passiert.

CALEB: Kannst du mir verzeihen?

Na, immerhin kneift er nicht.

ICH: Mach dich auf eine ausführliche Antwort gefasst …

ICH: Ich bin ziemlich sauer auf dich, ein bisschen verwirrt und vielleicht sogar verletzt. Erstens habe ich diesen Abgang von dir nicht verdient. Zweitens hast du nicht einmal die Küche fertig aufgeräumt. Das ist kein gutes Mitbewohnerverhalten. Ich weiß nicht, was für Mitbewohner du gewohnt bist, aber ich werde jedenfalls nicht auf rohen Eiern gehen wegen dir und deinen Wutausbrüchen. Lass mich teilhaben, schließ mich aus – ist mir egal. Aber behandle mich nicht so. Dann kommen wir klar. Überleg dir, was dich belastet, bevor du reinkommst, und lass es nicht an mir aus.

CALEB: Alles klar. Roger.

ICH: Hast du dich gerade wieder wie ein Arsch benommen?

CALEB: Verdammt, ja. Es tut mir leid. Ich bin ein Idiot.

ICH: Du hast verdammt recht, das bist du.

CALEB: Es ist nur … meine Vergangenheit ist ein wunder Punkt. Das ist dir bestimmt inzwischen auch klar geworden.

ICH: Was du nicht sagst. So schlimm?

CALEB: So schlimm wie ein im Reißverschluss eingeklemmter Schwanz.

ICH: Ich habe keinen, wie wir ja bereits festgestellt haben, also weiß ich nicht, wie sich das anfühlt, aber es klingt nicht gerade spaßig.

CALEB: Oh, da war nichts spaßig. Ich war kein Goldjunge. Ich wurde nicht zu Partys eingeladen, ganz zu schweigen von Schultänzen. Für mich gab es kein Homecoming. Es gab nur einen Grund, weshalb ich in die Baseballmannschaft aufgenommen wurde, von der ich dann verdammt viel profitieren konnte: meine Mutter und das, was sie in den Abendstunden für die Trainer getan hat. Ich gehörte fast zu den Außenseitern, und denen, die wirklich gestört waren, konnte ich nur mit knapper Not entkommen. Die Highschool-Zeit war verdammt hart. Das College ist für mich ein Neuanfang.

CALEB: Glaubst du, wir könnten einen Neuanfang machen?

ICH: Das können wir, aber das ist deine letzte Chance. Verdirb es nicht!

ICH: Oh Mann, ich glaube, wir haben uns da ganz schön reingesteigert. Können wir nicht einfach wieder flirten, so wie am Anfang in den E-Mails?

CALEB: Flirten? So nennst du das? Oh, du meinst, als du mir auf den Hintern gestarrt hast und ich so getan habe, als ob ich es nicht bemerken würde? Oder als du ganz nah an mich herangerückt bist und versucht hast, mich dazu zu bringen, dass ich dich küsse? Ist es das, was wir deiner Meinung nach wieder tun sollten?

ICH: Du bist so ein Arsch! Ich habe NICHT auf deinen Hintern gestarrt.

ICH: Okay, zugegeben. Ich habe es getan. Verklag mich doch. Du hast einfach einen tollen Hintern.

ICH: Ich hasse dich, weil ich jetzt rot werde. Ich werde nie rot. WAS HAST DU MIT MIR GEMACHT?

CALEB: Du Lügnerin. Du könntest mich nie hassen. Und wenn ich mich noch so schlimm aufführen würde, du wärst nie fähig, mich wirklich zu hassen. Keine Sorge, ich werde nicht weitererzählen, dass du mich angestarrt hast ... wenn du versprichst, nicht weiterzuerzählen, dass ich dich auch angestarrt habe.

CALEB: PS: SO flirtet man.

ICH: Oh, jeder weiß, dass du mich angestarrt hast, weil das alle machen. Ich bin heiß. *zuckt mit den Schultern*

CALEB: Du bist eine weibliche Ausgabe von Zach, das weißt du, oder?

ICH: Na und?

Ich schlage mir mit der Hand an die Stirn.

Flirten? Wirklich, Zoe? Bäh!

Sosehr mich Caleb heute Abend auch genervt hat, ich kann nicht anders, ich fühle mich zu ihm hingezogen. Er ist so … anders, als ich erwartet habe, so viel komplexer.

Ich will mehr über ihn erfahren, und das ist nun mal meine Art, Leute kennenzulernen – ich flirte.

So bin ich eben, und ich habe mich noch nie dafür geschämt.

Flirten ist harmlos … *oder?*

6. Kapitel

»Was zum Teufel guckst du gerade?«

Ich stoße einen Schrei aus und zucke so sehr zusammen, dass sich der Inhalt meiner Müslischale über mich und die Couch ergießt. Mein Handy fliegt quer durchs Zimmer, weil ich so abrupt die Hand hochreiße und aufs Herz lege.

Ich springe von der Couch und fahre herum. Milch tropft mir vom Kinn und auf mein T-Shirt. »Was ist los mit dir?«, fahre ich Caleb an. »Du hast mir eine scheiß Angst eingejagt!«

»Du hast dir nicht einmal in die Hose gemacht.«

»Im übertragenen Sinn sehr wohl. Im übertragenen Sinn habe ich mir in die Hose gemacht.«

»Und du hast dich total mit Müsli bekleckert.«

»Ach ja?« Ich wische mir übers Kinn. »Was du nicht sagst.«

»Tja, und das Shirt, das du da anhast? Sagen wir, es ist ziemlich dünn.«

Ich starre ihn erbost an. »Sei ein Kavalier und bring mir ein Handtuch.«

Caleb lacht auf dem Weg zur Küche, wo er sich das

Handtuch schnappt, das am Backofen hängt. Lässig schlendert er zurück und hält es mir vor die Nase.

»Das geht hoffentlich wieder raus«, brumme ich, während ich versuche, die Flecken zu verreiben. Zum Glück ist das meiste auf meiner Decke gelandet.

»Du kannst nicht ernsthaft wütend auf mich sein.«

»Ich bin genervt. Das ist etwas anderes.«

»Weil ich mein Wohnzimmer betrete?«

»Du hast dich nicht angekündigt.«

»Es ist auch *mein* Wohnzimmer!«

Caleb und ich wohnen jetzt seit eineinhalb Wochen zusammen, und ich habe mich immer noch nicht an ihn gewöhnt. Es stimmt schon, das hat sehr viel damit zu tun, dass wir kaum Zeit miteinander verbringen, weil wir beide volle Stundenpläne haben, aber noch mehr hat es damit zu tun, dass er so ... lautlos ist. Er schleicht durchs Apartment wie ein verdammter Ninja.

»Aber du musst mehr Geräusche machen.«

»Wäre es dir lieber, wenn ich durch die Wohnung stampfe?«

»Ja, bitte.«

»Nein.« Er greift nach dem Handtuch und nach meiner bekleckerten Decke und trägt beides den Flur hinab.

Ich folge ihm, biege in mein Zimmer ab, ziehe das Shirt aus, reiße meine Schublade auf und ziehe ein anderes heraus.

»Es tut mir l..., heilige Scheiße, deine Brüste!«

Caleb steht in der Tür, sein Gesicht färbt sich immer dunkler, von Sekunde zu Sekunde. Er zieht scharf die Luft ein, macht jedoch keine Anstalten, sich zu bewegen oder seine Augen zu bedecken.

Wirklich keine.

Wir stehen beide einfach nur da, geschockt, denn ich habe kein Shirt an.

Ich habe verdammt noch mal kein Shirt an und stehe mit nichts als meinem schwarzen Spitzen-BH vor Caleb.

Sein Blick gleitet über meinen spärlich bekleideten Oberkörper, und seine Pupillen werden immer weiter. Offensichtlich gefällt ihm, was er sieht – und da wir gerade vom Sehen sprechen, ich bin sicher, dass er auch sieht, wie meine Brust sich hektisch hebt und senkt. Es ist unglaublich erotisch, wie er mich mit den Augen verschlingt.

Sein Blick hat nichts Raubtierhaftes an sich und gibt mir nicht das Gefühl, mich schämen zu müssen.

Ich fühle mich gut. Stark.

Sexy.

Und das alles wegen Caleb.

Mist. Mist. Mist! Caleb sollte mir nicht das Gefühl geben, sexy zu sein. Das hier dürfte gar nicht passieren.

Ich greife nach dem nächstbesten Shirt und streife es mir schnell über.

Dann blicke ich ihn streng an. »Siehst du! Genau deswegen musst du dich ankündigen, Caleb. Ich habe mich gerade umgezogen.«

Er hebt die Hand und bedeckt endlich seine Augen. »Ich wollte nicht spannen, wirklich. Ich habe einfach nicht nachgedacht. Ich bin es nicht gewohnt, mit einer Frau zusammenzuwohnen.«

Ich möchte ihn ausschimpfen, ihm wirklich von Herzen die Meinung sagen, aber das fühlt sich so falsch an, wenn sich seine Blicke auf meinem Körper doch gleichzeitig so gut anfühlen.

»Also dann gewöhn dich besser dran«, brumme ich und gehe an ihm vorbei den Flur hinab zum Wohnzimmer.

Ich hebe die Müslischale auf und gehe damit in die Küche.

»Ich komme den Flur runter!«, ruft Caleb. »Jetzt verlasse ich den Flur.«

Ich verdrehe die Augen und gehe zurück ins Wohnzimmer, wo ich mir im Vorbeigehen mein Handy schnappe.

»Ich komme ins Wohnzimmer!«

Ich setze mich auf die Couch und mache es mir unter der zweiten Decke, die dort bereitliegt, bequem.

»Ich setze mich auf die Couch!«, verkündet er lautstark, als er sich darauf fallen lässt.

»Du bist wirklich eine Nervensäge!«

»Hey, ich versuche nur, mich anzukündigen, wie verlangt.«

»Ich habe nicht gemeint, dass du das ständig machen musst.«

Er blickt suchend auf die Couch. »Ist das die einzige Decke, jetzt, wo du die andere mit Milch bekleckert hast?«

Ich ziehe besagte Decke enger um mich herum. »Allerdings.«

»Tja. Es ist verdammt kalt hier. Warum hast du es so kalt hier drinnen?«

»Weil ich heiß bin.«

Er grinst schelmisch. »Ich weiß, aber danach habe ich nicht gefragt.«

»Ich meine, mir wird schnell heiß. Ich friere mir lieber die Titten ab, als dass ich schwitze. Finde dich damit ab.«

Plötzlich streckt er die Hand aus und zieht mir mit einer schnellen Bewegung die Decke weg.

»Was zum Teufel!«, schreie ich.

»Was denn? Mir ist kalt.«

»Caleb!«

»Ja, meine liebe süße Mitbewohnerin?«

»Gib sie zurück!«

»Nö.« Seine vollen Lippen wirken so perfekt und lenken mich ab, als er die eine Silbe ausspricht.

»Caleb!«

»Was?«

»Komm schon! Sei kein Blödmann. Ich friere.«

»Komisch, ich auch. Deshalb habe ich mir ja die Decke genommen.«

»Es ist die einzige hier, und ich hatte sie zuerst«, jammere ich.

»Ich weiß, aber ich bin zu faul, mir die Decke aus meinem Zimmer zu holen.«

»Ich auch, deshalb benutze ich diese alte, zerschlissene, die du mitgebracht hast.«

»Alt und zerschlissen, aha? Wie kommt es dann, dass ich nicht einmal, nicht zweimal, nein, schon dreimal nach Hause gekommen bin und dich schlafend auf der Couch gesehen habe, mit dieser alten, zerschlissenen Decke um dich herumgewickelt?«

»Das war schiere Verzweiflung.« Ich wedle mit der Hand, denn ich möchte nicht zugeben, dass es sehr viel mehr als das war.

Die Decke riecht nach ihm, sie riecht nach Wärme und Behaglichkeit und Caleb, alles zusammen. Sie ist so ... gemütlich, aber das kann ich ihm nicht verraten.

»Aha«, macht er in einem Ton, der mir sagt, dass er mir das nicht abnimmt.

Damit hat er nicht unrecht.

»Halt einfach den Mund, und gib mir die Decke zurück.«

»Nein, aber wir können sie uns teilen.«

Er lässt sich auf der Couch nieder, packt meine Beine und zieht sie auf seinen Schoß. Dann schüttelt er die Decke aus und breitet sie über uns. So einfach ist das. Wir kuscheln uns regelrecht aneinander.

Was zum ...?

»Ist das nicht sonderbar?«, entfährt es mir.

»Nicht, solange wir nicht zulassen, dass es sonderbar wird.«

»Hm.«

»Genau.«

Ich greife zur Fernbedienung und drücke auf Play in dem Versuch, meine Aufmerksamkeit auf den Bildschirm zu richten und nicht wahrzunehmen, wie gut es sich anfühlt, so nah bei Caleb zu sein, und wie normal und tröstlich.

Es ist nur Caleb. Du kennst ihn seit Monaten. Er ist nur dein Mitbewohner. Lass es nicht peinlich werden.

Richtig. Lass es nicht peinlich werden. Lass ihn nicht wissen, dass ich total in ihn verknallt bin.

Genau.

Exakt in dem Moment vibriert mein Handy auf dem Couchtisch, und ich greife danach.

Zu meiner Überraschung leuchtet Delias Name auf dem Startbildschirm. Es ist schon spät, und sie ist meistens so Oma-haft drauf, dass sie um diese Zeit schon im Bett liegt.

DELIA: Okay, jetzt ist genug Zeit vergangen, und ich sterbe vor Neugier – wie läuft es so mit Caleb?

ICH: Du hast mir nie erzählt, dass er so launisch ist.

DELIA: Überraschung!

DELIA: Er kann ganz schön anstrengend sein, aber er ist ein Guter.

ICH: Ja, das bezweifle ich überhaupt nicht. Es wird … interessant werden mit ihm, das steht fest.

DELIA: Lass unsere Vergangenheit nicht dazwischenkommen, okay? Behandle ihn einfach so, wie du jeden anderen Mitbewohner behandeln würdest.

ICH: Das werde ich. Bis jetzt macht es Spaß mit

ihm. Er ist witzig. Er flirtet sogar ein bisschen mit mir. Ich glaube, das Zusammenleben mit ihm wird ganz gut.

DELIA: So ist Caleb eben, ständig am Flirten und auf jeder Party der Mittelpunkt. Ich bin froh, das zu hören, Zoe. Ich habe mir schon Sorgen gemacht, du würdest mich hassen, weil ich mich so für Caleb ausgesprochen habe.

ICH: Ich könnte dich nie hassen ... es sei denn, du würdest etwas WIRKLICH Schlimmes tun, wie z. B. meine sämtlichen Rap-CDs verbrennen.

DELIA: Ich kann nicht glauben, dass du überhaupt noch CDs besitzt. Du und Zach, ihr seid ja so ... OLDSCHOOL.

ICH: Hass uns nicht, nur weil wir cool sind.

DELIA: Du weißt schon, das ist genau das, was er sagen würde.

DELIA: Ihr seid beide anstrengend. Gute Nacht!

ICH: Nacht! ♡

Behandle ihn einfach so, wie du jeden anderen Mitbewohner behandeln würdest.

Sie hat recht. Genau das muss ich tun. Ich muss ihn so behandeln, als wäre er einfach nur Caleb, nicht, als wäre er ihr Ex ... nicht so, als hätten wir eine merkwürdige, ungeklärte gemeinsame Geschichte.

Es ist einfach nur Caleb.

Einfach nur Caleb.

Wenn das so ist, wieso schlägt mein Herz dann immer ein bisschen schneller, wenn er in der Nähe ist? Warum werde ich plötzlich atemlos, als wenn ich gerade fünfzig Stockwerke hochgerannt wäre? Warum konzentriert sich meine ganze Aufmerksamkeit auf ihn?

Jedes Mal, wenn er spät von seiner Arbeit oder von der Bibliothek nach Hause kommt, höre ich ihn und lausche im Bett und warte ... worauf? Ich weiß es nicht, aber ich fühle mich so ... so auf ihn abgestimmt.

Was idiotisch ist, denn wir verbringen ja gar nicht so viel Zeit miteinander, und wenn wir es tun, gehen wir einkaufen, und er nervt mich, bis ich lachen muss.

Trotzdem ... da ist irgendetwas, direkt unter der Oberfläche.

»Was zum Teufel sehen wir uns da eigentlich an?«, erkundigt er sich, nachdem die Folge schon zur Hälfte vorbei ist.

»*Parenthood.*«

»Etwa wie dieser alte Film mit Steve Martin? *Eine Wahnsinnsfamilie?*«

»Nein. Nun ja … irgendwie schon. Es ist eine sehr freie Adaptation.«

»Es ist …«

»Traurig? Ich weiß. Ich weine bei jeder Folge.«

»Das ist überhaupt nicht das, was ich sagen wollte. Moment, diese Frau … ist das *Lorelai Gilmore?*«

Ich drücke auf Pause und blicke ihn an. »Du kennst *Lorelai Gilmore?*«

Er hebt eine Schulter. »Wir hatten einen Fernseher, und es liefen ständig diese Wiederholungen. Das war einer von drei Sendern, die wir empfangen haben.«

»Und das hast du dir angesehen?«

»Warum nicht? Sie ist heiß.«

Ich muss lachen. »Total typische Männerantwort.«

»Sie hat Feuer, sie ist ein bisschen wie du, sie hat ein freches Mundwerk – das gefällt mir.«

»Wie ich? Dir gefällt also mein Mundwerk?« Ich spüre, wie meine Mundwinkel zucken.

Caleb kneift die Augen zusammen. »Hör auf, so pervers zu reden. Ja, stimmt.«

»Ich mag dein Mund-Werk auch, Caleb.«

»Zoe! Es ist nicht besonders lustig, wenn du das sagst. Es ist zu … direkt!«

»Was? Du darfst pervers daherreden, aber ich nicht?«

»Ich habe überhaupt nicht pervers dahergeredet. Aber du, du denkst wohl gerne schmutzig.«

»Ich kann nicht anders«, sage ich und tippe mir an die Schläfe. »Da drin wohnt ein zwölfjähriger Junge.«

Er schüttelt den Kopf. »Ha, das ist mir auch schon aufgefallen.«

Ich stupse ihn. »Du magst das, und du magst mich.«

Caleb wirft mir von der Seite einen Blick zu, der ein bisschen mehr ist als nur freundlich. »Stimmt.«

Ich lehne mich auf der Couch zurück und frage nicht weiter nach, wie seine Worte gemeint waren, weil ein Teil von mir es gar nicht so genau wissen will. So albern es vielleicht auch ist, mir macht diese Flirterei zwischen uns Spaß. Auf der einen Seite fühlt es sich komisch an, weil er doch Delias Ex ist, auf der anderen Seite überhaupt nicht, weil es dem entspricht, wie ich nun mal bin. Es fühlt sich normal an, und wenn ich Caleb behandeln würde wie jeden anderen Mitbewohner, dann würde ich mich genauso verhalten.

Oder?

»Ich muss morgen ganz früh los«, sagt er.

»Weil Sonntag ist?«

»Ja. Ich werde spätabends zurückkommen ... hoffe ich.«

»Soll ich dich fahren?«

»Nein, schon gut.«

»Möchtest du mir sagen, wohin du gehst?«, versuche ich, mehr aus ihm herauszulocken.

»Noch nicht.« Seine Antwort ist stoisch, aber dieses Wort, das er dabei benutzt – noch – bedeutet, dass er mir vielleicht eines Tages sagen wird, wohin er fährt.

Hm.

»Wollen wir uns das wirklich ansehen?«

»Ja, Caleb, wir wollen uns das ansehen.«

Er stöhnt laut und lässt sich noch ein bisschen tiefer in

die Couch sinken, aber mir fällt auf, dass er keine Sekunde den Bildschirm aus den Augen lässt.

Er mag die Serie, und er mag mich.

Ich grinse vor mich hin und richte meine Aufmerksamkeit wieder auf das neueste Braverman-Drama.

• • •

Ich wache auf, als das heisere Gegröle von Seven *Enemies* von *Hatebreeds* von den Wänden widerhallt.

Ein Körper bewegt sich unter mir, und ich erstarre.

Caleb.

Oh verdammt! Wir sind zusammen auf der Couch eingeschlafen und haben uns dabei noch mehr ineinander verknäuelt als zuvor. Ich liege praktisch auf ihm. Ich erinnere mich, dass ich mich im Lauf der Nacht bewegt habe, um nicht mit dem Kopf auf der Armlehne zu liegen. Ich erinnere mich auch, dass Caleb geflüstert hat, »Sch! Schlaf einfach«, während er meinen Kopf auf seinen Schoß zog und seine Finger durch mein Haar gleiten ließ. Das hat mich sofort wieder einschlafen lassen.

Ich blicke auf die Uhr, die neben der Ausgangstür hängt. Zwei Uhr morgens. Wer zum Teufel ruft um diese Zeit an?

»Hallo?«

Ich rühre mich nicht und atme kaum, in der Hoffnung, dass Caleb nicht merkt, dass ich wach bin. Er nimmt sein Handy und meldet sich mit verschlafener Stimme.

»Ja, ja.«

Er lässt die Person am anderen Ende der Leitung reden,

und ich kann deren Stimme hören. Wer immer das sein mag, ist weiblich und absolut nicht glücklich.

»Verstanden.«

Eine andere erregte Stimme meldet sich.

»Ich hab's verstanden, Mom. Ich bringe sie mit.«

Mom? Warum ruft seine Mutter um diese Tageszeit an?

»Ich habe gesagt, ich bringe sie mit. Habe ich das jemals nicht getan?« Inzwischen klingt seine Stimme wie ein Knurren. »Ja. JA. Mach ich. Jetzt?«

Er stößt einen langen Seufzer aus und fährt sich mit der Hand über den Kopf.

»Ja. Ich gehe jetzt los.«

Er beendet das Telefonat und wirft sein Handy zum anderen Ende der Couch.

»Verdammter Scheißkerl«, brummt er. »Verdammt! Wichser!«

Ich kann regelrecht spüren, wie er sich das Gesicht reibt, und kann hören, wie er über sein unrasiertes Kinn streicht.

Er ist wütend, und das kann ich ihm nicht verübeln. Es ist verdammt früh am Morgen, und es gibt keinen Grund, weshalb er jetzt sofort zu seinem Sonntagsausflug aufbrechen sollte, es sei denn, es handelt sich um einen Notfall.

Ich möchte mich aufsetzen und ihm das sagen, aber das ist nicht meine Aufgabe. Es geht mich nichts an.

Caleb rutscht vorsichtig unter mir hervor, und ich bleibe liegen und lausche, während er in der Wohnung umhergeht und seine Sachen zusammenpackt.

Er ist schnell, braucht nur fünf Minuten, um fertig zu werden.

Ich tue, was ich kann, um nicht zusammenzuzucken, als ich spüre, dass er sich über mich beugt und seine Finger sachte meine Wange berühren. Rasch streicht er mir eine Locke aus dem Gesicht, und genauso rasch hebt er seine Tasche auf und verschwindet durch die Haustür.

Keine drei Minuten später signalisiert mein Handy eine Nachricht.

> CALEB: Ich bin schon losgegangen zu meinem Sonntagsausflug. Bis später!

Ich antworte nicht. Ich lege mein Handy zurück auf den Tisch, setze mich auf und kuschle mich in Calebs Decke.

Ich schlafe nicht mehr ein.

Ich rühre mich nicht von der Stelle, bis die Sonne aufgeht.

Ich sitze da und denke nach über Caleb ... über den Anruf, über seine Hand, über seine Wut im Hinblick auf seine Vergangenheit ... über alles, was mit ihm zu tun hat.

Es war richtig von ihm, als *Riddler* aufzutreten.

Caleb ist durch und durch rätselhaft.

7. Kapitel

ICH: Okay, es sind jetzt drei Tage vergangen, seit ich dich gesehen habe. Du bist von deinem Sonntagsausflug zurückgekommen, hast mir ein Omelett zum Frühstück gemacht und bist wieder verschwunden. Ich fange an zu glauben, dass ich mir dich nur eingebildet habe.

CALEB: Ich habe dir ja gesagt, dass mein Zeitplan verrückt ist. Diese Woche wird die Hölle für mich. Eine Schicht nach der anderen, eine Lerngruppe nach der anderen, und eine Vorlesung nach der anderen. Nicht zu vergessen, der ganze Kram, den ich dazwischen noch erledigen muss.

CALEB: Freitag, der Zwölfte ist mein nächster freier Tag.

ICH: DAS IST NÄCHSTEN FREITAG! WAS ZUM TEUFEL!

CALEB: Was du nicht sagst. Ich brauche ein Nickerchen.

ICH: Du hast wirklich bis dahin keinen einzigen Tag frei?

CALEB: Völlig frei? Nein. Ich werde ein wenig Zeit haben zum Schlafen und vielleicht ab und zu ein paar Stunden vormittags.

CALEB: Wie geht's übrigens Mittens? Ich habe letzte Nacht gesehen, dass deine Tür leicht offen stand, und als ich ihn nirgends finden konnte, habe ich angenommen, er wäre bei dir. Tut mir leid, dass der Katzendienst jetzt an dir hängt.

ICH: Entschuldige dich bloß nicht dafür, dass ich die ganze Nacht mit diesem süßen Fellball schmusen darf.

ICH: Es geht ihm gut. Er war zuerst ein bisschen ängstlich, aber inzwischen klappt es. Jetzt lässt er mich nicht mehr in Ruhe. Gestern Abend musste ich eine Stelle neu bemalen, die am Trocknen war.

CALEB: Oh Mist! Tut mir leid.

CALEB: Meine Stunden werden ab nächsten Donnerstag gekürzt. Ich werde immer noch sonntags weg sein, aber nur noch eine Doppelschicht pro Woche haben, anstatt viermal pro Woche nach dem Unterricht. Ich werde knapp bei Kasse sein, aber mehr Zeit zum Schlafen und zum Lernen ist gut, zumal ja die Abschlussprüfungen auf mich zukommen.

CALEB: Warum hast du gefragt, wann ich wieder zu Hause sein werde? Vermisst du mich schon, Zoe?

ICH: Ich vermisse deine Kochkünste. Dich? Eher weniger.

ICH: Danke, dass du mehr als genug zu essen gemacht hast, als ich gestern arbeiten musste. Mein Magen und meine Kolleginnen lieben dich.

CALEB: Als Koch bin ich gar nicht schlecht, was? Das habe ich auch gelernt, als ich im Trailerpark aufgewachsen bin.

ICH: Ich bin beeindruckt.

• • •

ICH: Tut mir leid, aber es ist wirklich verrückt, unsere Zeitpläne passen einfach nie zusammen, oder? Ich arbeite, und du arbeitest. Ich bin zu Hause, und du arbeitest. Du bist zu Hause, und ich sitze im Unterricht. Was ist das bloß für ein Mist?

ICH: Allerdings habe ich dich heute Morgen in der Dusche gehört. Du hast dich ziemlich ... erfüllt angehört. 😉

ICH: (DAS WAR EIN MASTURBATIONSWITZ 😁.)

ICH: Caleb, bist du da? Mir ist langweilig. Es gibt da ein Projekt, an dem ich arbeiten müsste, aber ich fühle mich total uninspiriert. Nichts spricht mich an. Manchmal hasse ich diesen Teil des Künstlerdaseins – man muss warten, bis der Funke zündet, während man am liebsten einfach nur lospreschen möchte. Schwierig, hier das Gleichgewicht zu halten.

ICH: Ich schätze, du bist beschäftigt, und ich labere dich voll. Gute Nacht!

• • •

CALEB: Sorry! Die Lerngruppe gestern Abend hat länger gedauert, und danach wollte ich als

Beifahrer nicht unhöflich sein. Als ich dann auf meinem Bett saß, war ich sofort weg. Jetzt ist es früher Morgen, und du sitzt wahrscheinlich im Unterricht.

CALEB: Denk nicht, ich hätte deine nächtlichen Seufzer nicht gehört, Zoe. Die Wände in unserem Apartment sind dünn. (MASTURBATIONSWAHRHEIT, KEIN WITZ)

CALEB: Ich kann mir nicht vorstellen, ein Künstler zu sein. Erstens fehlen mit dir Fähigkeiten. Ich bin ein miserabler Zeichner. Zweitens fehlt mir die Fantasie. Nichts spricht mich so an wie Baseball, aber jetzt habe ich nicht einmal mehr das.

CALEB: Ich will ehrlich sein, die Sache mit meiner Hand deprimiert mich. Ich war total glücklich, als die Minor League mich wollte, habe sogar den Mut aufgebracht, mich beim nächsthöheren Team zu bewerben, aber daraus wird jetzt wohl nichts werden. Der Bruch war nicht so schlimm, dass er operiert werden musste, aber eine Sehne und ein Nerv wurden beschädigt. Tja, ich kann nicht mehr so fest zupacken. Ich bin am Arsch.

CALEB: Nun ja, ich schätze, es wird sich

irgendwie richten. Gut, dass ich einen Plan B habe, und es gibt ja auch die Möglichkeit, als Trainer zu arbeiten. Jetzt bin ich der, der labert. Gute Nacht!

• • •

ICH: Es tut mir so leid, dass du nicht mehr Baseball spielen kannst, vor allem, weil ich ja weiß, dass du eigentlich keiner bist, der sich prügelt. Wer oder was auch immer dich dazu gebracht hat, muss etwas ganz Besonderes sein, wenn du dafür deinen Traum aufs Spiel gesetzt hast.

ICH: Übrigens sind die Wände nicht dermaßen dünn. Blödmann!

CALEB: Sind sie wohl. Vielleicht solltest du die Lautstärke drosseln, und vielleicht werde ich dir eines Tages die Story hinter der Prügelei erzählen. Vielleicht.

• • •

ICH: Lieber Geistermitbewohner, du wirst mich diese Woche zu sehen bekommen. Wie begeistert bist du?

CALEB: Gar nicht.

ICH: LÜGNER!

ICH: Du vermisst mich, gib es zu.

CALEB: Vermissen ist übertrieben. Ich kenne dich als Mitbewohnerin noch nicht lange genug, um dich zu vermissen. Aber ich vermisse deine Cookies. 😉

ICH: Aha. Du versuchst es mit Schmeichelei, ich verstehe. Aber das funktioniert nicht – du hast mein COOKIE noch nie probieren dürfen, oder? Netter Versuch, Loser.

CALEB: Der Gedanke zählt.

ICH: DU HAST AN MEINE VAGINA GEDACHT?

ICH: Ist DAS jetzt flirten?

CALEB: Das bin ich, wenn ich seit zwei Tagen von Energy-Drinks und kurzen Nickerchen lebe. Bitte um Nachsicht.

ICH: Ich habe mitbekommen, dass du nach deinem geheimnisvollen Sonntagsausflug erst nach Mitternacht zurückgekommen bist. Ich war SO NAH dran, dich deswegen zu nerven, aber ich wollte nicht, dass du siehst, in was ich schlafe. Jetzt bin ich froh, dass ich es sein ließ.

CALEB: NACKT? Schläfst du nackt?!

ICH: Würdest du das nicht allzu gerne wissen. 😉

CALEB: Wirklich? Verdammt, ja.

ICH: ANHANG HERUNTERLADEN!

CALEB: Nicht bloß eine Zahnspange, sondern auch noch Pickelcreme? Schweig still, du mein pochendes Herz.

ICH: Nicht wahr? Gern geschehen. Heb dir das auf für später.

• • •

CALEB: Erinnerst du dich, dass du angeboten hast, ein Freund von dir könnte mein Motorrad holen?

ICH: Ja.

CALEB: Hm ...

ICH: Spuck es aus.

CALEB: Meine früheren Mitbewohner drohen, es abschleppen zu lassen. Sie behaupten, ich blockiere einen Parkplatz. Meinst du, du könntest mir behilflich sein?

ICH: Du kommst nicht nach Hause, du rufst nicht an, aber einen Gefallen soll man dir tun. Hm ... schwere Entscheidung.

CALEB: Ist das ein Ja? Ich brauche wirklich ein Ja.

ICH: Warte kurz.

ICH: Okay, Robbie kann helfen.

CALEB: Und er wird gut auf mein Baby aufpassen ... oder? Kann ich mich auf ihn verlassen?

ICH: Bleibt dir denn jetzt etwas anderes übrig?

CALEB: Nein. Ich kann nicht glauben, dass diese Leute sich so anstellen wegen allem Möglichen. Sie sagen, ich hätte sie hängen lassen, aber das ist Blödsinn. Diese verdammten Idioten.

ICH: JA, GIB'S IHNEN.

CALEB: Bist du fertig?

ICH: Ja.

ICH: Tut mir leid, dass es solche Idioten sind.

CALEB: Es ist, wie es ist.

ICH: Ich werde mich darum kümmern, dass alles okay ist mit deinem Motorrad, keine Sorge. Mach nur weiter mit deinem »Tankstellenjob«.

CALEB: Was sollen die Anführungszeichen?

ICH: Nun ja ... ich habe meine eigene Theorie.

CALEB: Wie hast du dich vorhin ausgedrückt? Spuck es aus.

ICH: Nach meiner Theorie bist du in Wirklichkeit ein Stripper, und es ist dir einfach peinlich, mit anderen darüber zu reden. Deshalb hast du so verrückte Arbeitszeiten und riechst nach alten Frauen und Depression, wenn du nach Hause kommst.

CALEB: LMAO

CALEB: Meinst du das im Ernst?

ICH: Todernst.

CALEB: Verdammt! *stirbt*

CALEB: Zoe, ich bin KEIN Stripper. Ich arbeite an einer 24-Stunden-Tankstelle. Das ist alles, was ich tue, ich schwöre es.

ICH: Ich meine ja nur, ich wäre nicht überrascht, solltest du übersät mit Glitzer und nackt bis auf einen G-String zu Hause auftauchen. *zuckt mit Schultern*

8. Kapitel

ICH: Mittens ist ein Mistkerl.

CALEB: Oh Gott! Was hat er verbrochen?

ICH: Anscheinend bin ich ein Solidaritätskotzer.

ICH: Er hat bei mir auf den Fußboden gekotzt, und beim Versuch, das aufzuwischen, habe ich auch auf den Fußboden gekotzt. Ich meine, ich hab ihn immer noch lieb und so, aber im Moment hasse ich ihn auch.

CALEB: Verdammt! Er hat wahrscheinlich zu schnell gefressen. Tut mir leid, dass du dich mit so etwas befassen musst, Zoe. Ich verspreche, ich werde in Zukunft öfter zu Hause sein, und dann hast du nicht mehr allein Katzendienst.

CALEB: Ich koche dir Abendessen.

ICH: Das machst du sowieso schon. Neuer Versuch.

CALEB: Ich ... hm ...

CALEB: Ich tätschle deinen Hintern.

ICH: Wer hat davon wohl mehr?

CALEB: Das war kein Nein ...

ICH: Wir werden sehen. 😉

CALEB: Wie wär's damit ... ich FÜHRE DICH AUS zum Abendessen.

ICH: Hast du mich gerade um ein Date gebeten? Ich dachte, wir reden gerade davon, dass du deine Wurst in meine Fleisch-Tasche stecken wolltest.

CALEB: Nein. Sag nie wieder Fleisch-Tasche. Und es ist kein DATE-Date, nur einfach ein Kumpel-Date. Du weißt schon, dafür, dass du mir nicht den Marsch bläst.

ICH: Aber ... was, wenn ich ganz gerne blase?

CALEB: Sollte das eben ein Blowjob-Witz sein?

ICH: … Ja.

CALEB: Du überraschst mich immer wieder.

ICH: Ist das schlecht?

CALEB: Überhaupt nicht.

CALEB: Es sei denn, du überraschst mich mit Herpes oder so. Das wäre dann schlecht.

ICH: Notiert.

• • •

ICH: Hast du schon wieder mein Duschgel benutzt?!

CALEB: Definiere benutzen …

ICH: HAST DU MEINE GESAMTE VERDAMMTE DUSCHLOTION AUF DEINEN LUFFA-SCHWAMM GETAN UND AUFGEBRAUCHT, CALEB MILLS?!

CALEB: Definiere gesamte …

ICH: Caleb!

CALEB: ZOE!

ICH: CALEB!!

CALEB: ZOE!!

ICH: DOKTOR SCOTT!

CALEB: Äh ... was? Hier ist immer noch Caleb.

ICH: Nein. Neeeeiiiiin. Bitte-bitte sag, dass du diesen Film gesehen hast.

CALEB: Was für einen Film?

ICH: DEN VERDAMMT NOCH MAL BESTEN FILM ALLER ZEITEN!

CALEB: Feld der Träume?

ICH: OMG. Den hältst du für den besten Film.

ICH: Nein. Neuer Versuch.

CALEB: Herkules und die Sandlot-Kids?

ICH: NEIN. ZUM TEUFEL.

ICH: *The Rocky Horror Picture Show.* NATÜRLICH.

CALEB: Die was?

ICH: Rocky Horror? Ist dir kein Begriff?

CALEB: Nö.

ICH: Das war's. Wir werden es tun.

CALEB: Es? Du meinst, Sex? Wir werden Sex haben?

CALEB: Wir werden vögeln? Wie ist es dazu gekommen?

ICH: Nein! Wir werden uns die Rocky Horror Picture Show anschauen. Es ist eine tolle Erfahrung – Toast und Reis und Wasserkanonen und Geschrei. Es wird dir gefallen. Wir gehen noch diesen Monat.

CALEB: Ich verstehe nicht, wieso wir erst über Filme reden, dann über Sex und jetzt über Toast. Bist du betrunken?

ICH: Wir haben nie über Sex geredet!

ICH: Und nein, ich bin nicht betrunken. Schön wär's.

ICH: Bring mir Wein.

CALEB: Nein.

ICH: Du bist so gemein.

ICH: Du kommst also mit zur *Rocky Horror Picture Show*?

CALEB: Klar. Ich denke schon. Wann denn?

ICH: Jeden dritten Donnerstag des Monats. Um Mitternacht.

CALEB: MITTERNACHT? Hast du noch alle Tassen im Schrank, Frau? Auf keinen Fall, das ist mitten in meiner Schlafenszeit.

ICH: IST ES NICHT. Du kommst viel zu oft erst um eins oder zwei nach Hause.

CALEB: Aber mein Stundenplan ändert sich jetzt, hast du das vergessen? In Zukunft gilt eine andere Schlafenszeit. Ich werde mich jetzt gleich nach dem Glücksrad aufs Ohr legen, kein Wenn und Aber oder Hintern mehr.

ICH: Du stehst auf Hintern, was, Caleb?

CALEB: ... nein.

CALEB: Okay. Zugegeben.

CALEB: Ich nehme an, das ist dir schon lange klar?

ICH: Da liegst du richtig.

ICH: ANHANG HERUNTERLADEN!

CALEB: Hast du mir gerade ein Bild von einem Ferkelhintern geschickt?

ICH: Was? Du magst doch Hintern.

CALEB: Was bist du doch für eine Klugscheißerin.

ICH: Ich bevorzuge Schweinchen Schlau.

CALEB: *verdreht Augen*

ICH: Der Termin für die *Rocky Horror Picture Show* steht also fest. Du kannst mich einladen, dafür dass ich die Kotze von deinem Kätzchen aufgewischt habe. Du stehst in meiner Schuld ...

CALEB: *seufzt* Na schön.

CALEB: Ich muss jetzt zurück an die Arbeit. Die Raucherpause ist vorbei.

ICH: Du rauchst?

CALEB: Ekelhaft. Nein. Aber das wissen die nicht. 😉

ICH: Du bist unverbesserlich.

CALEB: Und du hast keinen wunden Punkt.

ICH: Ich verstehe, was du sagen willst … aber ich glaube nicht, dass der Kontext stimmt.

CALEB: Der Gedanke zählt.

• • •

ICH: Okay, okay. Es tut mir leid, dass ich dich gestern angeschrien habe. Danke!

CALEB: Du hast also mein Geschenk bekommen. Gern geschehen.

CALEB: Übrigens, hast du eine Ahnung, wie

teuer diese sechs Flaschen Duschlotion waren? Ungefähr sechs Milliarden Dollar.

ICH: Moment mal ... sechs Flaschen? Ich sehe nur drei.

ICH: Ich fasse es nicht. Hast du dieses Kaufe-sechs-zahle-drei-Angebot genutzt und drei für dich behalten?

CALEB: Schon möglich ...

ICH: Also ja.

CALEB: Hey, bitte keine Vorwürfe! Das Zeug riecht einfach zu gut. Ich meine, ich könnte mich selbst ablecken.

ICH: Ich auch.

CALEB: Du würdest mich ablecken?

ICH: NEIN.

ICH: Oder vielleicht doch.

ICH: Moment ... nö.

CALEB: Ich verstehe das insgesamt als ein Ja.

ICH: Solltest du nicht arbeiten?

CALEB: Ich bin gerade in der Lerngruppe.

ICH: Oh nein! Warum textest du mir dann überhaupt? Hör auf damit und lern.

CALEB: Weil du damit angefangen hast, und dann hast du losgelegt und einfach nicht mehr aufgehört.

ICH: Versuchst du mir gerade zu sagen, dass ich nie den Mund halte?

CALEB: So nett wie möglich.

ICH: Du bist ja so gut zu mir, mein Mitbewohnergeist.

CALEB: Ich bin nicht mehr lange nur ein Geist. Nur noch zwei Tage, dann bin ich frei.

• • •

CALEB: Überzeug mich, nicht aus Zorn zu kündigen.

ICH: Hmmm … ich bin nicht sicher, ob ich das kann, ohne Details zu kennen.

CALEB: Ich habe mir für den Abend freigenommen, an dem wir diesen Horrorfilm gucken wollten, aber die haben mich jetzt trotzdem für den Abend eingesetzt. Diese Ärsche.

ICH: Ganz ehrlich: Ich lache mich kaputt.

CALEB: Das ist eine Krisensituation. NICHT der richtige Augenblick, um zu lachen.

ICH: Rocky Horror ist KEIN Horrorfilm. Es ist ein Musical.

CALEB: Wie bitte? Du willst, dass ich mir ein Musical angucke?

CALEB: Das mit der Zorn-Kündigung hast du mir soeben ausgeredet. Danke, Kumpel!

ICH: NEIN! Wir. Werden. Hingehen. Biete doch deinen Kolleginnen deinen sexy Körper an oder sonst irgendwas, damit sie die Schicht mit dir tauschen.

CALEB: Zwei Dinge. ERSTENS: Verlangst du etwa von mir, dass ich mit Sex bezahlen soll für einen freien Abend, um ein Musical zu sehen?

ZWEITENS: Hast du gerade gesagt, ich bin sexy? *wackelt mit den Augenbrauen*

ICH: ERSTENS: Ja. ZWEITENS: Tu nicht so, als wüsstest du nicht, dass du supersexy bist.

CALEB: SUPERsexy, aha? Das heißt also sexy mal zehn.

CALEB: Du stehst total auf mich.

ICH: Ich will, dass du eine Kollegin vögelst, damit wir uns die *Rocky Horror Picture Show* ansehen können, ja.

CALEB: Tja, kommt nicht infrage. Ich überlege mir etwas.

ICH: Das heißt also, du WILLST den Film sehen?

CALEB: Nein, es heißt, dass ich es versprochen habe, und ein Versprechen wird gehalten.

CALEB: Außerdem hoffe ich, im Lauf des Abends die Chance zu bekommen, deinen Hintern anzufassen.

ICH: Hör auf zu flirten und arbeite.

CALEB: So autoritär. Ich mag das. 😉

ICH: *stöhnt*

• • •

Ich habe mich geirrt.

Flirten kann sehr wohl schaden.

Es kann dazu führen, dass man jemanden vermisst, dass man sich nach ihm sehnt, dass man ihn noch mehr begehrt als zuvor, und das, obwohl man die betreffende Person überhaupt nicht begehren sollte.

Ich hasse flirten, aber ich kann es nicht lassen.

So wie ich es nicht lassen kann, nach meinem Handy zu greifen und wieder zu tun, was ich schon die ganze Zeit immer wieder tue.

IHM schreiben.

ICH: Bist du schon wach?

CALEB: Sitze ich gerade neben dir, während du deine Frühstücksflocken isst (schäm dich) und dir Rugrats ansiehst?

CALEB: Auf welchem Sender hast du das bloß gefunden?

ICH: Nein, tust du nicht, aber du bist offenbar

wach, und ich habe das auf DVD. Schon mal was von Amazon gehört?

CALEB: Wow! Nee, noch nie. /Sarkasmus.

ICH: Du bist ja so witzig, und das am frühen Nachmittag. Faulenzer.

CALEB: Manche von uns müssen arbeiten, Witzbold.

ICH: KEUCH! Ich arbeite auch! Ungefähr zehn Stunden pro Woche, aber immerhin.

ICH: Jetzt komm schon her, oder ich komme zu dir.

CALEB: Nein. Ich gehe jetzt nirgendwohin.

Ich werfe das Handy neben mich auf die Couch und stelle meine leere Frühstücksschale auf den Tisch, dann stehe ich auf und gehe den Flur hinab.

»Geh weg!«, stöhnt Caleb, kaum dass ich durch die Tür trete, fast als hätte er mit mir gerechnet.

Ich bleibe stehen, um den Streifen Haut zu betrachten, der zu sehen ist, wenn auch nur für einen kurzen Moment. Die Bettdecke verhüllt Calebs untere Hälfte, aber sein Shirt ist hochgerutscht, sodass man seine fantastischen Bauchmuskeln bewundern kann. Oh Mann, diese Bauchmuskeln!

»Hör auf, mich anzustarren und verschwinde.«

Ich reiße den Blick von seinem Körper los und stelle fest, dass er mich ebenfalls anstarrt, mit einem frechen Grinsen auf den sinnlichen Lippen.

»Ich wusste es, du willst mich.« Sein Ton ist weich und entspannt. Sein blondes Haar ist total zerzaust, seine Augen sehen müde aus, weil er zu wenig Schlaf bekommt.

»Das hättest du wohl gerne.« Ich trete näher an sein behelfsmäßiges Bett auf dem Boden und setze mich zu ihm, den Rücken gegen die Wand. Ich passe auf, dass ich seinen geschienten Arm nicht berühre, denn das Letzte, was ich will, ist, versehentlich an seine gebrochene Hand zu stoßen. »Wir müssen dir unbedingt ein Bett besorgen. Auf dem Boden zu schlafen muss schlimm sein für deinen Rücken.«

»Ich brauche kein Bett.« Er schließt die Augen und rutscht hin und her, bis er bequem liegt. »Unnötige Ausgabe.«

»Deine Katze hat drei Schlafstellen. Erklär mir das.«

Caleb hebt eine Schulter. »Mittens hat ein Bed-Hoarding-Problem. Er ist deswegen in Therapie. Verurteile ihn nicht.«

»Wir besorgen dir verdammt noch mal ein Bett, Caleb. Und zwar dieses Wochenende.«

»Willst du dir das Geld dafür aus den Rippen schneiden?«

»Falls nötig, ja. Es ist nicht gut für dich, auf dem Boden zu schlafen. Als jemand, der total viel Wert darauf legt, seinen Körper in Form zu halten, solltest du das wissen.«

Er blickt zu mir hoch. »Na schön. Ich werde versuchen,

dich am Wochenende in meinem Terminkalender unterzubringen.«

»Gut. Mehr will ich gar nicht.«

»Bist du deshalb hier und nervst mich? Weil ich kein Bett habe?«

»Nein.« Ich zucke mit den Schultern. »Vielleicht doch. Ich langweile mich.«

»Ist *Rugrats* nicht interessant genug?«

»Doch, schon.« Aber du bist interessanter. »Woher weißt du überhaupt, dass ich diese Serie gucke?«

»Ich kann es hören. Du machst ganz schön viel Krach, weißt du.«

»Sorry, ich habe eigentlich versucht, leise zu sein.«

»Das hast du nicht besonders gut drauf.« Ich gebe ihm einen Schubs. »Was? Deine Schritte hören sich an, als würde ein Riese durchs Apartment stampfen.«

»Stimmt nicht!«

»Wenn du nicht so große Füße hättest ...«

Ich keuche. »Ich habe keine großen Füße!«

»Wie du meinst, Bigfoot.«

»Hey!«

Ich gebe ihm noch einen Schubs, und dieses Mal reagiert Caleb. Ich habe keine Chance zu entkommen, im Nu liege ich halb unter ihm, und er hält mich fest. Er hat das Gewicht mehr auf seine linke Seite verlagert, um seine rechte Hand zu entlasten. Mit seinen großen Händen hält er meine links und rechts neben meinem Kopf fest und grinst auf mich herab. Ich weiß nicht, ob ich angesichts seines muskulösen

Oberkörpers lieber in Ohnmacht fallen oder ihm eine runterhauen soll.

Ich halte vor Freunden meine Gefühle nicht zurück, deshalb erwidere ich jetzt Calebs Blick, ohne mit der Wimper zu zucken.

»Hör auf, mich zu schlagen!«

»Ich habe dich nicht geschlagen, ich habe dich geschubst – großer Unterschied.«

Er schließt die Augen und schüttelt den Kopf. »Es ist zu früh am Tag, um sich so bescheuert aufzuführen.«

»Das hatten wir schon – es ist keineswegs früh am Tag, du bist nur faul.«

»Du bist gemein.«

»Und das magst du.«

Caleb grinst. »Vielleicht, ein bisschen.«

»Oder sehr?«

»Ein bisschen.«

»Was immer dir hilft, nachts besser zu schlafen, Caleb.«

Er beugt sich vor, bis sein Mund ganz nah an meinem Ohr ist. Irgendwie schafft er es, seine untere Hälfte immer noch von mir fernzuhalten.

Und dann – genau in dem Moment, als seine Lippen meine Ohrmuschel berühren – da wird es mir bewusst.

Um Himmels willen! Caleb liegt auf mir.

Mein Puls rast. Die Gedanken, die mir durch den Kopf rasen, haben da eigentlich gar keinen Platz, aber ich kann nichts dagegen tun, mein Gehirn hat auf Repeat geschaltet.

Schluss damit, Zoe. Er ist dein Freund, dein Mitbewohner – weiter nichts.

Aber ich flirte mit ihm …

Ich flirte mit jedem!

Aber Caleb ist anders …

Verdammt!

Es stimmt. Er ist so anders.

Ein Teil von mir hat ein schlechtes Gewissen wegen der Flirterei mit einem Ex-Freund von Delia, aber es hat ja seinen Grund, dass die beiden nicht mehr zusammen sind, und das wiederum hat doch etwas zu bedeuten … oder?

»Warum bist du hier, Zoe?«

»Hab ich doch schon gesagt – mir ist langweilig.«

Wieder sieht er mir in die Augen. »Langweilig? Oder hast du mich vermisst?«

Wir blicken uns an – und warten beide darauf, dass ich antworte.

Calebs Blick wandert zu meinen Lippen und verweilt dort. Mehrere Sekunden vergehen, bis sich unsere Blicke wieder treffen.

»Na?«

Ich gebe ihm keine Antwort, denn wir wissen beide, dass das nicht nötig ist.

Ich drücke, so fest ich kann, gegen seine Brust, und er kapiert und weicht sofort zurück. Er rollt sich zur Seite, sodass wir schließlich nebeneinanderliegen, er mit dem Kopf auf dem Kissen.

Seine Lider senken sich, und wir sind beide still. So liegen wir ein paar Herzschläge lang, und keiner sagt etwas.

»Woher wusstest du auch, dass ich Frühstücksflocken esse?«

Er schmunzelt. »Weil ich dich kenne. Ich sehe jeden Morgen deine Müslischale im Spülbecken. Ich glaube, du bist süchtig nach dem Zeug.«

»Bin ich nicht.«

»Du bist so eine schlechte Lügnerin.«

Ich drehe mich auf die Seite, bis ich ihm ins Gesicht blicken kann. Ich beobachte, wie sich seine Brust rhythmisch hebt und senkt. »Da liegst du nicht falsch. Ich konnte als Kind nicht einmal meine Eltern belügen. Einmal habe ich versucht abzuhauen. Ich hatte es bis zum Ende unserer Einfahrt geschafft, dann hat mich das schlechte Gewissen übermannt, und ich bin zurückgegangen, habe an der Tür geklingelt und geweint und mich entschuldigt, total trottelig.«

»Was haben deine Eltern gemacht?«

»Gelacht. Sie hatten gehört, dass ich aus dem Fenster klettere, und mich dann hinter dem Vorhang beobachtet.«

»Siehst du? Ich sage es ja, du hast große Füße.«

Ich gebe ihm einen Tritt, und irgendwie gelingt es ihm, meine Füße zwischen seinen Beinen einzusperren. Keiner von uns macht Anstalten, diese Nähe aufzugeben.

»Scheinen ganz schön cool zu sein – deine Eltern, meine ich«, sagt er.

»Ich glaube, was meine Eltern betrifft, da habe ich im Lotto gewonnen. Eine Zeit lang hat es für mich nicht gut ausgesehen, aber dann haben sie mich gefunden, und ich hatte endlich eine richtige Familie.«

Caleb dreht sich ganz zu mir um. Er richtet sich halb auf und stützt den Kopf auf die Hand. Unsere Füße sind immer noch ineinander verhakt. »Erzähl weiter – du bist adoptiert?«

»Hat Delia dir das nicht erzählt?«

»Nein. Wir haben eigentlich kaum über dich geredet. Nichts für ungut, aber wir haben einfach nicht so ausführlich über uns geredet.«

»Weiß sie, wohin du sonntags gehst?« Ich weiß nicht, warum ich diese Frage stelle, und ich weiß nicht, warum mir das wichtig ist, aber es ist mir wichtig.

»Nein.«

»Gut.«

Interesse blitzt in seinen Augen auf, aber er sagt nichts. »Es hat also eine Weile gedauert, bis du mit deiner Familie zusammengekommen bist?«

»Ich wurde ihnen zugewiesen, als ich sechs war. Sie waren die Ersten, die bei mir geblieben sind. Meine leibliche Mutter hat mich aufgegeben, als ich zwei war, und dann bin ich im System hin und her gereicht worden. Jeder will ein Baby, aber niemand ein Kleinkind.«

»Du warst zwei?«

»Tja.«

»Darf ich fragen ... weshalb? Kennst du sie?«

Ich zucke mit den Achseln. »Ich bin nicht sicher, weshalb, aber ich bin froh, dass sie es getan hat. Ich habe dadurch Sofia und Rafe bekommen, und nein, ich kenne sie nicht. Ich habe auch nicht den Wunsch, sie kennenzulernen. Meine Eltern sind alles, was ich brauche, verstehst du?«

Wenn man Leuten erzählt, dass man adoptiert wurde, bekommt man normalerweise eine von zwei Reaktionen: Sie gucken dich an, als wärst du ein einsames, verlorenes Hundebaby, oder sie halten dich für eine Art Geächtete.

Calebs Augen drücken etwas ganz anderes aus, als er mich ansieht.

Erstaunen. Bewunderung. Verblüffung.

»Ich kann mir nicht vorstellen, dass irgendjemand dich nicht will.«

»Dich eingeschlossen?«, scherze ich.

»Mich eingeschlossen.« Er zögert und verzieht nachdenklich das Gesicht. »Warte, nein. Nicht mich eingeschlossen.« Er zögert erneut. »Ach, was soll's ... ja, mich voll und ganz eingeschlossen.«

»Caleb Mills, willst du mich etwa?«

»Definiere wollen.«

»Willst du mich vögeln? Ich dachte nämlich, wir hätten die Kein-Sex-Regel schon besprochen.«

Er sieht mich an und grinst; ein Raubtiergrinsen. »Wenn du willst, mache ich eine Ausnahme.«

Ich schlucke das Ja hinunter, das ich am liebsten vom Hausdach herab schreien würde, denn ich weiß, Caleb scherzt nur. Ich verdrehe die Augen und schiebe sein grinsendes Gesicht von mir weg. »Träum weiter, Freundchen!«

Er lacht, lässt sich auf den Rücken fallen und zieht mich dabei mit sich, bis mein Kopf auf seiner Schulter liegt.

»Hast du die ganze Zeit immer auf dem Boden geschlafen?«

»Ja.«

»Aber das ist so unbequem.«

»Was hast du denn gedacht, wie ich schlafe?«, will er wissen. »Ehrlich gesagt, bin ich davon ausgegangen, dass du hier herumschnüffeln würdest, da ich ja fast immer weg bin.«

»Was sollte ich hier tun? Etwa deine ach so faszinierenden Comics lesen?«

»Hast du etwas gegen meine großartige Sammlung?«

»Aber nein.«

Er stößt ein ungläubiges Schnauben aus.

»Na schön, vielleicht ein bisschen. Ich dachte, du hättest eine Luftmatratze oder so etwas in der Art.«

»Nö. Nur mich, meine Decken und mein Kissen.«

»Warum schläfst du nicht bei mir? Ich werde kein Auge zutun, solange ich weiß, dass du hier auf dem Boden liegst. Du bist ein Dummkopf, warum hast du mir das nicht gesagt?«

»Ich werde *nicht* mit dir in einem Bett schlafen.« Die Entscheidung hat er sehr schnell getroffen, und ich muss mich fragen, wieso.

»Weil du Angst hast, du könntest deine Hände nicht bei dir behalten?«

»Ja.«

Ich richte mich auf, bis ich ihm in die Augen sehen kann. »Im Ernst?«

Ernst erwidert er meinen Blick, ohne mit der Wimper zu zucken. »Ja.«

Ich nicke nur und gehe zurück in meine vorherige Position, den Kopf an seiner Schulter, die Beine mit seinen verknäuelt.

Wir reden nicht. Wir rühren uns nicht. Wir denken nicht darüber nach, in was für einer Position wir daliegen.

Wir liegen einfach da, zusammen.

Denn insgeheim wissen wir beide, dass es keinen Sinn hat, zu leugnen, dass wir uns zueinander hingezogen fühlen.

Und dass es keinen Sinn hat, zu leugnen, dass wir nichts dagegen tun können.

9. Kapitel

»Löse dieses Rätsel, Mitbewohner: Seit du eingezogen bist, ist das der erste Freitagabend, an dem wir beide freihaben, und du sitzt auf der Couch ... warum?«

Caleb blickt vom Fernseher zu mir. »Das ist kein Rätsel.«

»Nein, ist es nicht, aber es ist eine berechtigte Frage.«

Er grinst, schüttelt den Kopf und lässt sich noch tiefer in die Couch sinken. Ich setze mich auf die Fersen und blicke Caleb an.

Die Sekunden vergehen, und ich rühre mich nicht. Er auch nicht.

»Wie lange willst du das durchhalten?«

»Was?«, frage ich unschuldig.

»Mich belauern.«

»Entschuldige mal, ich belauere niemand. Ich ... bestaune, bis ich erwischt werde.«

»Also belauerst du.«

»Okay. Belassen wir's dabei.«

Er zielt mit der Fernbedienung auf den Fernseher und drückt auf Pause. Mit theatralischer Geste legt er die Fernbedienung auf dem Couchtisch ab, lehnt sich zurück und wendet sich mir zu.

Er seufzt schwer. »Was willst du, Zoe?«

Ich wickle eine Strähne um meinen Finger und gebe mir Mühe, nonchalant und harmlos zu wirken. »Nun ja, es ist Freitag.«

»Ja. Es ist schon den ganzen Tag Freitag, und es wird noch ein paar Stunden lang Freitag sein. Und weiter?«

»Es ist Freitag, und wir sitzen auf der Couch und gucken Netflix.«

Er wedelt mit der Hand, um mir zu signalisieren, dass ich zur Sache kommen soll. »Ich glaube, das haben wir auch schon geklärt.«

»Richtig. Wir sind uns also einig?«

»Einig worüber?«

»Dass wir ausgehen, hallo!«

Seine Augen verengen sich zu schmalen Schlitzen. »Niemand hat etwas von ausgehen gesagt.«

»Ich habe es angedeutet.«

»Tatsächlich?«

»Ja-ha. Du bist nur ein bisschen langsam.«

Er nickt, zieht die Lippen ein. »Aha. Klar. Meine Schuld.« Seine Stimme trieft vor Sarkasmus. »Na, dann geh aus, wenn du ausgehen willst.«

»Zusammen. Ich will, dass wir zusammen ausgehen. Es macht keinen Spaß, allein auszugehen, es sei denn, man hat vor, erst am nächsten Morgen nach Hause zu kommen.«

Caleb kratzt sich seinen Zweitagebart und denkt über

mein Angebot nach. »Du willst, dass ich mit dir ausgehe?« Ich nicke.

»Wohin? Etwa in einen Club? Tanzen? Weil ich nämlich nicht tanze, auf keinen Fall. Ich habe keinen Funken Rhythmusgefühl.«

»Ach was, ich habe keine Lust auf Tanzen. Eine Bar? Vielleicht Lola's? Irgendwas, was nicht so übertrieben aufgemotzt ist.«

Er blickt mich eindringlich an. »Im Lola's gibt es eine Tanzfläche ...«

Ich verdrehe die Augen. »Ich verspreche, ich werde dich nicht auffordern, mit mir zu tanzen, Caleb.«

Er tippt sich ans Kinn, summt vor sich hin, überlegt. »Einverstanden. Ich komme mit, aber wir müssen um elf wieder hier sein, und ich kann höchstens zwei Bier trinken. Ich muss morgen früh raus, und ich will nicht noch schlapper drauf sein, als ich schon bin.«

»Aber morgen ist Samstag.«

»Wow, du hast die Wochentage wirklich gut drauf. Im Kindergarten müssen sie stolz auf dich sein.«

»Sind sie bestimmt, aber im Ernst, warum musst du so früh raus?«

»Ich habe ein Spiel.«

»Aber ...« Ich halte inne, bin verwirrt. »Du weißt, dass die Saison zu Ende ist, oder?«

Er schlägt sich gegen die Wange und klappt in gespieltem Schreck den Mund auf. »Tatsächlich. Ich hatte ja keine Ahnung.«

»Du bist heute Abend ein echter Klugscheißer.«

»Ich bin jeden Abend ein Klugscheißer.«

»Also, weißt du, das ist mir noch gar nicht aufgefallen.«

Er stößt ein kurzes Lachen aus. »Hey, bist du jetzt ein Klugscheißer?«

»Egal.« Ich stehe auf und wedle mit der Hand, damit er sich in Bewegung setzt. »Lass uns gehen, bevor es zu spät ist.«

»Ist das möglich? Kann es jemals zu spät sein, um in eine Bar zu gehen?«

»Meinst du das im Ernst?« Er nickt. »Du gehst nicht oft aus, oder?«

»Nicht wirklich.«

Ich schüttle kurz den Kopf und atme hörbar aus. »Wow!«

»Was?«

»Ich bin nur überrascht, das ist alles.«

»Und warum? Weil ich ein Baseballspieler bin?«

»Äähh ... ehrlich? Ja, genau deswegen.«

Er legt die Hand auf die Brust, und sein Kinn fällt herab. »Steckst du mich ... steckst du mich etwa in eine Schublade, Zoe? Meinst du, ich fange ein paar Bälle, um danach loszuziehen, um mich zu betrinken und Mädels zu vernaschen?«

»Nun ja, läuft es etwa nicht so?«

»Ich dachte, wir hätten darüber gesprochen. An der Highschool war ich nicht so ein Typ, und am College ist es nicht anders. Delia war erst die zweite Frau, mit der ich zusammen war in den letzten vier Jahren.«

»Ist nicht wahr!«

»Ist doch wahr.«

»Du meinst richtig zusammen?«

Caleb legt den Kopf schief. »Kann man noch auf andere Art zusammen sein?«

»Na ja, ich meine … du weißt schon … man kann ja auch eine lockere Beziehung haben.«

Caleb steht auf. Wenn er sich aufrichtet ist er mindestens zwölf Zentimeter größer als ich – und ich bin alles andere als klein. Ich lege den Kopf zurück, um ihm in die Augen sehen zu können. Er mustert mich mit einem schalkhaften Grinsen.

»Ich nehme an, du meinst damit, dass man eben nicht zusammen ist. Du meinst, dass man Sex hat. Du fragst also nach meinen Sexleben, Zoe? Ist es das, worum es hier geht?«

»Ich schätze, so könnte man es ausdrücken.« Ich halte seinem Blick stand, mache sogar einen Schritt auf ihn zu, direkt in seine Wärme.

Wir berühren uns fast, und es wäre sinnlos, zu leugnen, dass die Luft zwischen uns elektrisch aufgeladen ist.

Calebs Grinsen wird breiter, er beugt sich vor, und seine Lippen sind nur noch wenige Zentimeter von meinen entfernt. »Ich weiß, was ich tue, wenn ich es mit dem Körper einer Frau zu tun habe, Zoe.« Meine Knie werden ganz schwach, und je weiter er die Stimme senkt, umso mehr zittern sie und wollen unter mir nachgeben. »Darum brauchst du dir keine Sorgen zu machen.«

Ich möchte ihn wegschieben und zu mir heranziehen, mit jedem Wort, das seine Lippen verlässt … seine verdammt vollen, küssbaren Lippen.

Wieder dringt er mit seinem Blick geradezu in mich ein, und seine Augen glühen dabei, es fühlt sich an wie ein wortloses Versprechen. Wie schon zuvor presse ich die Schenkel zusammen und wehre mich gegen das, was seine Worte in mir auslösen.

Er streift mich im Vorbeigehen, ich spüre seine harten Muskeln, und ein Schauer überläuft mich vom Kopf bis zu den Zehenspitzen.

Da stehe ich und keuche geradezu wegen dieser mickrigen zwei Sätze, wie ein hormongesteuerter Schwachkopf.

Zum Teufel mit dir, Caleb!

•••

»Zwei Bier, bitte, alkoholfrei.«

Der Barmann nickt und entfernt sich, um die Drinks zu holen.

Ich stütze meine Ellenbogen auf den Tresen und schaue auf die Masse von Leibern. Selbst für einen Freitagabend ist es heute besonders voll im Lola's. Auf der behelfsmäßigen Tanzfläche drängen sich die Leute, und jeder Tisch ist voll besetzt.

Ich entdecke Caleb allein an einem Tisch neben der Bar. Er sitzt leicht vorgebeugt und lässt den Blick durch den Raum gleiten, langsam und selbstsicher.

Er trägt eine Jeans, die eng an seinen Beinen anliegt, und dazu ein dunkelblaues Jerseyshirt. Der oberste Knopf steht offen, sodass man seinen Halsansatz sehen kann, was unglaublich sexy ist. Sein Stoppelbart ist einem »Fünf-Uhr-Schatten« gewichen und das sieht verdammt gut an ihm aus.

Auf seinem Kopf sitzt die allgegenwärtige Baseballkappe, diesmal richtig herum. Ich möchte zu ihm rübergehen und sie umdrehen. Es gibt keinen Grund, solche Augen im Schatten zu verstecken.

Ein paar Mädels stehen um den Tisch herum und versuchen, seine Aufmerksamkeit zu erhaschen. Er kümmert sich nicht darum, sein Blick wandert herüber zu mir, er sieht mir jedoch nur einen kurzen Moment in die Augen.

Ich sehe, wie sich seine Lippen zu einem schiefen Grinsen verziehen, während sein Blick weiterwandert.

»Kommst du oft her?«

»Glaubst du wirklich, so ein Spruch funktioniert?« Ich mache mir nicht einmal die Mühe, den Typen anzusehen, der gerade den schwächsten aller Anmachsprüche benutzt hat.

»Man versucht es halt.«

Ich lache kurz auf. »Und das ist das Beste, was du draufhast?«

Ich richte den Blick auf ihn. Das Erste, was ich wahrnehme, ist das Fehlen einer Baseballkappe, und ich hasse mich selbst dafür, dass ich das denke, denn der Typ, der da vor mir steht, ist eigentlich nicht übel. Sein dunkles Haar ist auf gekonnte Art verstrubbelt, und er hat ein Grinsen aufgesetzt, das perfekte, weiß schimmernde Zähne entblößt. Er wirkt hundertprozentig wie ein Aufreißer.

Ich habe nichts am Hut mit Aufreißern.

»Hi!«, sagt er.

»Hi!«

»Also, im Ernst, bist du oft hier? Ich habe dich noch nie hier gesehen.«

»Heißt das, dass du oft hier bist?«

Er bringt es glatt fertig, sich verlegen zu geben, als ob ich nicht wüsste, dass er ein Haifisch im Aquarium ist. »Könnte man sagen.«

»Aha!« Ich lasse ihn stehen und richte meine Aufmerksamkeit wieder auf den Barmann.

Der Knabe versteht meinen Wink nicht.

»Wie heißt du?«

Ich schnalze mit der Zunge. »Das ist keine Information, die ich einfach so jedem anvertraue.«

»Oh, Schätzchen, ich bin doch nicht jedermann.«

Ich werfe den Kopf zurück und lache. »Du musst wirklich aufhören mit diesen 0815-Sprüchen. Die bringen dich nicht weiter.«

Er strafft die Schultern, und sein Grinsen wirkt plötzlich etwas authentischer. Es macht ihn sofort attraktiver.

Er streckt die Hand aus. »Hi, ich bin Tony. Darf ich dich auf einen Drink einladen?«

Mein Blick hüpft zwischen seiner Hand und seinem Gesicht hin und her. Wenn er nicht so tut, als wäre er auf Beutezug, scheint er ganz nett zu sein, also lege ich meine Hand in seine. »Hi, Tony! Mein Name ist Zoe.«

»Zoe – schöner Name für ein schönes Mädchen.«

Ich schüttle den Kopf und versuche, ein Grinsen zu unterdrücken.

Er fährt sich mit der Hand durch sein ohnehin zerzaustes Haar, und seine Verlegenheit wirkt echt. »Verdammt, jetzt hab ich's schon wieder getan, oder? Tut mir leid. Ich habe das wirklich nicht drauf.«

»Das erste Mal?«

»Sozusagen. Ich habe gerade eine ungute Beziehung hinter mir und versuche, wieder zurück ins Spiel zu kommen. Es ist aber ein verdammt hartes Spiel. Also nehme ich eben Zuflucht bei den übelsten Sprüchen, die man sich vorstellen kann.«

»Falls es dir hilft, dich besser zu fühlen, du bist gar nicht so schlecht, wenn du es nicht ganz so krampfhaft versuchst.«

»Gar nicht so schlecht? Hm.« Er schüttelt den Kopf, aber sein Lächeln wird breiter. »Ich bin so ein Idiot, mir liegt nämlich schon wieder ein Spruch auf der Zunge, aber irgendwie trau ich mich nicht.«

Ich lache. »Wahrscheinlich besser so.«

»Tut mir leid, dass ich wie ein Blödmann rübergekommen bin. Ich bin eigentlich ganz anders.«

»Das ist genau das, was ein Blödmann sagen würde.«

Interesse blitzt in seinen Augen auf. »Du bist ganz schön tough, du sagst, was du denkst. Das gefällt mir.«

»Mir gefällt es auch.« Ich zwinkere ihm zu.

»Hast du dich in Narnia verirrt, oder was? Was zum Teufel dauert denn so lange?«

Aus dem Nichts spüre ich plötzlich Calebs Wärme, und sein inzwischen vertrauter Geruch hüllt mich ein wie ein Kokon. Seine große Hand landet direkt hinter mir schwer auf dem Tresen, so nah, dass ich seinen Arm im Rücken spüre. Die Wärme dringt durch mein Oberteil, und ich spüre schon, wie sich Schweißperlen in meinem Nacken bilden.

»Es ist nun mal sehr voll.« Ich drehe mich auf meinem Barhocker in seine Richtung.

»Von wegen. Du wolltest zwei Bier holen. Zwei Drinks zu ordern dauert nicht dermaßen lange.«

Ich hebe die Hand und drücke mit dem Finger zwischen seine gekräuselten Brauen. »Du bist ganz schön mürrisch heute Abend. Wir wollten uns amüsieren.«

»In einem Raum voller fremder Leute zu sitzen und ihnen dabei zuzusehen, wie sie sich gegenseitig auszustechen versuchen, ist nicht amüsant. Es ist traurig.«

Hinter mir höre ich ein Hüsteln, und mir wird bewusst, dass ich meinen neuen Bekannten Tony – der genau das tut, was Caleb gerade beschrieben hat – völlig vergessen habe.

»Aha.« Ich drehe mich auf meinem Hocker herum, bis ich direkt auf den Tresen blicke, links und rechts von mir die beiden Jungs. Calebs freie Hand liegt plötzlich auf meinem unteren Rücken, die andere immer noch auf dem Tresen, als wollte er mich einschließen. »Tony, das ist Caleb. Caleb, Tony. Seid lieb.«

»Ich bin immer lieb.« Caleb stößt sich vom Tresen ab und streckt die Hand aus. »Nett, dich kennenzulernen.«

»Ganz meinerseits.« Tony erhascht meinen Blick. »Tut mir leid, ich wusste nicht, dass du mit jemandem hier bist.«

»Oh, bin ich nicht. Wir sind nicht zusammen.«

»Sind wir wohl«, wirft Caleb dazwischen.

»Was? Nein, sind wir nicht«, widerspreche ich.

»Doch, sind wir.«

»Bist du verrückt? Wir sind nicht zusammen.«

In dem Augenblick schiebt der Barkeeper zwei Bier über den Tresen. »Soll ich's aufschreiben, Süße?«

»Nein, aber danke.« Ich gebe ihm genug Geld für Drinks und Trinkgeld. »Die nächste Runde geht auf dich«, sage ich zu Caleb.

Ich drehe mich wieder zu Tony um, der macht große Augen. Ich hebe fragend eine Braue.

»Schon gut.« Er schüttelt den Kopf. »Es ist nichts. Ich, äh, ich gehe mal rüber zu meinen Freunden. Es war toll, dich kennenzulernen, Zoe. Tut mir leid, dass ich euer Date unterbrochen habe.«

»Date? Nein. Ein Date ist das keineswegs!« Aber er ist schon auf dem Rückzug. Ich spüre Calebs Lachen, bevor ich es höre, und knurre ihn wütend an.

»Du hast dich gerade wie ein Gockel aufgeführt.«

»Ich habe nichts dergleichen getan, Zoe.«

»Caleb Mills, du hast dich wie ein Gockel aufgeführt, und wie! Warum klebst du mir kein Schild auf die Stirn mit der Aufschrift ›Hey, sie gehört zu mir! Halte dich fern!‹. Obwohl wir absolut nicht zusammen sind. Weshalb du dich auch nicht wie ein Gockel aufführen solltest. Idiot.«

Wieder lacht er, und dann setzt er sich auf den Barhocker, auf dem zuvor Tony gesessen hat. Ich vermisse seine Hand in meinem Rücken, kaum dass er sie von dort weggenommen hat.

»Hast du ernsthaft daran gedacht, mit dem Typ nach Hause zu gehen?«

»Hätte ich, wenn du nicht dazwischengekommen

wärst.« Er blickt mich ungläubig an. »Was? Ich wäre mit ihm nach Hause gegangen. Er ist mein Typ, warum also nicht?«

Caleb kratzt sich am Kinn. »Ich wusste gar nicht, dass du auf Aufreißer stehst.«

Ich stoße einen verächtlichen Laut aus und werfe mein Haar zurück. »Pf … Aufreißer sind absolut mein Ding.«

»Das glaube ich dir keine Sekunde, Zoe.«

»Ach, ja? Nun, dann sag du mir, weiser Mann, was ist denn mein Typ?«

»Nach allem, was ich über deine früheren Beziehungen weiß, würde ich wetten, dass« – er bewegt die Hand, als wollte er sich selbst präsentieren – »ich dein Typ bin.«

»Du? Du glaubst, du bist mein Typ? Also wirklich.«

Einer seiner Mundwinkel zuckt nach oben. »Oh ja. Ich.«

»Das meinst du doch nicht ernst.«

»Oh, Baby, ich weiß, dass ich dein Typ bin.«

»Nur weil ich einmal mit einem Baseballspieler zusammen war …« Caleb hebt eine Braue. »Also gut, nur weil ich schon mit ein paar Baseballspielern zusammen war, heißt das nicht, dass ich auf die besonders stehe.« Calebs Braue rutscht noch höher, und ich gebe ihm einen Schubs. »Tu ich nicht!«

Er schmunzelt über meinen schwachen Versuch, ihn wegzuschieben. »Versuchst du gerade, mir etwas vorzumachen oder dir selbst? Wir wissen ja wohl beide, dass ich recht habe.«

»Du hast nicht recht. Du hast keinerlei Wirkung auf mich.«

»Aha.« Er nimmt einen Schluck aus seinem Bierglas.

Dieses blöde, triumphierende Grinsen weicht nicht von seinem Gesicht.

»Okay, was, wenn es so wäre?«

»Dann sind die Chancen ausgeglichen.«

»Wir flirten also wieder, richtig?«

»Wir flirten wieder.«

»Aber mehr nicht, ja?«

Er lässt die untere Kante seiner Bierflasche auf dem Tresen hin- und her rollen, ohne den Blick von mir zu lösen. »Wenn es das ist, was du willst.«

»Ist es das, was du willst?«

»Ich will, was immer dich glücklich macht, Zoe.«

Du. »Aha.«

Mehr sage ich nicht – mehr erlaube ich mir nicht zu sagen.

Heute geht es nicht um Caleb und mich und unsere stillschweigende Abmachung, die Grenzlinie zu berühren, jedoch niemals zu überschreiten. Es geht darum, auszugehen und sich zu amüsieren.

Und genau das habe ich vor.

Ich führe die Bierflasche an meine Lippen und nehme einen kleinen Schluck. Mein Blick gleitet zum Ende des Tresens und darüber hinaus. Da ist die Tanzfläche. Ich spüre den vertrauten Impuls. Ich muss unbedingt dahin. Ich habe es schon immer geliebt, in Clubs zu gehen und mich in der Musik zu verlieren, aber im Lauf der Zeit bin ich genügsamer geworden, und jetzt genügt mir auch die winzige Tanzfläche im Lola's. Das muss für heute Abend reichen, wie an so vielen Abenden zuvor.

»Ich tanze ein bisschen«, verkünde ich. »Pass auf mein Bier auf.«

Ich stelle die Flasche auf dem Tresen ab und begebe mich, ohne Calebs Antwort abzuwarten, in die Menschenmenge.

Ich habe kaum die Tanzfläche betreten, da fühle ich schon, wie mein Nacken und mein Rücken feucht werden von Schweiß. Mein Körper bewegt sich wie von selbst im Rhythmus, und meine Schritte passen sich dem Beat an, ich verliere mich im Sound, der aus den Boxen dröhnt.

»Wo ist dein Freund?«

Ich fahre herum, als ich die vertraute Stimme höre. Tony steht am Rand der Tanzfläche, ganz in meiner Nähe, und ich bewege mich auf ihn zu.

»Er tanzt nicht so gern«, erwidere ich achselzuckend. »Und er ist nicht mein Freund.«

Tony zeigt mit dem Kopf zur Bar. »Weiß er das?«

Mein Blick folgt seiner Bewegung, und ich stelle überrascht fest, dass Caleb direkt auf die Tanzfläche blickt. Seine Mundwinkel sind mürrisch herabgezogen.

»Oh?«

»Oh?«, äfft Tony mich nach.

»Ich schwöre, das ist kein Date. Er ist der Ex-Freund meiner besten Freundin und mein Mitbewohner.«

»Glaub mir, er wünscht, es wäre ein Date.«

»Meinst du?« Mein Blick haftet immer noch an Caleb.

»Oh, ich weiß es.«

»Aber er ist der Ex-Freund meiner besten Freundin.«

Tony lacht. »Das ist natürlich ein Hindernis, was?«

»Für mich schon.«

»Girls-Code?« Ich blicke Tony überrascht an. Er zuckt mit den Achseln. »Ich habe Schwestern.«

»Definitiv Girls-Code.«

»Ihr werdet das schon noch auf die Reihe kriegen.«

»Wie kannst du da so sicher sein?«

»Weil es bei so was immer nur zwei Möglichkeiten gibt: Entweder die Sache implodiert, oder sie explodiert, und es entsteht etwas richtig Gutes.«

»Du bist so positiv. Deine Ex hat je keine Ahnung, was ihr entgeht.«

Er lächelt traurig. »Was du nicht sagst.«

»Tut mir leid, dass ich nicht mir dir ausgehen kann, Tony. Du scheinst ein super Typ zu sein.«

»Oh, ich weiß.« Er zwinkert mir zu. »Ich gebe dir jetzt einfach mal meine Nummer, nur für den Fall, dass die Sache implodiert.« Er schiebt mir eine zerrissene Quittung mit seinem Namen und seiner Nummer zu. »Verwende sie, wirf sie weg, was auch immer – ich kann diese Gelegenheit einfach nicht ungenutzt verstreichen lassen.«

Ich grinse, nehme den Zettel und lasse ihn in meiner Gesäßtasche verschwinden. »Danke!«

Ich winke ihm kurz und tanze wieder zurück in die Menge.

Es dauert nicht lange, da spüre ich ein Paar Hände auf meinen Hüften. Ich muss mich nicht umdrehen, um zu wissen, dass das Caleb ist; ich kenne diese Wärme, diesen Geruch.

»Ich dachte, du tanzt nicht«, sage ich über die Schulter, ohne meine Bewegungen zu unterbrechen.

Er zieht mich an sich, bis ich mich schließlich an ihn lehne. »Tu ich auch nicht.«

»Was ist das dann?«

»Sich wiegen.«

Ein langsamer Song perlt aus den Boxen, als ich mich umdrehe und die Arme um Calebs Nacken lege. »Dann wiege ich jetzt mit dir.«

Mit langsamen Schritten bewegen wir uns vorwärts und rückwärts. Irgendwie verkleinert sich der Abstand zwischen uns von Schritt zu Schritt, und kein einziges Mal treffen sich unsere Blicke. Unsere Körper werden aneinandergedrückt, und mir ist viel heißer als zuvor, als die Tanzfläche überfüllt war.

»Äh, Caleb?«

»Ja?«

»Ist das dein Schwanz, was ich da spüre, oder dein Handy?«

Er presst die Lippen zusammen und versucht mit aller Kraft, das Lachen zurückzuhalten. »Das ist wohl eher mein Schwanz, Zoe.«

»Oh!«

Jemand rammt mich, und ich verliere das Gleichgewicht und falle gegen Caleb. Fast instinktiv schlingt er seine starken Arme um mich. Ich tue nichts, um den Abstand zu vergrößern; ich bin genau da, wo ich jetzt sein will.

Calebs Körper an meinem … ich kann mich nicht erinnern, wann sich zum letzten Mal etwas so gut angefühlt hat.

Wir schwingen einfach nur sachte hin und her, auch als die Musik sich ändert.

Alles um uns herum bewegt sich in hohem Tempo, aber wir nicht. Wir bleiben bei unserem Rhythmus, und wir sind nicht bereit, den Augenblick loszulassen.

Meine Hände bewegen sich wie von selbst, gleiten an Calebs Nacken aufwärts zwischen die Locken, die unter seiner Baseballkappe hervorragen. Ohne zu denken, greife ich nach der Kappe und drehe sie herum. Zum ersten Mal, seit er zur Tanzfläche gekommen ist, treffen sich unsere Blicke.

»Viel besser.« Ich lasse die Hand auf seiner Wange wieder abwärtsgleiten und streiche mit den Fingerspitzen über seine Bartstoppeln.

Seine blauen Augen werden dunkler, und bevor ich richtig verstehe, was passiert, hat er mich an sich gezogen und presst seine Lippen auf meine.

Ich brauche einen Sekundenbruchteil, bis ich begreife, was wir da tun, und dann erwidere ich seinen Kuss leidenschaftlich.

Es gelingt Caleb, sich wieder unter Kontrolle zu bringen. Jetzt gleiten seine vollen Lippen ganz sacht über meine, und es wird ein zärtlicher, langsamer Kuss. Ich spüre, seine Hände auf meinem Po, spüre den Druck seiner Arme, als er mich noch fester an sich drückt. Ich spiele mit seinem Haar, ziehe daran und drücke seinen Kopf gegen meinen.

Unsere Zungen sind nicht beteiligt, und es ist eigentlich ein ganz harmloser Kuss, aber er fühlt sich nach so viel mehr an.

Nach mehr Romantik, mehr Bedeutung.

Einfach nach ... mehr.

Es sind ein paar Minuten vergangen, als er sich von mir löst und meine Lippen noch zweimal kurz mit seinen berührt, bevor er wieder etwas Abstand zwischen uns zulässt.

Meine Lungen fühlen sich an, als stünden sie in Flammen, meine Lippen prickeln nach diesem besten Kuss, den ich je erlebt habe. Ich hatte recht, wir fühlen uns zueinander hingezogen; Ich wusste nur nicht, dass es sich so gut anfühlen würde, so richtig.

Als ich endlich zur Erde zurückkehre, öffne ich die Augen und sehe, wie Caleb mich angrinst.

»Du stehst auf meine Basecap, oder?«

»Das ist dir aufgefallen in den zwei Tagen, die wir zusammen verbracht haben?«

»Schon vorher.«

Er muss nicht erklären, dass er damit die Zeit meint, in der er mit Delia zusammen war.

Und jetzt spüre ich aus ganz anderen Gründen ein Brennen in der Brust.

Ich habe den Ex-Freund meiner *besten Freundin* geküsst.

Ich habe den Ex-Freund meiner besten Freundin *geküsst.*

Ich bin die schlechteste aller Freundinnen.

Caleb beugt sich vor und fängt meinen Blick ein. »Alles in Ordnung?«

»Ja, ja.«

»Zoe.«

Ich strecke das Kinn vor und erwidere trotzig seinen Blick. »Caleb.«

»Ist alles in Ordnung?«

Ich spüre, dass mir die Tränen kommen, aber ich blinzle sie weg.

»Ich würde jetzt lieber gehen.«

»Bist du sauer auf mich?«

»Nein, Caleb. Auf dich bin ich nicht sauer.«

»Was ist es dann?«

Ich mache einen Schritt von ihm weg und vermisse im selben Moment seine Wärme. Plötzlich habe ich das Gefühl mitten am Nordpol zu stehen und nicht auf einer Tanzfläche voller Menschen.

»Könnten wir nicht – könnten wir das auf später verschieben?«

Er bedrängt mich nicht weiter. Er nickt nur, nimmt mich ruhig bei der Hand und führt mich hinaus.

Was haben wir getan?

• • •

Es ist ein Uhr nachts, und ich stehe mit Kopfkissen und Decke vor der Tür zu Calebs Zimmer.

Ich weiß, dass er wach ist. Es kann nicht sein, dass er schläft, so wie wir auseinandergegangen sind.

Langsam schiebe ich die Tür auf und schlüpfe hindurch, vorsichtig, um kein Geräusch zu machen. Auf Zehenspitzen gehe ich zu seinem behelfsmäßigen Bett und lege vorsichtig mein Kissen neben ihn.

Ich stehe vor ihm und zögere nur kurz, dann lege ich mich zu ihm.

»Ich habe mich gefragt, ob du kommen würdest oder nicht.«

Ich richte mich auf meinem Kissen ein und rutsche ein paar Zentimeter näher zu ihm. »Hier bin ich.«

Caleb hebt den Arm, und ich schmiege mich an ihn. Ich drehe mich auf die Seite und drücke einen zarten Kuss auf seine Brust.

»Es tut mir nicht leid, dass ich dich geküsst habe.«

»Mir auch nicht«, flüstert er.

10. Kapitel

ICH: Also ... wegen letzter Nacht.

CALEB: Letzte Nacht.

CALEB: Bereust du es jetzt doch?

ICH: Nein. Du?

CALEB: Nein.

CALEB: Aber kann ich dir etwas sagen?

ICH: Raus damit.

CALEB: Ich habe es kurz bereut, aber nur, weil ich dachte, du würdest nie wieder mit mir reden.

ICH: Ich war nie wütend auf dich, Caleb. Ich war wütend auf mich selbst.

CALEB: Warum? Wir haben nichts Falsches getan, Zoe.

CALEB: Das weißt du, oder?

ICH: Klar.

ICH: Du warst heute Morgen schon weg.

CALEB: Stimmt. *Little League*.

ICH: Ich wette, du machst dich bei denen richtig gut.

CALEB: Stimmt.

ICH: Hast du gerade deine Baseballkappe auf?

CALEB: Immer.

ICH: *flüstert* Verkehrt herum?

CALEB: Ja.

ICH: Ich glaube, ich muss mein Höschen wechseln.

CALEB: Ich werde NICHT während des Trainings mit dir flirten.

ICH: Und wie oft musstest du dir das vorsagen?

CALEB: Oft genug.

ICH: Moment, wie bist du dorthin gekommen?

CALEB: Ich habe den Bus genommen.

ICH: CALEB! Du hättest mich bitten können, dich zu fahren. Hast du das schon die ganze Zeit so gemacht, seit du eingezogen bist?

CALEB: Meistens. Manchmal fährt mich auch einer meiner Freunde.

ICH: WARUM HAST DU MIR NICHTS GESAGT? Ich hätte dich gefahren!

ICH: Also wirklich, ich kann das jetzt echt nicht glauben.

CALEB: Ich wollte dir nicht zur Last fallen. Es ist kein Problem.

ICH: Ist das Training noch nicht aus?

CALEB: Nein, wir haben noch fünfzehn Minuten.

ICH: Auf dem Cattleman's Field?

CALEB: Ja …

CALEB: Zoe?

CALEB: Hallo? Zoe? Was machst du?

• • •

Caleb Mills ist heiß.

Caleb Mills mit Baseballkappe? Noch heißer.

Caleb Mills als Baseballcoach? *Oh verdammt, mein Höschen rutscht.*

Ich sitze im Auto wie eine Stalkerin und beobachte ihn. Er steht vor der Mannschaft, die Hände auf den Hüften, ein Grinsen im Gesicht. Es ist offensichtlich, dass er das Spiel liebt, dass er mit Leib und Seele bei der Sache ist.

Ihm zuzusehen, wenn er in seinem Element ist, ist einfach magisch.

Ich stoße die Wagentür auf, schlendere zur Tribüne hinüber und suche mir einen Sitz, um näher am Geschehen zu sein. Caleb redet immer noch, und das Team lauscht hingerissen.

Versteh ich, Kids. Verstehe ich vollkommen.

»… und ich sehe euch alle wieder am Mittwoch. Schönes Wochenende!«

Ein kleines Mädchen rennt auf Caleb zu. »Mr C! Mr C!« Sie hüpft aufgeregt auf und ab.

Caleb geht vor ihr in die Hocke. »Was gibt's?«

Ich kann nicht hören, was sie reden, aber ich finde es wundervoll, wie sich das Gesicht der Kleinen aufhellt, als er ihr offenbar zustimmt.

Er hilft den Kindern, ihre Sachen einzusammeln, und schüttelt einigen Eltern die Hand, bevor er zur Tribüne herüberkommt und sich neben mich setzt.

»Du musstest nicht herkommen. Ich hätte den Bus nehmen können.«

»Und dich in Aktion verpassen?« Ich stoße mit meiner Schulter an seine. »Auf keinen Fall.«

»Tja, du hast jedenfalls verpasst, wie mir ein fliegender Schläger fast an den Kopf geknallt ist, weil ich dir geschrieben habe.«

»Ach komm.«

»Im Ernst. Er ist so haarscharf …« – er drückt Zeigefinger und Daumen aufeinander – »… an meiner Birne vorbeigezischt.«

»Die Little League scheint gefährlich zu sein.«

»Wie ich sehe, verziehen sich deine Lippen.«

Mein Lächeln bricht sich Bahn. »Tut mir leid.«

»Weil es dir nicht leidtut, oder?«

»Erwischt.«

Ich stütze die Unterarme auf die Knie und blicke hinaus auf das leere Spielfeld. Es wirkt brandneu, und ich weiß, dass das Calebs Collegeteam zu verdanken ist.

»Das Spielfeld sieht toll aus. Eure Spendenaktion letztes Jahr muss eine Menge Geld eingebracht haben.«

»Kannst du laut sagen. Wir haben über zweihunderttausend Dollar reingeholt. Das war ein Date mit einer siebzigjährigen Grabscherin wert.«

»Grabscherin, so, so?«

»Wäre es nicht für einen guten Zweck gewesen, hätte ich mich aus dem Luxusschlitten direkt auf den Highway geworfen. Mein Hintern ist noch nie zuvor so oft in einer Nacht befummelt worden.«

Ich lache über den angewiderten Ausdruck in seinem Gesicht. »Na komm schon, gib ruhig zu, dass es dir ein bisschen gefallen hat.«

Er schüttelt den Kopf. »Das verdient keine Antwort.«

Wieder stoße ich an seine Schulter. »Ich mache mich nur ein bisschen über dich lustig. Nun ja – ich glaube wirklich, dass es dir Spaß gemacht hat.«

»Ungefähr so viel Spaß, wie du mir gerade machst.«

»Siehst du!« Ich deute auf ihn. »Es hat dir Spaß gemacht.«

Er stößt einen genervten Seufzer aus. »Du lässt wirklich nie locker, was?«

»Das wäre langweilig.«

Ich blicke wieder hinaus aufs Feld und lächle. Caleb ist nicht böse auf mich, überhaupt nicht. Er liebt unser Geplänkel und mein ständiges Witzeln – das erkenne ich an der Art, wie er näher rückt und wie seine Lippen immer ein Grinsen andeuten.

»Hast du irgendeine Art von Sport betrieben, als du jünger warst? Oder warst du schon immer mit Pinsel und Staffelei verschweißt?«

»Ich benutze nicht nur Pinsel, aber ja, die Malerei war

schon immer das Wichtigste für mich. Ich habe noch nicht einmal Ballfangen gespielt.«

Caleb fährt zu mir herum und reißt vor Verblüffung den Mund auf. »Du machst Witze.«

»Mach ich nicht.«

Er packt den Handschuh, der neben ihm auf der Bank liegt, steht auf und streckt die Hand aus. »Los geht's. Wir spielen Ballfangen. Du musst das wenigstens einmal im Leben gemacht haben, sonst hast du nicht wirklich gelebt. Glaub mir.«

Ich lege meine Hand in seine und folge ihm zu seiner prallvollen Trainingstasche.

»Such dir einen Handschuh aus«, fordert er mich auf.

»Irgendeinen?«

»Ja. Probiere sie einfach an. Achte darauf, dass er bequem sitzt.«

»Woher weiß ich, dass er richtig sitzt?«

»Das merkst du dann schon.«

Ich probiere einige aus und finde schließlich einen, der sich bequem anfühlt.

»Okay?«, fragt Caleb.

»Ja. Okay.«

»Dann geh jetzt etwa fünfzehn Meter aufs Spielfeld hinaus. Damit fangen wir erst mal an.«

»Äh … fünfzehn?«

Er schmunzelt. »Geh einfach los, bis ich Stehen bleiben sage.«

Ich gehe ein Stück und blicke zu ihm zurück. »Hier?«

»Noch ein Stück … so ist es gut. Und jetzt, sei so gut

und verurteile mich nicht für schlechtes Werfen, okay? Ich glaube, ich dürfte das eigentlich noch gar nicht machen.«

»Wir müssen das nicht tun, Caleb.«

Selbst aus der Entfernung sehe ich, dass er mich entrüstet anblickt. »Doch, wir machen das. Ich kann mir später die Hand mit Eis kühlen.«

»Bist du dir sicher?«

»Klar. Jetzt wirf mir den Ball zu.«

Ich befolge seine Anweisungen, und dann geht es los. Zum ersten Mal im Leben spiele ich – ziemlich schlecht, würde ich sagen – Ballfangen. Es macht irgendwie Spaß.

»Wie kommt es, dass du noch nie Ball gespielt hast?«

»Ich glaube, das hat zwei Gründe: Ich bin ein Mädchen, und ich habe die besten Ballspieljahre damit verbracht, von einer Familie zur anderen zu wandern.« Es gelingt mir nur knapp, den Ball zu fangen, den Caleb mir zuwirft. Ich werfe ihn zurück zu ihm und krümme mich verlegen, als Caleb weit zur Seite springen muss, damit der Ball nicht auf dem Boden landet ... schon wieder. »Als ich schließlich bei Sofie und Rafe angekommen bin, war ich schon viel zu sehr auf meine Malerei konzentriert, um an Sport zu denken. Sie haben mich auch nie dazu gedrängt, weil sie selbst nicht sportlich sind oder es jedenfalls nicht waren. Jetzt spielen sie oft Golf.«

»Ich schätze, das ist alles verständlich. Wie warst du an der Highschool? Was hast du in deiner Freizeit gemacht, wenn nicht Sport?«

»Jungs.«

Er ist so geschockt, dass er meinen diesmal nahezu perfekt geworfenen Ball verfehlt.

»Zoe.«

»Was?« Ich zucke mit den Achseln. »Es stimmt. Die ersten zwei Jahre hatte ich alle paar Monate einen neuen Freund.«

»Nur die ersten zwei Jahre?«

Obwohl so viel Zeit vergangen ist, verspüre ich immer noch einen winzigen Stich im Herzen, wenn ich an meinen Freund aus Highschool-Tagen denke.

»Allerdings. Die letzten zwei Jahre hatte ich einen festen Freund.«

»Seid ihr wegen des College auseinandergegangen?«

»Eher, weil er seinen Schwanz nicht in der Hose behalten konnte. Am Ende des letzten Jahres war meine Ex-beste-Freundin schwanger von ihm. Das Letzte, was ich gehört habe, war, dass sie nach der Geburt des Kindes geheiratet haben und sechs Monate später wieder geschieden waren.«

»Das ist …«

»Traurig, ich weiß. Mir tun die beiden leid.«

»Warte!« Caleb zieht den Handschuh aus und kommt auf mich zu. Seine blauen Augen blitzen mich erstaunt an. »Dir tun die beiden leid? Nach allem, was sie dir angetan haben?«

»Ja. Wir waren so jung, und sie haben einen Fehler gemacht. Das bedeutet nicht, dass ich ihnen nicht Glück wünsche.«

Er sieht mich eindringlich an, seine Augen funkeln. »Du bist unglaublich.«

Die Worte sind nur geflüstert, und plötzlich presst er

seine Lippen auf meine. Diesmal ist der Kuss leidenschaftlicher als beim letzten Mal, und er hält mein Gesicht fest. Er dreht meinen Kopf in den richtigen Winkel, und seine Zunge drängt sich zwischen meine Lippen und fordert Einlass.

Ich lasse es zu.

Wir küssen uns, als ob es das letzte Mal für immer wäre. Unsere Zungen umspielen, erkunden, ertasten einander. Ich greife in Calebs Taille, und ich ziehe ihn enger an mich, denn ich will seinen harten Körper an mir spüren.

Unser Kuss wird immer intensiver. Calebs Hände wühlen in meinem Haar. Sein Griff wird dabei fester, aber nicht so, dass es wehtut. Der Druck seiner Hände fühlt sich gut an, einfach richtig. Unsere Körper verschmelzen miteinander, und als er rhythmisch das Becken gegen mich drückt, spüre ich deutlich, welche Wirkung unsere Umarmung auf ihn hat. Meine Hände gleiten unter sein Shirt, und ich streichle seinen muskulösen Rücken und seine definierten Bauchmuskeln.

Ich mache Anstalten, die Hände in seiner Jeans zu versenken, aber Caleb weicht zurück, nur seine Lippen verweilen auf meinen, und er küsst mich langsam und zärtlich.

»Wir sollten wohl aufhören, bevor das außer Kontrolle gerät und ich nicht mehr aufhören kann.«

Ich reiße mich von ihm los, als mir bewusst wird, was wir gerade tun. Ich lege die Hand auf den Mund, spüre das Prickeln auf meinen Lippen. Es fühlt sich wunderbar an.

»Caleb … w-wir können uns nicht weiter so küssen.«

»Warum nicht?«

»Wie bitte?«

Seine Augen werden schmal. »Denkst du dir schon wieder alberne Gründe dafür aus? Erst konnten wir keine Wohnung teilen, weil ich mal mit Delia zusammen war, und jetzt … oh nein!« Das sprichwörtliche Licht geht ihm auf. »Das ist wegen Delia, richtig? Wir können uns nicht küssen wegen ihr und wegen allem, was in deiner Vergangenheit passiert ist. Du würdest dir selbst vorkommen wie dein Ex.«

»In gewisser Weise ja.«

»Du bist nicht er – *wir* sind nicht sie. Delia und ich, das ist vorbei. Da ist nichts mehr. Ich sehe nichts Falsches darin, wenn du dein Leben weiterlebst, wenn sie es doch auch tut.«

Ich straffe die Schulter und erwidere resolut seinen Blick. »Aber es ist so viel mehr als das, Caleb. Du bist ihr Ex. Ich bin ihre beste Freundin. Es gibt einfach Grenzen, die man nicht überschreitet.«

»So ein Quatsch.«

»Wie bitte?«

»Hast du was an den Ohren? Ich sagte Quatsch.«

»Caleb …«

»Ich wette, du könntest jetzt gleich Delia anrufen und fragen, ob sie ein Problem damit hätte, und sie würde Nein sagen.« Sein Grinsen wirkt fast unheimlich. »Weißt du was, ich mache es.«

Er greift in seine Gesäßtasche, und ich stürze mich auf ihn und schlage wie eine Irre nach dem Handy, das er herauszieht.

»Nein! Caleb! Hör sofort auf!«

Er schlingt einen Arm um meine Taille und zieht mich

an sich. »Dann sag es mir, Zoe. Sag mir den wahren Grund, weshalb du das nicht willst.«

Mein Herz pocht immer schneller unter seinem Blick. Es ist, als ob er direkt in mich hineinblicken könnte, bis in mein Innerstes.

Ich liebe und ich hasse das Gefühl, das er damit in mir auslöst.

»Ich habe Angst, Caleb. Ich will dich nicht mögen. Ich will das Delia nicht antun ... aber ich kann nichts dagegen tun, dass ich mich zu dir hingezogen fühle. Du bist wie ein Magnetfeld, das mich anzieht. Ich kenne dich nicht gut genug, um zu wissen, ob ich mich anziehen lassen will oder lieber nicht.«

Er lässt mich los, und ich mache einen Schritt zurück und sehe, dass er sein Handy wieder in die Tasche schiebt.

»Wie wäre es damit: Lass uns Freunde sein, ohne irgendwelche Bedingungen. Wenn wir uns küssen, küssen wir uns. Wenn mehr daraus wird, dann wird mehr daraus, aber ich sehe nicht ein, weshalb wir wegen irgendwelcher Wenns und Abers um das, was da zwischen uns ist, auf Zehenspitzen herumschleichen sollten.«

»Ich ...«

Kann ich das? Kann ich einfach so den Dingen seinen Lauf lassen? Ich bin normalerweise so lässig, wenn es um Beziehungen und Männer geht, aber etwas an Caleb ist anders – und das hat gar nichts mit ihm und Delia zu tun.

Ich will ihn besser kennenlernen – als Freund oder was auch immer.

»Ich kann das.«

»Wir können das.«

»Aber lass es nicht peinlich werden.«

Er stößt ein gepresstes Lachen aus. »Ich? *Ich* soll schuld daran sein, wenn es peinlich wird? Klar.«

»Ja. Du.« Ich greife nach meinem Handschuh und mache auf cool. Wir wissen ja beide, dass eher ich schuld wäre als er, wenn es peinlich werden würde. »Jetzt hilf mir, das Zeug in meinen Wagen zu laden. Du lädst mich zum Lunch ein.«

• • •

»Okay, du bist wirklich ein verflixt guter Koch.«

Caleb hebt eine Schulter, als ob die Mahlzeit, die er gerade auf den Tisch gezaubert hat, kein Ding wäre. »Ich weiß.«

»Und du hast das alles wo gelernt?«

»Wir hatten ungefähr drei funktionierende Sender, einer davon war so ein alter Kochkanal. Dort habe ich das meiste gelernt. Den Rest durch Versuch und Irrtum.«

»Etwas wie das hier? Durch Versuch und Irrtum?«

»Es ist nur eine gesunde Version von Hähnchen Parmesan. Nicht besonders schwierig.«

Ich schüttle den Kopf. »Ich hätte gleich beim ersten Versuch versagt.«

»Beim Plattklopfen des Hähnchens? Da kann man eigentlich nichts falsch machen …«

»Oh, glaub mir, ich hätte einen Weg gefunden. Und das hast du dir alles damals im … wie sagtest du? … im Trailerpark angeeignet?«

Er nickt. »Ja. Da wurde ich geboren und aufgezogen.«

Caleb will unsere leeren Teller einsammeln, ein Versuch, das Thema zu wechseln – wogegen ich nichts habe – aber ich schiebe seine Hand weg.

»Na, na, das übernehme ich. Du hast gekocht, ich räume auf.«

»In Ordnung.«

Ich nehme unsere Teller, gehe zur Spüle und spüle sie sorgfältig ab, bevor ich sie in den Geschirrspüler stelle. Die Reste gebe ich in eine Schüssel, die ich im Kühlschrank verstaue. Es ist erstaunlich, dass man noch vor wenigen Wochen nichts fand, wenn man ihn öffnete, außer Milch, Butter, Eiern und ein paar Gläsern Salsa. Jetzt ist er vollgepackt mit Resten und allen Arten von frischem Gemüse.

Ich nehme meine Schürze, binde sie mir um und fange an, die Zutaten für Brownies zusammenzustellen. Hey, er macht das Abendessen, ich das Dessert – so sind die Regeln.

Ich schlage über einer Schüssel ein Ei auf, gebe es hinein und drehe mich um, um die Schalen in den Abfall zu werfen. Zu meiner Überraschung sehe ich einen grinsenden Caleb, der immer noch am Küchentresen sitzt.

»Was?«

Sein Grinsen wird breiter, und er schüttelt langsam den Kopf. »Nichts. Es ist nur so süß, dich zu beobachten, wenn du in der Küche herumwirbelst. Ich hatte bis jetzt noch nicht die Chance, dir beim Backen zuzusehen. Normalerweise bin ich nur hier, um die Resultate deiner Bemühungen zu genießen, nicht, um dich beim Zaubern zu sehen.«

»Was ist daran so süß?«

»Alles. Wie du dich konzentrierst, wie deine Zungenspitze hervorkommt, wenn du den Quirl benutzen musst …« Er kommt auf mich zu, streckt die Hand aus und streicht mit dem Zeigefinger über meine Wange. »Und dieser Mehlfleck hier.«

»Das war jetzt aber klischeehaft.«

»Aber du musst zugeben, dass dir die Knie weich wurden.«

»Schon wieder ein Klischee. Bist du fertig?«

»Oh, Baby, noch lange nicht.«

Ich muss lachen, als Caleb mich in die Arme nimmt und einen Kuss auf meine Schläfe drückt. Er schüttelt den Kopf über mich.

»Du bist mir einer, Caleb.«

»Und das gefällt dir.«

»Das kannst du nicht beweisen.«

Seine Lippen verziehen sich zu einem Lächeln, und ich weiß genau, was gerade in ihm vorgeht. »Oh, das kann ich sehr wohl.«

»Du wirst mich wieder küssen, oder?«

Er antwortet, indem er sich vorbeugt und meine Lippen mit seinen umschließt. Sein Daumen streicht über meine Wange, seine andere Hand umfasst meine Taille und drückt mich an ihn. Er streichelt meine Lippen mit seinen. Die Berührung ist zärtlich, ja behutsam.

So stehen wir wer weiß wie lange, eng umschlungen, die Lippen miteinander verschmolzen.

Es fühlt sich so gut an, so natürlich. Erst vor ein paar Stunden haben wir ausgemacht, dass wir Freunde sein und abwarten wollen, wie sich die Dinge entwickeln, aber ich merke schon, wohin das führt, und es macht mir Angst, wie gut es sich anfühlt.

»Ich muss diese Brownies machen«, flüstere ich, als ich meine Lippen von Calebs löse.

»Ja, das musst du – ich brauche unbedingt etwas Süßes.«

Er zwinkert; ich lache mich kaputt.

Caleb schüttelte den Kopf und macht einen Schritt rückwärts. »Ich bin auf der Couch, während du dich hier beruhigst.«

Ich winke ihm nach, rühre weiter den Teig und füge noch eine Extraportion Chocolate Chips hinzu, damit sie wirklich lecker werden.

Nachdem ich den Timer eingestellt und das Dessert in den Ofen geschoben habe, ziehe ich die Schürze aus. Ich hole zwei Bier aus dem Kühlschrank und mache mich auf den Weg zum Wohnzimmer.

»Hier.« Ich gebe Caleb eine Flasche. »Wir haben ungefähr fünfundzwanzig Minuten.«

»Sollen wir uns etwas ansehen?«

»Wie wäre es, wenn wir schauen, wie dieser Schwanz in diesem Hintern verschwindet?«

Er spuckt den Schluck Bier aus, den er gerade schlucken wollte, und prustet vor Lachen. »Heilige Scheiße! War das gerade eine Aufforderung zum Analverkehr?«

Ich kann nicht anders, ich stimme in sein Lachen ein. »Nein, ich habe nur manchmal keine Kontrolle über das, was aus meinem Mund kommt.«

»Weil – nun ja – ich wäre dabei.« Er wackelt mit den Augenbrauen.

»Träum weiter, Caleb. Träum verdammt noch mal weiter.«

»Das Leben mit dir wird ein Heidenspaß werden.« Er nimmt die Fernbedienung vom Couchtisch, immer noch lachend. »Bist du ein Fan von *It's Always Sunny in Philadelphia?*«

»Von was?«

»Moment, du wirst schon sehen.«

Die erste Folge läuft gerade mal fünf Minuten, und mir ist schon mindestens dreimal das Kinn herabgefallen. Ich merke, dass Caleb mich aus dem Augenwinkel beobachtet.

»Na?«

»Das sind ja solche Loser. Aber ich kann nicht wegschauen.«

»Du wirst sehen, es wird noch schlimmer.«

»Schlimmer? Geht das überhaupt?«

Er schmunzelt. »Und noch schlimmer.«

»Wow!«

Die erste Folge ist zu Ende, und die zweite hat gerade angefangen, als der Timer piept.

»Bin gleich wieder da«, sage ich. »Drück auf Pause. Ich will keine Sekunde verpassen.«

Ich renne in die Küche und prüfe die Brownies mit einem Zahnstocher. Als an diesem nichts hängen bleibt, hole ich sie heraus und stelle sie auf einen Rost, damit sie abkühlen, während wir noch ein oder zwei Folgen ansehen.

»Okay, bin bereit«, sage ich, als ich mich wieder auf die Couch fallen lasse.

Als Caleb nicht antwortet, drehe ich mich zu ihm um.

Er schläft.

Ich war zwei Minuten in der Küche, und er ist eingeschlafen.

Armer Kerl.

Ich stehe auf, nehme meine und seine Bierflasche und packe beide in den Müll, bevor ich die Brownies in Aluminiumfolie wickle. Um die werde ich mich morgen früh kümmern müssen.

»Mittens«, rufe ich leise. »Schlafenszeit.«

Die kleine Katze schießt von ihrem Lieblingsplatz unter der Bar hervor und huscht in mein Schlafzimmer. Tja, ich schätze, so haben wir das schon einige Male gemacht.

Ich beuge mich über die Couch und schüttle Caleb ein wenig. »Hey, aufwachen. Lass uns schlafen gehen.«

»Hm?«

»Ins Bett. Jetzt.«

»Ah … zusammen?«

»Zusammen. Du schläfst heute mit mir.«

Er schenkt mir ein schiefes Grinsen. »Ich glaube, heute Nacht bin ich dafür nicht fit genug, Babe.«

Ich lache und schüttle ihn noch mal. »Ich meinte schlafen im Sinn von schlafen. Du schläfst nicht auf dem Boden, und, nichts für ungut, für die Couch bist du zu groß.«

»So groß ist mein Hintern nicht.«

Ich gebe ihm einen Klaps auf besagten Hintern. »Aber bald.«

Er wirft sich schnell auf die andere Seite. »Hast du mir gerade auf den Hintern gehauen?«

»Kann sein. Hat es dir gefallen?«

Schulterzucken. »Kann sein.«

Ich lache kurz. »Komm schon. Ins Bett.«

Wir gehen zusammen den Flur hinab. »Ich, äh, hole nur meine Sachen. Bist du sicher, dass das okay für dich ist?«

»Ja. Beeil dich. Ich werde müde.«

Caleb geht los, um Kissen und Decke zu holen, während ich rasch meine Malutensilien aus dem Weg räume und versuche, etwas Ordnung in mein zerwühltes Bett zu bringen.

Ich weigere mich, darüber nachzudenken. Ich weigere mich, das als peinlich zu betrachten.

Caleb hat kein Bett. Er muss in meinem schlafen.

Richtig?

Ich lege mich auf »meine Seite« – was sich merkwürdig anfühlt, denn das ganze Bett ist ja eigentlich meine Seite – und warte darauf, dass Caleb erscheint.

Im Gegensatz zu mir zögert er nicht. Er taucht sofort in die wohlige Wärme ein und kuschelt sich an mich.

»Oh mein Gott!«, stöhnt er, schließt die Augen und schlingt die Decke um sich. »Paradiesisch.«

»Weil du in einem Bett liegst oder weil ich daneben liege?«

Er grinst schelmisch. »Vielleicht etwas von beidem.«

»Vielleicht etwas?«

»Vielleicht sehr viel.«

Ich lache, strecke den Arm hervor und schalte die Nachttischlampe aus, bevor ich es mir selbst unter der Decke bequem mache.

»Danke, Zoe!«

»Für das Bett?«

»Für das Bett, die Küsse, die Brownies, die es morgen zum Frühstück gibt.«

Ich beuge mich über ihn und drücke einen Kuss auf seine Stirn. »Gute Nacht, Caleb!«

»Gute Nacht!«

11. Kapitel

Ich hasse mich selbst.

Seit zehn Minuten liege ich hier und versuche, die Kraft aufzubringen, Caleb NICHT zu schreiben. Aus irgendeinem teuflischen Grund vermisse ich ihn.

Jetzt schon.

Dabei bin ich erst seit einer halben Stunde wach.

Ich stöhne, werfe mein Handy ans Fußende und weigere mich nachzugeben.

Ich will ein schlechtes Gewissen haben dafür, dass ich Caleb mag, dass ich Zeit mit ihm verbringen möchte. Aber das ist so schwer, weil er nun mal gewisse Gefühle in mir auslöst. Wenn er mich küsst, wird meine Welt bunt. Er macht, dass ich mich fühle wie vor einer leeren Leinwand: freudig erregt und bereit für etwas Neues.

ICH: Du ghostest mich ja schon wieder. Wird das jetzt immer so sein zwischen uns?

CALEB: Es ist Sonntag. Erinnerst du dich? Ich habe sonntags immer etwas vor.

ICH: Ah, ja. Deine mysteriösen Sonntagsausflüge.

CALEB: Es ist gar nicht SO mysteriös. Ich gehe sonntags »nach Hause« und sorge dafür, dass alles in Ordnung ist.

ICH: Und »nach Hause« setzt du in Gänsefüßchen, weil ...

CALEB: Weil es sich nicht wie zu Hause anfühlt.

CALEB: Im Gegensatz zu deinem Bett. 😉

ICH: Du versuchst, mich mit sexy Talk abzulenken.

ICH: Einverstanden. Bitte fahr fort.

ICH: ICH GLAUB'S EINFACH NICHT!

CALEB: *zuckt zusammen* Jetzt hast du es also gesehen, nicht wahr?

ICH: Oh ja, ich habe es gesehen. NUR NOCH ZWEI?

CALEB: Sie waren WIRKLICH lecker, es ist also

deine Schuld, weil du so eine tolle, schöne, großzügige, liebe, sexy Köchin bist.

ICH: Wozu schmierst du mir Honig ums Maul?

ICH: Hast du noch etwas angestellt?

CALEB: Nein. *Augenaufschlag* Käme mir nie in den Sinn.

ICH: Ich schwöre, wenn ich nachher zum Kühlschrank gehe und keine Schokomilch mehr habe, wird ein furchtbares Donnerwetter auf dich niedergehen.

CALEB: Ich habe ja solche Angst.

ICH: Solltest du auch! Ich bin verdammt furchteinflößend ohne meine Schokomilch.

CALEB: Zum Glück bin ich dann nicht da.

ICH: CALEB!

ICH: Argh! Schlimmster. Mitbewohner. Aller. Zeiten.

ICH: Moment mal, wie fährst du eigentlich immer »nach Hause«, mit dem Bus?

CALEB: Ja. Es sind nur zwei Stunden mit dem Bus. Kein Ding.

ICH: Ich hätte dich fahren können.

CALEB: Ich bin es gewohnt. Ich bin schon mit dem Bus gefahren, als ich noch Motorrad fahren konnte.

ICH: Aber … wieso?

CALEB: Es ist einfach bequemer, sicherer. Die Fahrt kann ziemlich riskant sein.

ICH: Na schön.

ICH: Wann bist zu wieder zu Hause? Ich habe jetzt schon Langeweile, und du verpasst Breakfast & Beats. Im Moment läuft gerade Tupac.

CALEB: Also das regt mich jetzt wirklich auf.

CALEB: Ich sollte bis heute Abend wieder da sein, allerdings wohl nicht vor Mitternacht. Ich nehme möglichst immer den letzten Bus.

ICH: Okay. Einverstanden. Ich bin hier.

ICH: Allein.

ICH: Ganz allein, verstehst du. Ohne eine Menschenseele.

CALEB: Verstehe, da macht jemand auf Drama Queen.

CALEB: Übrigens ist Mittens bei dir. Kuschel mit ihm.

CALEB: Eigentlich ist das unmöglich, so wie du ihn mir praktisch wegnimmst. Glaub nicht, ich hätte nicht gemerkt, dass er letzte Nacht auf deiner Seite geschlafen hat. Wirklich unmöglich.

ICH: Was? Ich kann nichts dran ändern, dass ich süßer bin als du und er mich mehr liebt.

CALEB: Er liebt dich mehr? Vielleicht. Süßer? Treib es nicht auf die Spitze.

ICH: KEUCH!

ICH: Ich bin TOTAL süß.

CALEB: Du bist sexy. Das ist eine völlig andere Version von süß.

• • •

CALEB: Also … es gibt Neuigkeiten.

ICH: Du hast im Lotto gewonnen und gibst mir eine Million Dollar.

CALEB: Nicht ganz.

CALEB: Ich muss länger bleiben.

ICH: Von wegen »nicht ganz«.

ICH: Was ist los?

CALEB: Nur ein paar Dinge, um die ich mich kümmern muss. Ich sollte Dienstagabend zurück sein. Nach der Lerngruppe.

ICH: Dienstag?! Oh Maaaann.

CALEB: Ich weiß, ich weiß. Glaub mir, wenn ich nicht hier sein MÜSSTE, wäre ich nicht hier. Ich hasse diesen Ort.

ICH: So schlimm?

CALEB: Richtig beschissen.

ICH: Oh, wow, du hast ein Schimpfwort benutzt. Okay, jetzt glaube ich dir.

ICH: Keine Sorge, ich werde mich um Mittens kümmern. Allerdings wird er sich noch mehr in mich verlieben. Du bist gewarnt.

CALEB: Seufz! Habe ich mir schon gedacht. Eigentlich könnte ich die Adoptionsurkunde auf dich überschreiben.

ICH: Na, na. Ich teile ihn mit dir. So lieb bin ich.

• • •

ICH: Ich habe da etwas gemacht ...

ICH: ANHANG HERUNTERLADEN!

CALEB: DU HAST MEIN KÄTZCHEN IN EINEN ROSA UND LILA PULLI MIT EINHORN GESTECKT?

ICH: Was? Er LIEBT es.

CALEB: Ich sehe von hier aus, wie entsetzt er ist.

ICH: Ach was, er ist nur gerade sauer, weil ich ihm nicht erlaube, meine Limo vom Tisch zu schubsen.

CALEB: Oh Gott! Er macht das zu gern – und auf dem Laptop sitzen. Das darfst du ihm auch nicht erlauben.

CALEB: Ein einziges Mal hatte ich den Laptop am Fußende des Betts stehen, die Shorts bis zu den Knien heruntergezogen, den Schwanz in der Hand, einen Porno auf dem Bildschirm – und da kommt er und hockt sich DIREKT AUF DIE TASTATUR. Der Lautsprecher schaltet sich ein, und alles, was man hört, ist OHRENBETÄUBENDES STÖHNEN. Meine Mitbewohner haben mir tagelang keine Ruhe gelassen.

ICH: Erstens, ich habe nicht erwartet, dass du mir davon erzählst, wie du dir beim Pornogucken einen runterholst. Zweitens, ich glaube, ich liebe Mittens jetzt noch mehr. MAN GUCKT KEINE PORNOS UND HOLT SICH DABEI EINEN RUNTER, WENN ANDERE LEUTE IM HAUS SIND. Was zum Teufel ist los mit dir?

CALEB: Wenn es mich überkommt, dann überkommt es mich. Verurteile mich nicht.

ICH: Ich verurteile dich nicht ... zu sehr.

ICH: Du hast recht. Wenn es juckt, dann muss man kratzen.

ICH: NUR NICHT DANN, WENN NOCH ANDERE LEUTE IM HAUS SIND! UNFASSBAR!

CALEB: Dieser Ton ... das war verurteilend.

ICH: Du konntest meinen Ton hören? Beim Schreiben? Hast du Superkräfte, von denen ich nichts weiß? Bist du deshalb so verrückt nach Comics? Weil du in einem lebst?

ICH: Außerdem bin ich nicht verurteilend, es ist nur so, dass ich dich nicht NICHT verurteile. 😉

CALEB: Ja, genau aus dem Grund lese ich Comics. Du hast mich erwischt.

ICH: Bis jetzt nicht. Aber was nicht ist ...

CALEB: Ha, SO flirtet man. Du hast schon viel von mir gelernt.

ICH: Sch!

ICH: Jetzt aber ernsthaft, warum bist du so ein Comic-Nerd? Sind es die hautengen, grenzwertig erotischen Outfits?

CALEB: Klar. Hast du die Muskeln an Supermans Körper gesehen? *fächelt sich Luft zu*

CALEB: Aber im Ernst, es war einfach alles, was ich hatte als Kind. Es gab da einen Comic-Laden eine Bushaltestelle weiter, da konnte man sich für ungefähr zwei Dollar acht Comics aussuchen. Dann hatte ich für zwei Wochen Unterhaltung.

ICH: Ganz schön krass, wie verschieden dein damaliges von deinem jetzigen Leben zu sein scheint.

CALEB: Neuer Anfang.

CALEB: Das College ist das Beste, was mir je passiert ist.

ICH: Abgesehen von mir, richtig?

CALEB: Klar, warum nicht?

ICH: CALEB! Sag, dass ich die beste Mitbewohnerin bin, die du je hattest! Du weißt, dass das stimmt! Verflixt, ich kümmere mich an deiner Stelle um deinen Kater.

CALEB: Weil das ja auch so eine FURCHTBARE Belastung ist. *verdreht die Augen*

ICH: Darum geht es hier nicht.

CALEB: Es geht genau darum.

CALEB: Hör auf, so zu tun, als wärst du sauer. Du weißt, dass ich dich total mag. Meistens ...

ICH: Meistens? MEISTENS?

CALEB: Ich ändere meine Antwort nicht, nur weil du in Großbuchstaben schreibst.

ICH: UNVERBESSERLICH!

• • •

CALEB: ANHANG HERUNTERLADEN!

ICH: Was ist das?

ICH: Bist das du im Bus?! Bist du auf dem Heimweg? Einen Tag früher???

CALEB: Ja und ja.

ICH: Yay!

ICH: Wollte sagen, ja gut. Wen kümmert's?

CALEB: Kommt mir vor, als hättest du mich vermisst oder so.

ICH: ICH STERBE. Ich bin SO gelangweilt. Delia hat auch gesagt, dass es so kommen würde. Deshalb war es ihr so wichtig, dass ich einen neuen Mitbewohner suche. Ich habe ihren Rat befolgt, und was passiert? Ich bin immer noch gelangweilt, weil du nie da bist.

CALEB: Schlimm ist das mit mir.

ICH: Ich weiß.

CALEB: Du widersprichst nicht einmal? Nicht einmal, damit ich mich ein bisschen besser fühle?

ICH: Nein. Warum sollte ich? ES IST SCHLIMM MIT DIR.

ICH: Spaß. Vielleicht.

ICH: Was möchtest du zum Abendessen? Bist eingeladen.

CALEB: Eingeladen, weil du kochst? Oder eingeladen, weil du bestellst?

ICH: Ich habe das Gefühl, ich soll antworten, dass ich bestelle, weil ich als Köchin so furchtbar bin.

CALEB: Es wäre die sicherste Methode, oder?

CALEB: Weißt du was? Lass uns heute Abend gemeinsam kochen. Ich bringe dir ein paar Tricks bei.

ICH: Okay, erstens ... total UNHÖFLICH! Zweitens, bist du dir sicher? Das ist wirklich SEHR großzügig.

CALEB: So furchtbar kannst du auch wieder nicht sein. Wir machen etwas Einfaches. Magst du Alfredo?

ICH: Mag ich Alfredo? Äh, JA!

CALEB: Dann machen wir das. Wirklich SUPEREINFACH. Da kann man nichts falsch machen.

ICH: Wir werden sehen ...

• • •

CALEB: Bin in etwa dreißig Minuten da. Bist du bereit fürs Kochen?

ICH: ANHANG HERUNTERLADEN!

CALEB: HOL MICH DER TEUFEL.

CALEB: BIST DU NACKT UNTER DEINER SCHÜRZE?!

ICH: WAS? NEIN!

ICH: Oh verflixt, es sieht wirklich so aus, als ob ich nackt wäre, was? Ich dachte nur, mein Busen kommt auf dem Bild gut raus, deshalb habe ich es geschickt.

ICH: Schick es nicht an deine Freunde. 😉

CALEB: Haha! Sehr witzig. NICHT.

ICH: Ich fand es urkomisch.

CALEB: Was bist du doch für eine Komikerin.

ICH: Oh, sei still, du Griesgram. Was möchtest du zum Dessert?

CALEB: Erdnussbutterplätzchen? Mit extra Küsschen. 😉

ICH: WÜRG!

ICH: Du bist manchmal so schmalzig drauf.

CALEB: Das magst du doch.

ICH: Nur überhaupt nicht.

CALEB: ALLES LÜGE!

CALEB: Fünfzehn Minuten.

ICH: MOMENT! Wie kommst du von der Bushaltestelle hierher?

CALEB: Zu Fuß. Es sind nur etwa drei Kilometer.

ICH: Caleb ...

CALEB: Zoe, das ist kein Problem. Gutes Bewegungsprogramm. Ich hatte die letzten zwei Tage keine Chance zu trainieren, ich kann es also brauchen.

ICH: Na gut, aber ich stimme nur zu, weil du so

einen heißen Körper hast und ich weiß, dass du den in Form halten willst

CALEB: Du findest mich also heiß?

ICH: Dein Körper ist heiß.

CALEB: Was bedeutet, dass ich heiß bin.

ICH: Nein, es bedeutet, deine Bauchmuskeln und dein Hintern und deine Beine und deine Arme und dein Rücken und deine Kieferpartie und deine schiefe Nase und deine blöden vollen sexy Lippen und deine blauen Augen und dein Haar, das dringend einen Schnitt braucht, sind heiß. Du stehst auf einem ganz anderen Blatt.

CALEB: Das ergibt keinen Sinn.

ICH: Persönlichkeit, Caleb. Was DICH heiß macht, ist deine Persönlichkeit.

CALEB: Also BIN ich heiß? Oder etwa nicht?

ICH: Du bist sexy. Das ist heiß auf einer ganz anderen Ebene. 😉

CALEB: Oh! Ich verstehe, was du meinst.
Bus hält. Wir sehen uns in zwanzig Minuten.

12. Kapitel

»Ich darf den Schaum schlagen? Schaumschlagen ist einfach. Das kann ich.« Ich dränge Caleb zur Seite. »Aus dem Weg. Im Schaumschlagen bin ich Profi.«

»Da bist du ganz schön stolz drauf, was?«

»Und ob.« Hingebungsvoll rühre ich mit dem Schneebesen die cremige Alfredo-Soße in der Pfanne, während Caleb immer wieder ein wenig Milch dazugibt. »Diese Kocherei ist bis jetzt ziemlich einfach.«

»Ja, und du machst das gar nicht schlecht. Wir mussten nur ein kleines Feuer löschen und zweimal von vorne anfangen. Das ist ein Fortschritt.«

»Oh, ich mache das großartig, das macht mir keiner nach. BAM!«

»Hast du die Soße gerade ge-Emerilt?«

Ich schwinge erneut den Schneebesen. »BAM! BAM!«

Caleb lacht. »Du machst das nicht richtig.«

»Du siehst das nicht richtig.«

»Klaro. Na schön, ich habe das Wasser für die Nudeln aufgesetzt. Behalte das unter Kontrolle und mach die Soße fertig, ich gehe rasch die Straße hinunter und besorge

Knoblauchbrot. Alfredo ohne Knoblauchbrot geht einfach nicht.«

»Stangen – kauf lieber Knoblauchstangen. Die esse ich lieber.«

Er öffnet den Mund, und ich wackle mit dem Zeigefinger: »Ah, ah, ah, jetzt keine schmutzigen Witze, verstanden?«

Er lacht in sich hinein und presst die Lippen zusammen. »Jawohl, Chefin. Meinst du, du hast alles unter Kontrolle?«

»Klar.« Ich überfliege das Rezept und die Instruktionen auf meinem Handy. »Hier steht, den Parmesan und die Paprika zufügen.«

»Das Paprikapulver.«

»Oh, das ergibt mehr Sinn. Okay, also das Paprikapulver zufügen und von der Herdplatte nehmen, wenn die Soße die gewünschte Konsistenz erreicht hat.« Ich grinse in seine Richtung. »Deine Vorlieben kenne ich nicht, aber ich mag es richtig dick.«

»Und du verbietest mir schmutzige Witze? Findest du das okay?«

»Ich bin süßer als du, also kann ich machen, was ich will.«

Er kommt auf mich zu, schmunzelnd. »Ach ja?«

»Ja.«

»Sogar in meiner Schürze?«

Ich mustere ihn, schürze die Lippen und schaue mir an, was er zu bieten hat. Ich habe ihm meine Schürze gegeben, auf die ein Porträt von Chris Hemsworth aufgedruckt ist.

»Na ja … du hast Hemsworth auf deiner Schürze, das

sind schon mal ein paar Punkte.« Ich stelle mich auf die Zehenspitzen und schmiege mich an ihn. »Aber ich gewinne trotzdem.«

Er drückt mir einen zarten Kuss auf die Wange. »Ich lasse dich mal in dem Glauben. Pass auf den Herd auf. Ich bin in zehn Minuten wieder da.«

»Zehn Minuten?«, krächze ich.

»Du schaffst zehn Minuten alleine. Bis jetzt hast du dich prima gehalten.«

»Ja, weil du da warst. Da kann ich mich entspannen und muss nicht panisch werden.«

»Es gibt keinen Grund, panisch zu werden. Du drehst die Herdplatte unter der Soßenpfanne aus und bringst das Wasser zum Kochen. Wasser hast du schon oft gekocht für deine Makkaroni-Käse-Orgien. Du kriegst das hin.«

»Und wenn ich das Apartment abfackle?«

Caleb zuckt mit den Schultern. »Ist ja nicht meins.«

»Hey! Ist es doch!«

»Na schön, dann werde ich mich ein wenig aufregen. Die Comics in meinem Zimmer sind eine Stange Geld wert.«

»Und Mittens.«

»Also, ich gehe davon aus, dass du bei deiner Flucht wenigstens daran denken würdest, den Kater mitzunehmen.«

»Stimmt. Hast recht.«

Caleb nimmt meinen Schlüsselbund von der Arbeitsplatte. »Einverstanden?«

»Du weißt noch, wie man fährt, oder?«

»Ich glaube, eine Fünf-Kilometer-Fahrt kriege ich hin.«

»Hoffentlich.« Ich tätschle seine Schulter zweimal, um

ihm Glück zu wünschen. »Ich fände es schrecklich, dir die Eier abschneiden zu müssen, wo ich doch noch nicht einmal die Chance hatte, einen Blick darauf zu werfen.«

»Wenn es das ist, was du sehen willst, Baby …« Er tut, als wollte er sich die Hose aufknöpfen.

Ich schiebe ihn zur Tür. »Raus mit dir. Raus aus meiner Küche!«

Er lacht nur und schüttelt den Kopf über mich.

• • •

»Bitte nicht sauer sein!«

Caleb bleibt im Türrahmen stehen, die Hand noch auf dem Türgriff. In der anderen hält er eine Papiertüte. »Das klingt aber nicht gut.«

»Ich weiß, ich weiß, aber du musst verstehen, es ist auf gewisse Art deine Schuld.«

»Meine Schuld?« Er schnuppert. »Was ist das für ein Geruch? Was hast du getan, Zoe?«

Ich strecke die erhobenen Hände aus, um seine Worte abzuwehren. »Du warst es, der gesagt hat, ich könnte zehn Minuten allein sein. Du hattest recht, aber Caleb? Du warst zwölf Minuten lang weg.«

Seine Augen weiten sich, er geht in die Küche, stellt die Tüte auf der Arbeitsplatte ab und blickt in den Topf auf dem Herd.

»Sehe ich tatsächlich, was ich da sehe?«

»J-ja.«

»Das ist die Soße, an der wir gearbeitet haben?«

»Äh, ja. Das ist sie.«

Er neigt den Kopf. »Wie?«

»Ähm … wie?«

»Ja. Wie?«

»Es ist einfach passiert.«

Caleb kann ein schockiertes Lachen kaum unterdrücken. »Einfach passiert? Die Soße hat sich auf magische Art an die Pfanne angepasst und ist braun geworden?«

Ich nicke und wackle mit den Fingern. »Ganz magisch.«

»Hm. Und das Wasser?«

»D-das was?«

»Das Wasser? Für die Nudeln?«

Mein Kinn fällt herab. »Oh!«

»Oh? Was bedeutet oh?«

»Das habe ich vergessen.«

Sein Kopf fährt herum zu dem Topf, in dem das Wasser für die Nudeln WAR, und er sieht gerade noch rechtzeitig, dass Rauch darunter hervorquillt.

Caleb verliert keine Zeit, greift nach dem Topf und schaltet die Herdplatte aus, bevor sich Flammen bilden. Er trägt den Topf zur Spüle, lässt kaltes Wasser darüberlaufen, füllt ihn erneut und stellt ihn auf eine andere Herdplatte.

»Nicht anfassen.« Er deutet auf den Topf.

»Aber … aber …« Meine Schultern sacken nach vorne, ich gebe mich geschlagen. »Na gut, aber ich habe kein Feuer verursacht! Das ist ein Fortschritt!«

Caleb betrachtet mich mit einem amüsierten Lächeln. »Du hast unsere fast fertige Soße braun werden lassen, und du hast einen ganzen Topf Wasser so lange gekocht, bis er leer war. Innerhalb von zehn« – ich mache den Mund auf, will ihn korrigieren, aber er hebt die Hand, – »Entschuldigung, zwölf Minuten. Du bist für heute Abend gefeuert, was das Kochen betrifft.«

»Und die Plätzchen?«

»Ich habe gesagt, was das Kochen betrifft. Backen darfst du. Irgendwie bist du darin wirklich gut.«

»Das liegt daran, dass es da genaue Anweisungen gibt und Küchenwecker, und es hat mit Liebe zu tun. Backen ist ein Werk der Liebe!«

»Okay, Großmama, beruhige dich. Ich mache die Soße noch einmal, aber du musst Abstand halten. Ich weiß nicht, was für Vodoo-Tricks du sonst noch so draufhast, aber in meiner Küche hat das alles nichts zu suchen.«

Ich lasse den Kopf hängen, mein Versagen ist mir ein bisschen peinlich. »Okay, habe verstanden. Ich bin eine Pfeife.«

»Bist du nicht.«

Ich kann nicht anders ... »Oh, aber ich kann blasen«, sage ich mit einem Augenzwinkern.

Er lacht, greift nach der Tüte, die er mitgebracht hat, und holt die Packung mit den Knoblauchstangen heraus. »Kriegst du es fertig, die auf ein Blech zu legen?«

Ich blicke ihn aus schmalen Augen an. »Ja, du Blödmann.«

»Hey, ich habe gute Gründe, deine kulinarischen Fähigkeiten infrage zu stellen. Alles, worum ich dich gebeten habe, war, darauf zu achten, ob das Wasser kocht, und einen

Topf mit Soße von einer Herdplatte zur anderen zu schieben.«

»In einem Topf, auf den man achtet, fängt nie etwas an zu kochen«, maule ich.

»Wie war das?«

»Ich sagte, das Wasser fing einfach nicht an zu kochen. Ich habe es beobachtet und beobachtet, aber nichts ist passiert, also habe ich die Kochplatte weiter aufgedreht und habe stattdessen schon mal an dem Teig für die Plätzchen gearbeitet.«

»Und dann ist was passiert?«, fragt er.

»Ich habe es vergessen.«

»Du hast es vergessen?«

»Sag ich doch.«

Er senkt den Kopf, und ich sehe seine Schultern zucken.

Ich werfe ein Handtuch nach ihm, und es fliegt knapp an der Herdplatte – und einer weiteren Katastrophe vorbei. »Hör auf zu lachen! Das ist ein ernstes Problem!«

»Deshalb verstehe ich auch nicht, wieso du backen kannst, aber nicht kochen.«

»Der Timer, Mensch! Der Timer macht den Unterschied.«

»Ich bin ja so froh, dass ich hier eingezogen bin und du nicht verhungern musst oder mich in zehn Jahren verfluchst, weil dir das ganze Makkaroni-Käse-Zeug auf den Hüften sitzt.«

»Das wären die glücklichsten Hüften der Welt. Makkaroni mit Käse ist ein köstliches Gericht, das weißt du.«

Caleb holt die Zutaten für die Soße aus dem Kühlschrank – zum dritten Mal heute Abend. »Hausgemacht sind Makkaroni mit Käse lecker. Dieser Fertigkram ist beschissen, das weißt du.«

»Ertappt.«

Der Timer des Backofens piept, also nehme ich mir einen Ofenhandschuh, schiebe Caleb zur Seite, ziehe das Dessert heraus und schalte den Ofen aus. Ich stelle die Plätzchen auf einen Rost zum Abkühlen. Dann öffne ich den Schrank mit den Backutensilien und suche nach den Mini-Schokoküssen, die ich auf die Plätzchen setzen möchte.

»Mist«, brumme ich, als ich feststelle, dass die Tüte fast leer ist. Ich drehe mich um und zeige Caleb, was ich gefunden habe. »Sieht aus, als würdest du heute Abend nur vier Küsse bekommen.«

Er grinst, nimmt die Papiertüte, die er mitgebracht hat, von der Arbeitsplatte und zieht eine frische Packung heraus. »Ha, ich kriege mehr als vier.« Er lehnt sich gegen die Arbeitsplatte, kreuzt die Knöchel und wirft die Packung von einer Hand in die andere, hin und her. »Wie wär's damit: jeweils zwei Küsse für mich, einer für dich.«

Ich verschränke die Arme vor der Brust und kreuze ebenfalls die Knöchel. »Einer für mich, einer für dich.«

»Einer für dich, zwei für mich.«

»Einer für mich, einer für dich.«

»Drei für mich, einer für dich.«

»Zwei für dich.«

Seine Lippen verziehen sich zu einem Siegerlächeln, und ich merke, dass ich ihm in die Falle getappt bin.

»Verdammt!« Ich stöhne. »Arsch.«

»Hey, ich habe offen und ehrlich gewonnen. Es ist nicht meine Schuld, dass du im Kochen und im Verhandeln eine Pfeife bist.«

Mir kommt eine Idee, und ich schreite auf ihn zu, als wäre er meine Beute. Ich schmiege mich an ihn, klimpere mit den Wimpern und bringe meinen Mund ganz nah an seinen. Meine Hände liegen auf seiner harten Brust.

»Du hast recht. Du hast gewonnen«, flüstere ich mit rauer Stimme.

Meine Nähe hat eine Wirkung auf ihn. Das ist deutlich daran zu sehen, wie schnell sich seine Brust hebt und senkt, wie er sich mir zuneigt, wie seine Pupillen größer werden.

Er befindet sich an der Grenze, und ich weiß, was ihn über die Schwelle bringen wird.

Langsam lasse ich die Hände an seiner Brust abwärtsgleiten, über seine Bauchmuskeln und weiter bis zum Bund seiner Jeans, wo ich sie verweilen lasse. Ich blicke ihm in die Augen. »Aber du hast nicht gesagt, wo ich dich küssen soll.«

Ich bewege meinen Mund nach links und drücke ganz sachte einen Kuss neben seinen Mundwinkel und dann noch einen direkt darunter ... und einen weiteren seitlich auf die Kinnlinie, und dann drücke ich die Lippen auf seinen Nacken. Er atmet tief ein, die Lippen leicht geschürzt auf der Suche nach Kontakt. Seine Hände landen in meiner Taille, und er drückt mich an sich.

Ich küsse eine Linie auf seinen Hals, bis hinauf zu seiner Ohrmuschel. Ich genieße seine Reaktion, als ich die Stelle direkt dahinter erreiche. Caleb erschauert sichtbar und presst sein Becken gegen meins.

Ich zeichne einen Pfad aus Küssen zur anderen Seite und rufe dort die gleiche Reaktion hervor.

Ich mache weiter, bis meine Lippen jeden Quadratzentimeter seines Gesichts berührt haben. Er lässt es geschehen, die Augen geschlossen und schwer atmend und ganz offensichtlich erregt.

Als ich den letzten Kuss an derselben Stelle platziere, an der ich angefangen habe, seufzt er und lehnt seine Stirn an meine. Sein Griff um meine Taille verstärkt sich, und ich bin sicher, die Abdrücke wird man morgen noch sehen können.

»Zoe?«, sagt er atemlos.

»Ja?«

»Geh zur Seite.«

»Wa–?«

»Du musst zur Seite gehen, oder ich küsse dich, wie du noch nie geküsst worden bist. Ich werde dich anfassen, überall, bis du dich hilflos unter mir windest und noch mehr willst. Dann werde ich dich in Besitz nehmen, und ich glaube, keiner von uns beiden ist im Moment wirklich bereit für diesen Schritt.« Er schluckt schwer. »Also, bitte ... geh zur Seite.«

Ich mache einen Schritt von ihm weg, und er atmet zitternd aus und geht an mir vorbei.

»Kümmere dich um die Baguettes und achte auf das Wasser. Ich gehe kalt duschen.«

Ich kann nicht verhindern, dass mir ein Lachen entschlüpft. Es wird lauter, als ich Caleb »Verdammt!« sagen höre, bevor er die Badezimmertür hinter sich zuwirft.

Ich weiß nicht, was schlimmer ist: dass ich will, dass er mich in Besitz nimmt, oder dass ich es zulassen würde.

Caleb Mills wird wohl mein Tod sein.

• • •

»Fühlst du dich besser?«, frage ich, als er nach fünfzehn Minuten wieder erscheint. Er rubbelt sich die Haare mit einem Handtuch ab und blickt mich erbost an. »Du bist ein böses, böses Mädchen, Zoe Williams.«

Ich hebe eine Schulter. »Du bist es, der mit den sexy Spielchen angefangen hat, Caleb. Gerechter Ausgleich.«

»Ja, aber ich bin nicht so weit gegangen.«

»Hm, hm. Jetzt schau dir das an.« Ich wedle mit der Hand Richtung Ofen. »Diesmal habe ich nichts ruiniert. Die Baguettes rösten im Ofen, und das Wasser kocht.«

»Wow, ich bin beeindruckt. Ich mache schnell die Soße, und dann sind wir so weit. Ich bin plötzlich sehr hungrig.«

»Hast du dort drinnen masturbiert?«

»Was? Nein!«, erwidert er zu schnell.

»Das war überhaupt nicht überzeugend. Natürlich hast du dir gerade unter der Dusche einen runtergeholt.«

»I-ich habe nichts dergleichen g-getan.« Seine Stimme wird am Schluss ein bisschen wackelig.

»Du bist ein total schlechter Lügner.«

»Ich war höchstens fünfzehn Minuten im Badezimmer. Für was für einen Typen hältst du mich eigentlich?«

»Offenbar für einen sehr flinken.«

Er kommt zu mir und grinst lasziv. »Oh, ich werde dir zeigen, wie flink.«

»Okay.« Ich drücke gegen seine Brust. »Lass gut sein, Großer. Wir haben hier ein Abendessen, das gegessen werden will.«

Caleb verdreht theatralisch die Augen. »Du bist manchmal so eine Spaßbremse.«

»Du bekommst schon noch deinen Spaß.«

»Ist das ein Versprechen oder ...«

»Es ist ein ›Wir werden sehen‹.«

»Komm schon, Zoe.« Er wackelt mit den Brauen. »Du kannst diesem sexy Body nicht mehr widerstehen.«

»Ich kann und ich werde.«

Jetzt, da er das Thema angesprochen hat, wird mir bewusst, dass ich wohl noch nie so lange nicht mit jemandem geschlafen habe, vor allem mit jemand, mit dem ich ... nun ja, was auch immer das ist, was da zwischen Caleb und mir läuft.

Wir tanzen diesen Flirt-Tango jetzt seit Wochen, manchmal körperlich, manchmal per Chat, aber heutzutage spielt das keine Rolle. Flirten ist flirten, egal ob über einen Bildschirm oder nicht. Es bringt eine Beziehung voran, mehr als je zuvor.

Jedenfalls ist da etwas zwischen uns, aber wir gehen immer noch auf Zehenspitzen und trauen uns das Endspiel nicht zu.

Es ist, als würden wir in einem Baseballspiel in der Position des Schlagmanns feststecken und auf den perfekten Wurf warten, den perfekten Augenblick.

Caleb kann witzeln, soviel er will, darüber, dass ich angeblich diejenige bin, die zögert, den entscheidenden Schritt zu tun, aber die Wahrheit ist, dass wir beide uns nicht trauen, auch nur einen Schritt weiterzugehen. Er sagt, er ist über Delia hinweg, und das glaube ich ihm, aber ich glaube nicht, dass er wirklich so schnell mit ihrer besten Freundin ins Bett hüpfen will. Er ist nicht der Typ dazu und war es auch nie.

Das ist es, was ich so an ihm mag: Es ist ihm nicht egal. Er geht nicht einfach so mit jemandem ins Bett. Er braucht Gefühle. Die Person muss ihm etwas bedeuten.

Das ist ja so sehr das Gegenteil von dem, was ich immer getan habe und was die Männer, mit denen ich zusammen war, getan haben.

Zum ersten Mal in meinem Leben bin ich vorsichtig.

Und ich liebe es, dass sich die Dinge so langsam entwickeln.

Auch wenn wir als Paar nicht wirklich zusammenpassen – Künstlerin und Sportler –, irgendwie stoßen hier zwei Welten zusammen, aber auf die bestmögliche Art.

»Wie du meinst«, brummt er und klingt überhaupt nicht überzeugt.

Ich glaube, ich bin auch nicht überzeugt.

Er geht in der Küche umher und beendet seine Arbeit an unserem Abendessen. Schließlich öffnet er den Ofen, um nach den Baguettes zu sehen, und hält inne. Einen Moment zu lang.

»Zoe?« Die Art, wie er es sagt – als ob etwas nicht stimmen würde –, lässt mich die Kante der Arbeitsplatte umklammern.

»J-ja?«, erwidere ich skeptisch.

»Hast du zufällig den Ofen eingeschaltet?«

Ich schlage die Hände vors Gesicht und schäme mich. »Verdammt!«

Caleb lacht, nimmt mich in die Arme und drückt einen Kuss auf meine Schläfe. »Ich habe ja gesagt, ich bin darin miserabel.«

»Lass uns einfach froh sein, dass du backen kannst.«

»Wir sind schon ein Paar, was? Du Koch, ich Bäckerin.«

Ich spüre eine winzige Anspannung in ihm und höre, dass er schluckt. »Ja. Ja, das sind wir.«

13. Kapitel

CALEB: Ich höre kitschige Musik aus deinem Zimmer. Muss ich mir Sorgen machen?

ICH: Nö. Ich male gerade. Ich muss bis nächste Woche ein Riesenprojekt fertighaben. Wahrscheinlich werde ich mich bis dahin öfter stundenlang zurückziehen.

CALEB: Hm, könntest du nicht was Gutes abspielen?

ICH: Was Gutes? Was GUTES? *Joy Division* ist der Inbegriff von gut.

CALEB: *Joy Division* macht, dass ich in einer Ecke mit dem Daumen im Mund vor mich hinschaukeln will.

CALEB: Was ist mit deinem

berühmtberüchtigten *Breakfast & Beats*, an dem ich bis jetzt noch nicht teilhaben durfte?

ICH: Nein. Man malt nicht zu *DMX* oder *Tupac* oder *Nas* oder *Ice Cube*. Oder *Color Me Badd*.

CALEB: Du hörst wirklich *Color Me Badd*?

ICH: Was? *I Wanna Sex You Up* ist ein Klassiker.

CALEB: Hey, Zoe?

ICH: Ja?

CALEB: *I wanna TEXT you up.* 😉

ICH: Dafür hasse ich dich.

CALEB: Lügnerin.

CALEB: Und jetzt lass bitte andere Musik laufen.
Ich werde nicht kommen und dich zwingen,
denn das ist dein Territorium und so weiter,
aber ich werde betteln, und zwar AUSGIEBIG.
Ich habe nämlich jetzt frei und nichts vor.

ICH: Du hast nicht frei. Du lernst.

CALEB: Und wieso weißt du das?

ICH: Weil du fleißig und verantwortungsvoll bist, deshalb.

CALEB: Egal. Ändere die Musik. Keinen Emo-Kram.

ICH: Aber Emo-Kram ist genau die Musik, zu der man malen sollte. Mit ihr werden Farben zu Emotionen.

CALEB: Na gut. Aber alles außer *Joy Division*.

ICH: *The Smiths*? *The Cure*?

CALEB: ... Nein. Das ist im Grunde das Gleiche.

ICH: Was dann?

CALEB: Kannst du nicht etwas laufen lassen, das nicht so ... traurig ist?

ICH: Hm ...

ICH: Einen Moment.

ICH: Ist das besser?

CALEB: VERDAMMT, JA!

CALEB: *Led Zeppelin* ist immer richtig.

ICH: Und *Pink Floyd*?

CALEB: Die auch.

ICH: WAS! Die sind der INBEGRIFF von trauriger Musik!

CALEB: Alles eine Frage der Perspektive, Baby.

ICH: Das sagst du nur, weil du *Joy Division* hasst.

CALEB: Meine Lippen sind versiegelt.

ICH: Hasse dich.

CALEB: Stimmt nicht.

• • •

CALEB: Ich habe schlechte Nachrichten.

ICH: Beim letzten Mal, als du das geschrieben hast, bist du TAGELANG nicht nach Hause gekommen.

CALEB: Nicht TAGELANG, ich bin am Ende sogar zu früh nach Hause gekommen.

ICH: Wortklauberei.

ICH: Was für Nachrichten?

CALEB: Nun jaaaa ...

ICH: Caleb!

CALEB: Na gut. Du weißt doch, dass wir diese Verabredung haben?

ICH: *Die Rocky Horror Picture Show*. Ich erinnere mich genau. Und weiter?

CALEB: Tja ... erinnerst du dich, dass du mir die Zorn-Kündigung ausgeredet hast, als sie mich für den Abend eingeteilt hatten, an dem der Film laufen würde?

ICH: Ja ...

CALEB: Ich habe niemand, der für mich einspringen könnte. Ich muss wohl dran glauben.

ICH: Du kannst nicht mitkommen.

CALEB: Richtig.

ICH: WAS? OH MANN! Das ist so überhaupt nicht gut!

CALEB: Ich weiß. Ich bin am Boden zerstört.

ICH: Bist du nicht. Du wolltest ja nicht einmal hingehen, als du gehört hast, dass es ein Musical ist.

CALEB: Stimmt nicht. Ich habe mich langsam dafür erwärmt. Ich will wissen, was es mit diesem Toast-Werfen auf sich hat und warum ich unbedingt den Time-Warp tanzen muss, was immer das sein soll.

ICH: Es ist nur ein Sprung nach links ...

ICH: LOLOLOLOL

CALEB: *glotzt*

ICH: Das war ECHT lustig, wenn man es wirklich gesehen hat! Hab ein BISSCHEN Verständnis.

CALEB: Nein. Wie auch immer, ja, ich kann nicht mitkommen.

ICH: Aber die nächste Aufführung ist erst wieder in einem Monat.

CALEB: Wir gehen eben dann.

ICH: Aber bis dahin wirst du mich wahrscheinlich hassen und ausziehen.

CALEB: Unsinn!

CALEB: Na ja ... vielleicht. 😉

ICH: Hey! PASS AUF!

CALEB: Ich scherze, ich scherze. Ich werde bestimmt niemals deiner köstlichen Desserts müde.

ICH: Oder meiner strahlenden Persönlichkeit. Oder meines Hinterns. Oder meines kleinen, aber prachtvollen Busens. Oder meiner wundervollen haselnussbraunen Augen, meiner schimmernden Haut und meiner laaaaaangen gebräunten (UND KNACKIGEN) Beine. Oder meiner Küsse.

CALEB: Bist du fertig mit dem Geschwafel darüber, wie toll du bist?

ICH: *liest noch mal durch, was sie geschrieben hat* Jawohl. Nichts ausgelassen.

CALEB: Ganz schön eingebildet.

ICH: Hey, wenn ich mich nicht liebe, wer dann?

CALEB: Sehr guter Punkt.

CALEB: Hey, Zoe?

ICH: Ja?

CALEB: Es tut mir wirklich leid, dass ich diesen Monat nicht mit dir zu dem Film gehen kann, aber ich verspreche, nächsten Monat bin ich dabei.

ICH: Schwörst du?

CALEB: Auf meine gesamte Comic-Sammlung.

ICH: Ich verlasse mich darauf.

ICH: Und verkaufe sie, wenn du dich nicht dran hältst.

CALEB: Böse.

...

ICH: Kommst du heute Abend nach Hause?

CALEB: Ja, aber erst spät.

ICH: Bedeutet das, ich bin auf mich allein gestellt beim Abendessen?

CALEB: Ja, es bedeutet, dass du Müsli essen darfst.

ICH: Du kennst mich ja so gut.

ICH: Ich habe wirklich das Gefühl, hier den Kürzeren zu ziehen.

CALEB: Ich könnte dir was Längeres geben ...

ICH: Den Witz habe ich mir wohl selbst eingebrockt, was?

CALEB: Oh ja.

CALEB: Warum ziehst du den Kürzeren? Und von wem, wenn nicht von mir?

ICH: Aber du BIST es, der mir das Gefühl gibt, den Kürzeren zu ziehen. Du bist eingezogen und hast versprochen, IMMER das Abendessen zu machen, wenn ich den Nachtisch mache. Sie sind ein Lügner, Mister Mills. Ich schufte und schufte am heißen Ofen und mache dir Kuchen und Plätzchen und Cupcakes, und was bekomme ich? Frühstücksflocken!

CALEB: Du musst aber auch zugeben, dass du immer noch Frühstücksflocken essen würdest, wenn ich nicht bei dir wohnen würde. Ziehst du wirklich so sehr den Kürzeren?

ICH: Ja, du lässt mich total verhungern mit dem Kürzeren.

CALEB: Okay, jetzt bist du es, die schmutzige Andeutungen macht.

ICH: Was, wenn mir das einfach Spaß macht?

CALEB: Zoe ... es ist nicht anständig, mich so anzumachen.

ICH: Ich mache dich nicht an.

ICH: Oder vielleicht doch? 😉

CALEB: Ja, das tust du, und ich kann nicht darauf reagieren, weil ich nicht bei dir bin, weil ich hier in dieser blöden, nervigen, überhaupt nicht hilfreichen Lerngruppe festsitze, während du mir erzählst, dass du unbefriedigt bist und es gerne schmutzig magst. Das ist Anmachen.

ICH: Du hast recht. Tut mir leid.

CALEB: Ist es traurig, dass ich weiß, dass du eben beim Schreiben ein total verdorbenes Grinsen im Gesicht hattest? Das hattest du, oder?

ICH: Kann sein …

ICH: Ja.

ICH: ANHANG HERUNTERLADEN!

ICH: Mittens lässt übrigens ausrichten, dass er dich vermisst.

CALEB: Verdammt, Zoe, hast du ihm schon wieder einen Pullover gekauft?

ICH: Was? Er schaut so unheimlich süß damit aus, und dieser hier sieht aus wie ein Pullunder. Wirkt richtig intelligent und kultiviert.

CALEB: Der arme, arme Kater.

ICH: Ach ja? Sein Herrchen lässt ihn ständig allein. 😉

CALEB: Nicht mit Absicht!

CALEB: Aber siehst du, warum ich bei dir einziehen wollte? Meine alten Mitbewohner hätten sich überhaupt nicht um ihn gekümmert. Jetzt bekommt er wenigstens ein bisschen Liebe.

ICH: DESHALB wolltest du einziehen? Ich sollte als automatischer Katzensitter fungieren?

CALEB: Deshalb und wegen deines Hinterns.

ICH: Ach ja? Der ist prachtvoll, nicht wahr?

CALEB: OMG. Ich muss etwas Produktives tun, bevor du wieder anfängst, deine Eigenschaften zu lobpreisen.

ICH: Mach dir nichts draus, dass ich sexier bin als du, Caleb.

CALEB: Das bist du, Zoe. Und ob du das bist.

• • •

ICH: Was machst du morgen früh?

CALEB: Warum?

ICH: Einfach so.

CALEB: Ich wollte ein bisschen ausschlafen, weil ich nur am Nachmittag Unterricht habe.

ICH: Hervorragend! Mein Unterricht am Vormittag fällt aus. Breakfast & Beats – es ist so weit. Zehn Uhr. Sei bereit oder sei der größte Schlappschwanz im ganzen Block.

CALEB: Okay. Es ist passiert. Ich habe einen.

ICH: Einen Schlappschwanz?

CALEB: Nein, im Gegenteil. EINEN HARTEN. MEIN SCHWANZ IST HART, VERDAMMT!

ICH: Und wie kommt das?

CALEB: Eine heiße Lady hat gerade aus meinem zweitliebsten Film zitiert. Macht mich sofort hart.

ICH: Ah, ja. Ich habe vergessen, wie sehr du auf diesen Sandlot-Film stehst.

ICH: Soll ich noch etwas zitieren?

CALEB: NEIN!

ICH: Warum nicht?

CALEB: Weil es wirklich peinlich wird, wenn ich den Film das nächste Mal ansehe und dabei hart werde, weil ich daran denke, was du gesagt hast.

ICH: Hm, guter Punkt.

ICH: Aber beim *B & B* bist du dabei?

CALEB: Ich bin dabei. Ich habe zu viel davon gehört, um das auszulassen.

CALEB: Und, nur damit du gewarnt bist, meine Erwartungen sind hoch. Also enttäusch mich nicht, ich erwarte nicht nur Frühstück, sondern auch Musik.

CALEB: Und Tanz. Ich will sehen, wie du mit dem Hintern wackelst.

ICH: Kein Problem.

• • •

»... give it to ya.«

»Bitte. Aufhören. Ich flehe dich an.«

»Wie bitte?« Ich halte mitten beim Hinternwackeln inne. »Du warst es doch, der gesagt hat, dass er sehen will, wie ich mit dem Hintern wackle.«

Ich mache weiter, drehe mich um die eigene Achse, rotiere mit den Hüften, lasse die Arme schwingen und wackle schließlich mit dem ganzen Körper. Dabei sehe ich Caleb in die Augen und grinse triumphierend.

Ihm ist es unangenehm, und ich liebe jede einzelne Sekunde.

»Stimmt, und das war ein Fehler, den ich sehr, sehr bereue.«

»Das ist gemein, Caleb.«

»Und aufrichtig. Vergessen wir nicht, wie aufrichtig.« Er schlingt einen Arm um meine Taille, nimmt mich in die Arme und küsst mich auf den Hals. »Du bist eine miserable Sängerin und Tänzerin.« Sein Mund wandert zu meiner Ohrmuschel. »Aber du bist trotzdem verdammt sexy.«

Ich versuche, mich zu befreien, und schlage mit dem Spatel, den ich in der Hand halte, nach seinen Händen. »Wenn du mich nicht loslässt, brennt das Frühstück an.«

»Na gut.« Er gibt mich frei und macht einen Schritt von mir weg. »Die Bühne gehört dir, Küchenchefin Zoe.«

Ich deute mit dem Spatel auf ihn, während ich zurück an

den Herd gehe. »Du bist heute Morgen ganz schön sarkastisch drauf – böser Junge.«

»Hey, ich meine ja nur ... wir wollen doch nicht deine fantastische Erfolgsbilanz unverbrannter Eier mit Speck ruinieren ... obwohl du ja mit dem Speck mogelst.«

»Ach du meine Güte, ich mogle doch nicht! Es ist Speck, oder?«

»Vorgegarter Speck, Zoe. Vorgegart.«

»Willst du wirklich, dass ich Speck brate?«

»Man kann ihn auch im Ofen backen. Das erfordert keinerlei Vorkenntnisse.« Er zwinkert mir zu. »Und man kann sogar dein Lieblingsgerät verwenden: den Timer.«

»Man kann Speck im Ofen backen?«

»Ja? Hast du das nicht gewusst?«

»Ich ... ich dachte, man muss ihn braten. Mein ganzes Leben basiert auf einer Lüge.«

Er schmunzelt über mich. »Bei unserem nächsten *Breakfast & Beats* zeige ich es dir.«

Ich wende die Eier in der Pfanne und schüttle den Kopf. »Das haut mich jetzt um, Caleb, wirklich. Mein Leben wird sich verändern. Ich kann wieder richtigen Speck essen.«

Er schnippt mit den Fingern. »Ha! Sogar du weißt, dass er auf die Art anders schmeckt!«

Ich verdrehe die Augen, obwohl er das ja nicht sehen kann. »Jeder weiß, dass er auf die Art anders schmeckt. Das ist einfach der Preis, den man dafür zahlt, dass es so bequemer ist, und für die zusätzlichen fünf oder zehn Minuten, die man morgens länger schlafen kann.«

»Ich glaube, dagegen lässt sich nichts sagen. Ich liebe Schlafen.«

»Aber du bekommst nie genug. Du bist ständig unterwegs.« Ich gebe die Eier auf einen Teller und schiebe ein paar Speckseiten, die ich in einer anderen Pfanne langsam erhitzt habe, zu den Eiern auf den Teller. Dann trage ich diesen hinüber zu Caleb und blicke ihn streng an. »Deshalb wird es ja auch nichts mit unserem *Rocky Horror*-Date heute Abend. Blödmann.«

»Danke«, sagt er, greift zu der Hot Sauce, die er aus dem Kühlschrank geholt hat, und gießt etwas davon über seine gebratenen Eier. »Du gehst aber trotzdem?«

»Natürlich.«

»Auch ohne mich?«

Ich gehe zurück zum Herd und schlage zwei Eier für mich auf. »Ich bin immer ohne dich gegangen. Es findet jeden Monat statt, und ich habe es bis jetzt noch nie verpasst.«

»Im Ernst?«

»Tja, und nur weil du unser Date absagst, heißt das nicht, dass ich es auch verpasse.«

»Ich sage es nicht ab. Ich habe alles versucht, was in meiner Macht stand, aber ich finde niemand, der die Schicht für mich übernimmt.«

»Ja, ja. Du hasst mich einfach.«

»Dein Singen und Tanzen? Vielleicht. Dich? Niemals.« Ich höre seine Gabel über den Teller schaben. »Die sind übrigens wirklich gut. Ich mache noch eine Köchin aus dir.«

Ich drehe mich zu ihm um und hebe eine Braue. »Hey,

Eier mit Speck konnte ich schon immer. Dafür habe ich deine Hilfe nicht gebraucht.«

»Nein, da hast du recht. Du hast nur jemand gebraucht, der dir hilft, Wasser zu kochen, nicht wahr?«

Ich schnappe mir das Handtuch von der Arbeitsplatte, um es nach ihm zu werfen, da stößt er einen Schrei aus.

»Au! Du kleines Mistvieh!«

Mittens flitzt von seinem Lieblingsplatz unter der Bar herüber zu mir.

»Wirklich?« Calebs Augen funkeln, und er trägt lachend seinen Teller zur Spüle. »Du hast meinen eigenen Kater gegen mich aufgehetzt, was? Ich rede ein bisschen dummes Zeug, und schon beißt er mich? Das ist wirklich fertig, Zoe.«

Ich hebe Mittens hoch und drücke ihn an mich. »So ein feines Kerlchen bist du«, flüstere ich ihm ins Ohr. Dann strecke ich Caleb die Zunge heraus. »Geschieht dir recht, weil du so ein Blödmann bist.«

Er drückt mir einen Kuss auf die Wange und krault Mittens' Kopf.

»Du.« Sein Grinsen lässt mich unwillkürlich die Knie zusammenpressen. Es ist so ein einfaches Wort, aber bis zum Rand gefüllt mit Zuneigung.

Caleb ist vernarrt in mich, und ich kann mit Sicherheit sagen, dass dieses Gefühl auf Gegenseitigkeit beruht.

14. Kapitel

»Ich komme!«

»Das ist, was sie gesagt hat!«, brülle ich durch die Tür zurück.

Delia reißt sie auf. »Das hast du eben nicht gesagt.«

»Doch.«

Sie blickt theatralisch zum Himmel und winkt mich herein. »Komm schon rein und umarme mich, du Quälgeist. Wir haben uns nicht mehr gesehen, seit ich ausgezogen bin. Was gibt's Neues?«

Ich betrete ihr und Zachs Zuhause und werfe die Arme um sie. Es sind Wochen vergangen, seit ich sie das letzte Mal gesehen habe, aber wir haben trotzdem fast jeden Tag miteinander geredet. »Ich hatte viel zu tun.«

Sie lässt mich los und betrachtet mich. »Blödsinn.«

»Na gut. Ich wollte dir ein bisschen Zeit geben, um dich einzuleben und so weiter. Außerdem habe ich ein bisschen geschmollt, und dann musste ich mich mit meinem neuen Mitbewohner beschäftigen.«

Sie lächelt, und ich folge ihr ins Wohnzimmer. Sie lässt sich auf der Couch nieder und wickelt ihre Decke um sich, dann klopft sie auf den Platz neben sich. »Setz dich und erzähl. Wir lassen Musik laufen im Hintergrund. Lass uns ein Glas Wein trinken und tratschen.«

»Tratschen? Wir tratschen nicht, Delia.«

»Doch, jetzt schon, verdammt! Ich vermisse den Girltalk mit dir. Ich liebe Zach wie verrückt, aber ich brauche auch ab und zu ein bisschen Östrogen um mich herum. Erzähl alles über das Leben ohne mich und mit Caleb.«

Mein Magen verknotet sich, als sie seinen Namen ausspricht.

Caleb ... der Grund, weshalb ich hier bin.

Es wird Zeit, dass ich ihr sage, was ich empfinde, denn ich mag Caleb von Tag zu Tag mehr. Ich kann nicht zulassen, dass sich die Dinge weiterentwickeln, ohne dass Delia Bescheid weiß.

»Wein ist genau das, was ich jetzt brauche.«

Es muss an der Art liegen, wie ich das gesagt habe, dass Delia die Brauen hebt und mich fragend anguckt, bevor sie aufsteht und zur Küche geht.

»Also, wie läuft es so, Zoe?«

»Es ist ... interessant.«

Sie holt zwei Gläser hervor und geht zum Kühlschrank. »Aha. Inwiefern interessant?«

»In vieler Hinsicht.«

Delia kehrt zur Couch zurück, stellt die Gläser auf den Tisch und dazu eine Flasche Wein. Sie setzt sich auf die Sofakante, füllt zwei Gläser und reicht mir eins davon.

Dann setzt sie sich auf die Fersen, nimmt einen Schluck und blickt mich an, wohl wissend, dass etwas nicht stimmt.

Ich versuche mein Bestes, um jeden Blickkontakt zu vermeiden.

»In welcher Hinsicht?«

Oh zum Teufel!

Ich leere mein Glas Wein in einem Zug und knalle es fast auf die Tischplatte.

»Ich mag Caleb«, platze ich in einem schnellen Atemzug heraus.

»Du magst ihn?«, erwidert sie ruhig und schwenkt den Wein in ihrem Glas.

»Ja.«

»Und du magst ihn ... wie?«

»Ich MAG ihn.«

»Oh«, sagt sie.

»Tja.«

»Ist das der Grund, weshalb sich unsere Gespräche immer irgendwie ... gehetzt angefühlt haben?«

»Ja!« Ich platze fast. »Es ist so schwer, mit dir zu reden, wenn ich dabei das Gefühl habe, etwas vor dir zu verbergen.«

»Du weißt doch, dass das völlig in Ordnung ist? Sich in ihn zu vergucken? Ich bin dir deshalb nicht böse.« Sie hebt eine Schulter und nippt noch einmal an ihrem Glas. »Er sieht nun mal gut aus. Ich kann dir deswegen keinen Vorwurf machen.«

Ich stütze den Kopf auf die Hände. »Es ist mehr als das, Delia.«

»Mehr?«

»Mehr. Er ist der Erste, an den ich morgens denke. Ich

kann nicht schnell genug mein Handy checken, wenn es einen Ton von sich gibt. Ich will in seiner Nähe sein, und ich vermisse ihn, wenn er weg ist. Ich mag ihn wirklich.«

Sie schürzt die Lippen und schwenkt wieder ihren Wein. »Aha.«

»Wir, äh, wir …«

»Sprich es aus.«

»Wir haben uns geküsst. Oft.«

Sie blickt mich forschend an, sagt aber kein Wort.

Ich fühle mich wie die allerschlechteste Freundin. Ich meine, wer geht los und küsst den Ex-Freund seiner besten Freundin? Was für eine Freundin tut so etwas?

»Es tut mir leid, Delia. Es tut mir so leid. Ich bin eine miserable Freundin, aber ich konnte einfach nicht anders. Er ist so … Caleb. Er ist sexy und irgendwie nervig und so lieb.« Stöhnend schüttle ich den Kopf und verberge das Gesicht in den Händen. »So verdammt lieb. Er schuftet wie verrückt und will unbedingt etwas aus seinem Leben machen, will etwas Besseres aus sich machen und merkt dabei gar nicht, was für ein toller Typ er ist. Außerdem, du weißt schon … dieser Körper.«

Mein Atem zittert, und ich habe das Gefühl, dass ich Blödsinn rede, aber ich habe solche Angst, Delia in die Augen zu sehen, solche Angst vor ihrer Reaktion. Ich will nicht, dass sie mich deswegen hasst. Gegen diese Gefühle kann ich genauso wenig tun wie gegen meine Gefühle für Caleb.

»Ich … mag ihn einfach, Delia. Ich habe ihn so verdammt gern, und ich hasse mich dafür.«

Delia prustet los.

Langsam hebe ich den Kopf und blicke in ihre Richtung. Sie hat den Kopf zurückgelegt, und ihr ganzer Körper bebt.

»Wa–«

Sie fächelt sich mit den Händen Luft zu und versucht sich zu beruhigen. Sie trinkt den Rest in ihrem Glas und stellt es auf dem Tisch ab, bevor sie mich ansieht. Dann streckt sie auffordernd die Hände aus. Ich strecke meine Hände ebenfalls aus und lege sie zögernd in ihre.

»Zoe, es ist okay.«

»Was?«

»Alles okay. Es gibt keinen Grund, weshalb du dich hassen solltest. Es ist in Ordnung. Für mich ist es in Ordnung. Im Gegenteil, ich bin froh darüber.«

Mein Kinn fällt herab, ich kann nicht glauben, was ich da höre. »Du bist was?«

»Ich bin unheimlich froh. Du bist der Mensch, den ich neben Zach auf der ganzen Welt am zweitliebsten habe, und Caleb wohl am drittliebsten. Warum sollte ich mir nicht wünschen, dass die Menschen, die ich am liebsten mag, ihr Glück finden?«

»Aber er ist dein Ex-Freund.«

»Ich weiß.«

»Delia, er ist verflixt noch mal dein Ex-Freund.«

»Du sagst das, als ob nicht ich es gewesen wäre, die sechs Monate mit ihm zusammen war.«

Meine Mundwinkel bewegen sich aufwärts. »Caleb hat einmal fast genau das Gleiche zu mir gesagt.«

»Das überrascht mich nicht.« Sie drückt meine Hand. »Zoe, wenn du Caleb magst und glücklich mit ihm bist – nur zu. Er ist ein wunderbarer Mann, und ich glaube, er könnte dir guttun.«

»Delia –«

»Hey, sieh mich an.« Ich erwidere ihren Blick. »Keine komischen Blicke von meiner Seite, versprochen. Ich bin total verliebt in die große Nervensäge im Untergeschoss. Ich bin nicht eifersüchtig oder sauer oder was auch immer. Ich will, dass es dir so geht wie mir mit Zach, und wenn es Caleb ist, der solche Gefühle in dir auslöst, dann ist das so. Caleb und ich, das wäre nie wirklich etwas geworden. Unsere Beziehung war oberflächlich. Es hat nicht wirklich gefunkt zwischen uns. Wir waren halt zusammen. Es war vor allem bequem – nicht, dass er sich irgendwie falsch verhalten oder ich ihn nicht gemocht hätte. Ich mochte ihn nur nicht so, wie ich ihn hätte mögen sollen, falls das einen Sinn ergibt.«

Ich nicke. »Ja, das tut es. Ich mag ihn nämlich so, wie ich sollte.«

»Na, das ist ja schon ein Fortschritt im Vergleich zu deinen früheren Beziehungen.«

»Ich glaube, jetzt sollte ich beleidigt sein, aber du hast total recht.« Plötzlich kommen so viele Gefühle auf einmal in mir hoch, dass sich meine Augen mit Tränen füllen. Ich blinzle sie weg, bevor sie über den Lidrand treten können. »Wir sind nicht so weit wie du und Zach, aber ich mag ihn wirklich sehr. Ich glaube, was auch immer da zwischen uns ist, hat Potenzial.«

»Du meinst für etwas Langfristiges? Nicht bloß für eine deiner Affären?«

»Bei ihm habe ich nicht das Gefühl, dass es eine Affäre ist.«

»Darf ich fragen …«

Sie muss die Frage nicht einmal aussprechen. »Wir haben nicht miteinander geschlafen. Erstens konnte ich dir das nicht antun, zweitens bin ich noch nicht bereit dazu.«

»Aber jetzt, da ich dir meinen Segen gegeben habe …«

»Oh, schon gut, schon gut.«

Sie lacht und wischt sich ebenfalls ein paar Tränen aus dem Gesicht. »So kenne ich dich.«

Sie füllt ihr Glas erneut und hält mir die Flasche hin, doch ich lehne ab. »Ich muss noch fahren«, erkläre ich.

»Richtig. Und wie läuft es sonst so auf der Mitbewohnerebene? Du weißt schon, abgesehen davon, dass du mit ihm ins Bett willst?«

»Gar nicht so übel. Die ersten paar Wochen war er die meiste Zeit gar nicht da, aber es wird langsam besser, er ist jetzt viel öfter zu Hause. In der Hinsicht läuft es erstaunlich gut.«

»Und in welcher Hinsicht nicht so gut?«

»Er braucht ständig meine Duschlotion auf und vergisst absichtlich, ein Hemd überzuziehen. Ach ja, und als wir das erste Mal abends ausgegangen sind, hat er sich aufgeführt wie ein Macho.«

»Moment mal – wieso warst du unterwegs auf Männerfang, wenn du doch in Caleb verschossen bist?«

»Nun ja, ich war nicht darauf aus, mit jemandem zu flirten, aber es ergab sich eine Gelegenheit, und Caleb hat sich in der Pflicht gesehen, dafür zu sorgen, dass ich nicht mit jemand anders als ihm nach Hause gehe.«

»Tatsächlich?«

»Ja. Das war der Abend, an dem wir uns das erste Mal geküsst haben.«

»Und hat es sich seitdem weiterentwickelt?«

»Gefühlsmäßig? Irgendwie schon. Ich meine, ich mag ihn mehr als an jenem Abend, aber ich habe Angst, weißt du?«

»Angst wovor?«, fragt sie. »Vor Caleb?«

»Nicht vor ihm. Vor den Gefühlen, die er in mir auslöst, und dass ich mich plötzlich nach so Dingen wie ... Stabilität und Normalität sehne.« Ich werfe ihr einen vorwurfsvollen Blick zu. »Das ist alles deine Schuld.«

»Meine?«, gibt sie zurück. »Was um alles in der Welt habe ich getan?«

»Du musstest hergehen und dich ernsthaft verlieben und so weiter. Immer wenn ich dich zusammen mit Zach gesehen habe, bin ich innerlich ganz weich geworden. Eigentlich habe ich eine schreckliche Vergangenheit, was Männer betrifft, deshalb war ich ja immer eher der Typ für eine ›Freundschaft plus‹, aber seitdem du wegen Zach im siebten Himmel schwebst, will ich auch mehr. Ich will, was du hast.«

»Das wünsche ich mir auch für dich, Zoe. Es ist wundervoll, und es bringt einen zur Weißglut.«

»Weißglut?«

»Nun ja, wenigstens bei Zach. Der Mann kann anstrengend sein.«

»Du weißt, dass ich hören kann, was ihr redet?«, lässt er sich von der Treppe zum Untergeschosse vernehmen.

»Hör auf zu lauschen, du Blödmann.«

»Hör auf, so laut zu reden, du wirklich gute beste Freundin!«

Delia hat schon wieder dieses entrückte Strahlen im Gesicht. »Siehst du? Er ist unmöglich.«

»Er ist ein guter Mann.«

»Das weiß er!«, ruft Zach.

Ich ignoriere ihn und rede weiter. »Und er hat gar nicht so unrecht. Du bist wirklich eine gute beste Freundin, Delia, eigentlich die beste der besten. Jemand muss dir einen Preis verleihen.«

»Oh, ein Preis! Ich mag glänzende Objekte.« Sie klatscht in die Hände. »Aber im Ernst, Zoe, ich glaube nicht, dass du vor irgendetwas Angst haben musst. Wenn man sich verliebt –«

Ich unterbreche sie, indem ich die Hand hebe. »Hey, hey, niemand hat etwas von Verlieben gesagt.«

Sie brummt etwas Unverständliches. »Na schön. Wenn man jemanden wirklich mag und das Universum oder das Schicksal oder wie du es nennen willst, der Meinung ist, dass ihr beiden zusammenpasst wie Käse und Brot –«

»Äh, was?«

»Geschmolzener Käse. Denk mit.«

»Ah ja, richtig. Rede weiter.«

»Dann wird alles gut. Du wirst deinen ›Aha-Moment‹ haben. Alles wird plötzlich Sinn ergeben, und du wirst sehr viel weniger Angst vor dem haben, was auf dich zukommt. Also lass es einfach auf dich zukommen, verstehst du? Warte einfach ab, wie es mit Caleb weitergeht. Genieß den Augenblick, wenn es passiert, Zoe. Du hast es verdient.«

Ich verspürte den Drang, meine Nägel abzukauen, zum ersten Mal, seit ich ein kleines Kind war. In mir drin ist alles durcheinander. Was Delia sagt, ergibt durchaus Sinn.

Ich muss einfach abwarten, wohin das alles führt, abwarten, ob Caleb und ich eine Zukunft haben. Und das werde ich nie erfahren, wenn ich uns beiden keine Chance gebe.

Ich hole tief Luft und blase sie wieder aus. »Du hast recht. Du hast eindeutig recht. Bist du dir sicher, dass du –«

»Ich schwöre, wenn du mich noch mal fragst, ob mir das nichts ausmacht, ist das einmal zu viel«, warnt sie mich.

»Schon gut, schon gut. Botschaft verstanden.«

»Gut.« Sie schenkt mir ein warmes Lächeln, das von innen kommt. »Ich freue mich wirklich für dich, Zoe.«

»Ja?« Sie nickt. Zum ersten Mal, seit ich hier angekommen bin, lehne ich mich auf der Couch zurück, fühle mich endlich entspannt und beinah bereit, der Welt zu begegnen. »Gut. Ich auch.«

15. Kapitel

ICH: Frage.

CALEB: Antwort … vielleicht.

ICH: Was machst du im Springbreak?

CALEB: Ist das immer noch ein Ding?

ICH: Äh, JA. Und jetzt antworte.

CALEB: Nichts? Ich dachte eigentlich, das hätte keine Bedeutung mehr.

ICH: Wie kann es sein, dass du nicht weißt, dass das sehr wohl noch eine Bedeutung hat?! Du bist am College!

CALEB: Nun ja, wenn du damit meintest, an den Strand gehen und Springbreak-mäßig durchdrehen, dann wusste ich einfach nicht, dass das immer noch aktuell ist.

ICH: Ich meine einfach die Woche freinehmen.

CALEB: Dann stelle deine dazugehörige Frage.

ICH: Du + ich + Outer Banks = eine gute Zeit?

CALEB: Erstens, dort ist es VERDAMMT TEUER. Zweitens, siehe Antwort eins.

ICH: HA! Jetzt habe ich dich. Meine Eltern wohnen zufällig dort. Freie Kost und Logis.

CALEB: Wir verbringen die Springbreak also bei deinen Eltern?

ICH: Nö. Die werden gar nicht da sein, weil sie meine Großmutter besuchen. Die meiste Zeit würden wir das Haus für uns haben. Was meinst du?

CALEB: Was genau bedeutet »die meiste Zeit«?

ICH: Sie werden am ersten Tag da sein, aber am nächsten Tag extrem früh abfahren.

CALEB: ICH MUSS MICH DEINEN ELTERN VORSTELLEN?!

CALEB: Warum macht mich das so nervös?

ICH: Sollte es nicht. Sie werden dich lieben.

CALEB: Haben sie nichts dagegen, dass du einen Mann als Mitbewohner hast?

ICH: DU BIST EIN MANN?!

ICH: Ja, du Loser. Sie vertrauen mir, allerdings hat mein Vater damit gedroht, dir die Nüsse abzuschneiden, falls du versuchst, mir gegenüber »frech zu werden«.

CALEB: Das hat er gesagt? Frech werden?

ICH: Finde ich wundervoll, dass dich vor allem DAS interessiert und nicht die Möglichkeit, dass deinen Nüssen etwas passieren könnte.

CALEB: Nur weil ich weiß, dass sie in Sicherheit sind. Ich bin ja nicht so einer.

ICH: Stimmt.

ICH: Du bist also dabei?

CALEB: Ich muss sehen, ob ich freibekomme ...

ICH: Vergiss nicht, zu erwähnen, dass auch du dir gerne mal was Gutes tust.

CALEB: DU tust mir gern was Gutes. Ich nicht.

ICH: Wortklauberei.

• • •

ICH: Ich bin müde. Hilf mir, wach zu bleiben.

CALEB: ANHANG HERUNTERLADEN!

ICH: Wow, Foto von einem Wohnzimmer. Wie hübsch.

CALEB: Sieh genauer hin.

ICH: OMG. Oh nein! Warum versteckt er sich unter der Couch?

CALEB: Weil ich mich auf die Fernbedienung gesetzt und aus Versehen bei einer lauten Szene die Lautstärke RICHTIG aufgedreht habe. Er ist wie von Furien gehetzt davongeschossen, und jetzt kommt er nicht mehr heraus.

ICH: Oooh … er tut mir so leid.

CALEB: ANHANG HERUNTERLADEN!

CALEB: Habe ich erwähnt, dass er auf meinem Bauch saß, als es passierte?

ICH: Das ist nur ein kleiner Kratzer. Du wolltest mir ja nur ein Bild von deinen Bauchmuskeln schicken.

CALEB: Ertappt.

CALEB: Solltest du jetzt nicht arbeiten?

ICH: Das tue ich … gewissermaßen. Heute Abend ist nichts los, und ich langweile mich. Das passiert, wenn es eine Woche lang kaum Filmstarts gibt: Es sind kaum Leute da fürs Dine & Watch.

ICH: Ich wünschte, sie würden mich heimschicken.

CALEB: Das wäre schön. Dann könntest du herkommen und meine Wunde versorgen.

ICH: Im Medizinschränkchen im Badezimmer gibt es eine Schachtel mit

Disney-Prinzessinnen-Pflastern.
#Krankenschwesteroff

CALEB: Du brauchst ein
Krankenschwester-Coaching.

ICH: Meinungen sind wie Arschlöcher, Caleb.

CALEB: Frech UND böse heute Abend. Wurde
registriert.

CALEB: Mach so weiter, und ich lasse dich auf
der Couch schlafen.

ICH: Hast du gerade damit gedroht, mich aus
meinem eigenen Bett zu werfen?

CALEB: Es ist UNSER Bett.

ICH: Nein, das ist MEIN Bett. Ich lasse dich nur
drin schlafen.

ICH: Da wir gerade davon reden, wir sollten dir
wirklich dein eigenes Bett besorgen. Ich habe
keine Lust mehr, mitten in der Nacht vom
Gestank deiner Fürze geweckt zu werden.

CALEB: Das sind DEINE Fürze, die dich
aufwecken. Glaub mir, sie wecken mich auch.

ICH: Ich hasse dich.

CALEB: Kannst du nicht.

ICH: Kann ich wohl und tu ich wohl.

CALEB: Kannst du nicht und tust du nicht.

CALEB: Jetzt komm schon heim. Mir wird langweilig so allein. Ich habe schon drei Filme angesehen und zwei Shows angefangen und wieder abgebrochen.

ICH: Du hast also den ganzen Tag auf der Couch gefaulenzt.

CALEB: Hey, ich habe alle paar Wochen einen ganzen Tag frei. Ich faulenze, wenn ich endlich mal die Chance dazu habe.

ICH: Okay, okay. Hast ja recht. Ich erlaube es.

CALEB: *verdreht die Augen* Ich bin ja so froh, dass ich die Erlaubnis habe, mich zu entspannen.

ICH: Ja, ich auch.

• • •

CALEB: ANHANG HERUNTERLADEN!

ICH: Ist das deine Masturbierhand?

CALEB: Also, ja.

CALEB: Aber es ist auch meine rechte Hand …

ICH: Cool?

ICH: MOMENT!

ICH: Du bist deine Schiene los! YAY!

CALEB: Sozusagen. Ich muss aber noch Physiotherapie machen.

ICH: Wirklich? Tja, das ist blöd.

CALEB: Was du nicht sagst.

ICH: Was hast du aus alldem gelernt?

CALEB: Sich die Hand zu brechen, ist keine gute Idee.

ICH: Stimmt. Was noch?

CALEB: Ich weiß, du willst, dass ich sage, man

soll sich nicht prügeln, aber das war ein notwendiges Übel.

ICH: Wirst du mir diese Geschichte jemals erzählen?

CALEB: Die willst du gar nicht hören.

ICH: Du kannst mir nicht vorschreiben, was ich will und was ich nicht will, Caleb.

ICH: DU BIST NICHT WIRKLICH MEIN DAD.

CALEB: Du hast recht. Das würde unser ständiges Herummachen total peinlich machen.

ICH: Und ekelhaft. Um nicht zu vergessen, ekelhaft.

CALEB: Ich dachte, das ist offensichtlich.

ICH: Ist es auch.

ICH: Aber, Caleb? Ich würde diese Geschichte wirklich gerne irgendwann mal hören. Auch wenn es eine schmutzige Story ist, ich möchte mehr über dich wissen. Ich möchte mehr über deine Vergangenheit erfahren und über deine

Zukunftspläne. Falls es dir noch nicht aufgefallen ist – ich habe angefangen, dich zu mögen.

CALEB: Verpasst du allen Leuten, die du magst, ein Veilchen?

ICH: Lieber Himmel! Wie oft muss ich mich noch dafür entschuldigen? Ich habe geschlafen, als ich dich mit dem Ellbogen gestoßen habe!

CALEB: »Geschlafen«.

CALEB: Eines schönen Tages werde ich es dir erzählen, Zoe.

ICH: Danke! <3

CALEB: Hast du aus mir gerade eine »Kleiner als Drei« gemacht?

ICH: Sei still!

• • •

ICH: Was hältst du von diesen Dekokissen?

ICH: ANHANG HERUNTERLADEN!

CALEB: Ich versuche mit aller Kraft, keinen Gedanken an Dekokissen zu verschwenden.

ICH: MACH DICH NÜTZLICH, VERDAMMT!

ICH: Sag mir deine Meinung.

CALEB: Komisch. Das letzte Mal, als ich dir meine Meinung mitteilen wollte, hast du geantwortet, Meinungen seien wie Arschlöcher.

ICH: Es tut mir leid. Ich meine, ich hatte schon recht damit, aber jetzt sage ich, dass es mir leidtut, weil ich deine Hilfe brauche.

CALEB: Ich liebe deine Ehrlichkeit.

ICH: Prima. Also, was ist deine Meinung zu den Kissen?

CALEB: Sie sind okay.

ICH: Okay wie in »Sie sehen gut aus« oder okay wie in »Igitt, nein«? Das wären nämlich zwei ganz verschiedene Dinge.

CALEB: Oh, ich weiß. Ich wohne lange genug mit dir zusammen, um zu wissen, wie viele verschiedene Bedeutungen gewisse Wörter und Redewendungen haben können.

CALEB: Sie sind okay wie in »Sie sehen gut aus«. Himmelblau passt zu uns.

ICH: Bitte etwas ausführlicher. Was genau meinst du mit »vielen verschiedenen Bedeutungen«? Sprich dich aus.

CALEB: Nein, du weißt nämlich genau, was ich meine, und ich weiß, wenn ich mich jetzt »ausspreche«, werde ich mich damit irgendwie selbst belasten, und dieser Chat wird in der Zukunft gegen mich verwendet werden.

ICH: Oh, wow! Denkst du wirklich SO von mir? Dass ich mich für immer und ewig an ein kleines Stück Chat erinnern und es dann – BUM! – dir unter die Nase reiben werde, wenn du am wenigsten damit rechnest?

CALEB: Ja.

ICH: Schlaues Kerlchen.

CALEB: SIEHST DU!

ICH: HEY! Das war ein Scherz. Hauptsächlich.

CALEB: HAUPTSÄCHLICH, sagt sie.

ICH: Also dann himmelblau?

CALEB: Himmelblau finde ich okay.

ICH: Okay okay oder …

ICH: 😉

CALEB: Verdammt noch mal, Zoe.

• • •

CALEB: So, es ist erledigt. Ich habe mein Motorrad verkauft.

ICH: DU HAST WAS!?

ICH: Warum?

CALEB: Irgendwie muss ich meine Physiotherapie und die ganzen Arztrechnungen bezahlen.

CALEB: Das Motorrad musste weg. Ich habe auch noch ein paar Ersparnisse, das wird helfen.

ICH: Und wie bewegst du dich jetzt von A nach B?

CALEB: Mit dem Bus. Zu Fuß. Als Mitfahrer im Austausch gegen Küsse.

ICH: Hm, verdammt! Das ist übel. Tut mir leid, dass du es verkaufen musstest.

ICH: Aber ich hoffe, du tauschst diese Küsse nur mit mir aus ...

CALEB: Wir werden sehen.

ICH: Oh, oh! Ich werde daran denken heute Abend, wenn du versuchst, mich zu küssen oder frech zu werden.

CALEB: Drückt sich die Jugend heute so aus? Frech werden?

ICH: Ich drücke mich so aus. Wie der Vater, so die Tochter. Krieg dich wieder ein.

CALEB: Ich glaube, du bist im falschen Jahrzehnt geboren. Du hättest in den Achtzigern zur Welt kommen sollen, dann hättest du als echtes Kind der Neunziger aufwachsen können. Du und deine

Verrücktheit und diese verdammten Jeans-Overalls, die du beim Malen immer anhast, das würde alles total gut passen.

ICH: WAG ES NICHT ÜBER MEINEN JEANS-PIMMEL ABZULÄSTERN

CALEB: Du hast einen Pimmel?

ICH: Jeans-Fimmel.

ICH: Du weißt genau, was ich meine, Blödmann.

CALEB: Manchmal kann man das bei dir nicht so genau wissen.

ICH: Willst du damit andeuten, ich bin schwierig? *lässt Knöchel knacken*

CALEB: Ja, aber, na ja, im positiven Sinn.

ICH: Das finde ich auch. Küsse! Ich muss los!

CALEB: Sie bedroht mich, und dann haut sie ab. Was soll das?

ICH: Du magst das so.

CALEB: Ich dachte, du musst los?

ICH: Würde ich, wenn du endlich den Mund halten würdest!

CALEB: So frech heute wieder.

ICH: Sch!

CALEB: Schon gut, schon gut. Ich bin jetzt still.

ICH: Kommt mir gar nicht so vor.

CALEB: Dann hör auf zu antworten!

ICH: Niemals. Ich liebe es, das letzte Wort zu haben.

CALEB: Sag bloß.

ICH: Mach ich.

ICH: 😉

• • •

ICH: Hey, Caleb ...

CALEB: Was willst du?

ICH: Woher weißt du, dass ich etwas will?

CALEB: Dein Ton lässt das vermuten.

ICH: Ah, deine übermenschlichen Kräfte, ich vergaß.

CALEB: Also, sprich dich aus.

ICH: Kannst du mir einen Gefallen tun und auf dem Heimweg eine Pizza für mich mitbringen?

CALEB: Pizza? Du willst PIZZA?!

ICH: Bitte, bitte, bitte, bitte? *charmanter Augenaufschlag*

CALEB: Seufz! Also gut. Essen wir Pizza.

ICH: JA! Mit doppeltem Käse und Peperoni und grüner Paprika.

CALEB: Schinken und Ananas. Oder keine Pizza.

ICH: Du bist schuld, wenn ich kotzen muss.

CALEB: Dann eben keine Pizza.

ICH: Caleb ...

CALEB: NA SCHÖN. Nur dieses eine Mal.

ICH: Du bist der Beste.

CALEB: ABER ich werde an die Tür klopfen und so tun, als wäre ich der Pizza-Mann. Du musst deinen sexysten Pyjama anhaben, wenn du aufmachst. Abgemacht?

ICH: Abgemacht.

• • •

Es klopft an der Tür, und ich grinse.

Das Spiel geht los, Caleb.

»Wer ist da?« frage ich mit meiner rauchigsten Stimme.

Caleb unterdrückt ein Lachen. »Pizza-Lieferung, Ma'am.«

Ich warte fünf Sekunden, bevor ich die Wohnungstür aufreiße.

»Oh, eine Extralieferung nur für mich?«

Calebs Kinn fällt herab. »Das ist dein aufregendster Pyjama?«

»Ja.«

»Gut gespielt, Zoe.« Belustigt schüttelt er den Kopf. »Gut gespielt.«

Ich mache einen Knicks und greife nach der Pizza, die er in der Hand hält. »Danke!«

Er hat gesagt, mein sexyster Pyjama, nicht der Pyjama,

in dem ich besonders sexy aussehe. Auf meinem Oberteil prangt ein Foto von Captain America mit nacktem Oberkörper, voilà, mein sexystes Nachtgewand.

»Ich glaube, ich muss bei dir besser aufpassen, was ich sage.«

»Könnte nicht schaden.« Ich stelle mich auf die Zehenspitzen und drücke einen schnellen Kuss auf seine Lippen, bevor ich ihn am Shirt packe und nach drinnen ziehe.

Ein Ausdruck von Überraschung blitzt kurz auf seinem Gesicht auf, was verständlich ist, denn das ist wohl das erste Mal, dass die Initiative für einen Kuss von mir ausgeht, aber er fängt sich gleich wieder, schließt die Tür hinter sich und folgt mir in die Küche.

Ich lege die Pizza auf den Küchentresen, öffne einen der Hängeschränke und hole zwei Teller heraus, bevor ich dem Kühlschrank zwei Wasserflaschen entnehme. Ich platziere alles auf dem Tresen, wo Caleb sitzt.

»Hau rein!«

Wir nehmen uns jeder zwei Stücke und stopfen uns den Mund voll mit geschmolzenem Käse und Peperoni.

»Also«, beginnt Caleb. »Ich habe mit meinem Boss geredet wegen dieses Kurzurlaubs in Outer Banks, über den wir neulich gesprochen haben.«

»Und?«

»Er hat nichts dagegen, dass ich mir die Zeit freinehme. Sie hatten mich in der Zeit sowieso nur für einen Tag eingeplant, und eine der Frauen, die dort arbeiten, braucht zufällig ein paar Extrastunden.«

»Heißt das, wir fahren?«

»Wenn du versprichst, dass die Begegnung mit deinen Eltern kein Albtraum an Peinlichkeit wird, ja.«

»Ich mache keine Versprechungen.« Ich klatsche in die Hände und quietsche. »Juhu! Ich freue mich ja so! Das wird ein Spaß!«

»Was werden wir tun, ich meine, abgesehen von – du weißt schon?« Er wackelt mit den Augenbrauen. »Das war ein Scherz. Aber im Ernst.«

»Erstens, gevögelt wird nicht. Zweitens, vielleicht shoppen gehen oder eine Gesichtsbehandlung oder –«

»Ich habe das Gefühl, dass du unter Gesichtsbehandlung etwas ganz anderes verstehst als ich.«

Ich zwinkere ihm zu. »Ich schätze, das werden wir schon noch herausfinden.«

»Zoe!«

»Was! Du hast damit angefangen!«

»Ja, aber ich habe nur gescherzt.« Ich tue überrascht.

»Oh, äh, ja, ich auch.« Er verschluckt sich fast an seiner Pizza.

»Von wegen gescherzt! Du bist hier der Perverse. Ich wusste nicht, dass du so ein Lüstling bist, Caleb.«

»Bin ich nicht. Nun ja, ein bisschen schon, aber nicht auf die gruselige Art.«

»Gut, zu wissen. Niemand mag Lüstlinge von der gruseligen Art.«

Ich beiße wieder in mein Pizzastück und überlege, wie ich mich dem Thema annähern kann, über das ich mit Caleb sprechen möchte.

»Übrigens ...«

»Ja?«

»Ich, äh, ich war neulich bei Delia.«

Er nimmt sich noch ein Stück von der Pizza. »Gut. Wie ist es gelaufen?«

»Es war gut. Wir haben geredet.«

»Worüber?«

Ich sage nichts. Stattdessen greife ich nach meiner Wasserflasche und leere sie fast zur Hälfte.

»Zoe«, drängt Caleb nach mehreren Sekunden Stille.

»Wir haben über dich geredet.«

»Über mich?«

Ich nicke. »Und meine aufsprießenden, äh ... Gefühle für dich.«

Seine Augen funkeln schelmisch, er fährt sich mit der Hand über die Bartstoppeln und gibt sich verblüfft. »Du hast Gefühle für mich, wow! Und ich dachte, du willst mich nur, weil ich gut aussehe. Ich wusste nicht, dass es tiefer geht.«

»Du weißt verdammt gut, dass es nicht nur wegen deines Aussehens ist, Caleb.«

Er grinst. »Ich habe es gehofft.«

Ich drehe den Kopf, denn ich will nicht, dass er sieht, dass ich rot werde. Aber er ertappt mich, greift nach meinem Kinn und zwingt mich, ihn wieder anzusehen. Seine mitternachtsblauen Augen bewegen sich hin und her, blicken von meinen haselnussbraunen Augen zu meinen Lippen und wieder zurück.

»Weil es auf meiner Seite auch tiefer geht, Zoe – sehr viel tiefer.«

Ich schlucke den Kloß in meiner Kehle hinunter und befeuchte mir die Lippen mit der Zungenspitze. »Gut.«

Er überwindet die Distanz zwischen uns, indem er sich über den Tresen beugt und einen sehr zärtlichen Kuss auf meine erwartungsvollen Lippen drückt.

Das ist alles, ein kleiner Kuss nur, und dann setzt er sich wieder und beißt erneut in sein Pizzastück.

Warum fühlt es sich dann nach so viel mehr an?

Mittens springt auf den Tresen, was er eigentlich nicht darf, und schmiegt sich an mich.

»Was wird aus ihm?«, fragt Caleb. »Kommt er mit uns?«

»Oh ja, unbedingt. Auf keinen Fall würde ich den kleinen Kerl hierlassen.«

»Und deine Eltern sind damit einverstanden?«

»Machst du Witze? Meine Mom ist jetzt schon fast in ihn verliebt, dabei hasst sie eigentlich Katzen, und mein Dad kann es nicht erwarten, mit ihm zu schmusen.«

Caleb neigt den Kopf. »Hast du deinen Eltern Fotos von meiner Katze geschickt?«

»Du lieber Gott, ja, habe ich. Er ist so verdammt niedlich.«

»Da hast du nicht unrecht.« Er senkt den Kopf. »Du weißt auch, dass er gerade an deiner Pizza schnuppert, richtig?«

Ich blicke nach unten. »Verdammt! Mittens!« Ich scheuche ihn vom Tresen weg. »Verschwinde!«

Er springt hinab, aber er rutscht dabei mit den Pfoten vom Tresen ab und setzt meinen Teller in Bewegung, sodass mein Pizzastück durch die Luft fliegt und mit einem lauten schmatzenden Geräusch auf dem Küchenboden landet.

Wütend blicke ich darauf. »Ich schätze, ich kann froh sein, dass das nicht auf dem Teppich passiert ist.«

Caleb lächelt verlegen. »Tut mir leid. Aber sonst ist er wirklich niedlich.«

»Grrr! Ich weiß.«

Ich nehme das Pizzastück und werfe es in den Abfall, dann reiße ich ein Stück Küchenkrepp ab und wische damit das Chaos auf dem Boden auf.

»Also, äh, was hat Delia gesagt?«, erkundigt sich Caleb.

Ich blicke in seine Richtung und stelle fest, dass er den Blick abgewandt hat. Er ist neugierig, aber auch besorgt. Er will auch nicht, dass Delia uns hasst.

Ich lehne mich an den Tresen und blicke zu ihm. »Sie will, dass ich glücklich bin.«

»Und? Bist du es?« Endlich sieht er mich an. »Bist du glücklich, Zoe?«

»Ich bin auf dem besten Weg dazu.«

16. Kapitel

»Wir sollten schlafen gehen. Wir haben morgen einen langen Tag.«

Wir.

Das Wort kommt ihm ja so leicht über die Lippen, und ich finde, es klingt wundervoll.

Caleb und ich teilen jetzt seit einer Woche ein Bett, und zu meiner Überraschung waren wir ganz brav. Wir haben mehrere Nächte damit verbracht, uns zu küssen, bis unsere Lippen taub waren, aber weiter ist es bis jetzt nicht gegangen.

Er klickt den Fernseher aus, steht auf und streckt die Hand aus. »Komm!«

Ich lege meine Hand in seine und lasse mich von ihm hochziehen. »Aber ich bin nicht müde.«

»Wenn du wenigstens mitkommst und dich hinlegst, sorge ich schon dafür, dass du müde wirst.«

Er zwinkert mir vielsagend zu, und ich kann kaum mein Lachen unterdrücken, als wir den Flur hinab zu meinem Schlafzimmer gehen.

Unsere Abendroutine ist schon zur Gewohnheit geworden. Caleb pinkelt und putzt sich die Zähne, während ich mir den BH ausziehe. Dann putze ich mir die Zähne, und er zieht seine Pyjamahose an, schiebt alle Kissen aus dem Bett und schlägt die Decken zurück.

Wenn ich aus dem Badezimmer zurück ins Schlafzimmer komme und das Licht ausschalte, zieht Caleb gerade die Decke hoch bis ans Kinn.

»Oh Mann! Werde ich wieder die ganze Nacht mit dir um die Decke streiten müssen?«

»Kann sein ... aber das macht dir ja insgeheim Spaß.«

»Wie um alles in der Welt könnte mir das Spaß machen?«, sage ich, schlüpfe unter die Decke und kuschle mich an ihn.

»Weil ich dann total warm und zugänglich bin und du dich an mich kuscheln darfst.«

»Das glaubst du also? Dass es mir gefällt, mich an dich zu schmiegen, damit du mir die ganze Nacht deinen harten Schwanz in den Rücken drücken kannst?«

»Ja.«

Ich lache über seine Offenherzigkeit. »Du hast nur zur Hälfte recht.«

»Das reicht mir.« Caleb schlingt den Arm um mich und zieht mich noch enger an sich heran. »Hi!«, sagt er und atmet hörbar aus.

»Hi!«

Er drückt einen federleichten Kuss auf meine Stirn, und ich seufze.

»Hast du gerade geseufzt?«

Ich bin verlegen und spanne unwillkürlich die Muskeln an. »Nein.«

Sein ganzer Körper bebt, als er lacht. »Lügnerin.«

»Du kannst wirklich nerven.«

»Aber du magst mich.«

»Darüber lässt sich strei–«

Calebs Lippen pressen sich auf meine, und plötzlich verlieren wir uns in einem Kuss.

Die Art, wie er seinen Mund auf meinem bewegt, wie seine vollen Lippen sich anfühlen ... es ist alles so ... anders, und ich kann irgendwie gar nicht genug von ihm bekommen. Ich will mehr – so viel mehr.

Wir drehen uns, bis er auf mir liegt, ohne dass unsere Lippen sich auch nur eine Sekunde voneinander lösen. Die besten Stellen seines Körpers werden an mich gedrückt, während sein Mund meinen liebkost und seine Zunge sich zwischen meine Lippen drängt. Ich öffne sie und hätte beinah wieder geseufzt, als er meinen Mund in Besitz nimmt.

Seine Bewegungen sind so langsam, so beherrscht. Es ist, als würde er Sex mit meinem Mund haben. Sein Becken rotiert gegen meines, und gleichzeitig schlängelt sich seine Zunge um meine. Caleb weiß, genau, was er tut.

Jetzt löst er seine Lippen von meinen und streicht mit den Lippen über mein Kinn und über meinen Hals und zeichnet schließlich einen heißen Pfad aus Küssen hinab zu meinen Brüsten. Seine Hände schieben sich unter mein T-Shirt und gleiten langsam immer höher, bis ich seine Fingerspitzen an der Unterseite meiner Brüste spüre.

So weit sind wir bis jetzt noch nie gegangen. Er weiß das, und ich weiß es auch.

Sein Blick trifft meinen, fragt um Erlaubnis, ich nicke.

Zärtlich umfasst er meine Brüste und ist herrlich überrascht, als er entdeckt, was ihn erwartet.

»Deine Brustwarzen sind gepierct?«

»Ja.«

Er schmiegt den Kopf an meinen Hals und stöhnt. »Oh verdammt, Zoe!« Er presst rhythmisch sein Becken gegen meines. »Oh, Zoe! Du bringst mich um den Verstand.«

»Caleb.«

Er rührt sich nicht, aber ich spüre seinen Atem auf mir, als er versucht, sich zu beherrschen.

»Caleb«, sage ich noch einmal.

Diesmal hebt er den Kopf, und seine blauen Augen wirken fast schwarz.

»Zieh mir das Shirt aus.«

Wenige Augenblicke später liege ich mit nacktem Oberkörper da, mein Haar auf dem Kissen ausgebreitet, und ein erregter Caleb blickt auf mich herab, pures Verlangen im Blick.

»Kann ich …?«

»Bitte«, flehe ich.

Er hält meinen Blick fest, als er sich vorbeugt und die Lippen um meine linke Brustspitze schließt. Ich fliege fast vom Bett. Genau das richtige Maß von Druck, die perfekte Verbindung …

Caleb ist der perfekte Mann.

Ich schlinge die Beine um seine Taille, mit jeder Bewegung ziehe ich ihn näher zu mir. Ich halte seinen Kopf fest, während seine Zunge auf meinen Knospen tanzt. Er lässt sich Zeit, küsst und saugt erst die eine, dann die andere. Immer wieder presst er das Becken an mich, und ich spüre bei jeder Bewegung seine Erektion an meiner Klitoris.

Mein Höschen ist feucht, und ich weiß, Caleb spürt das, was er mit mir tut.

»Caleb ...« Es klingt wie ein Stöhnen, als ich seinen Namen sage.

»Ich weiß, Zoe. Ich weiß.«

Er tastet zwischen unseren Körpern nach unten und schiebt die Hand unter den Rand meiner Shorts. Seine Finger gleiten über meinen Venushügel und weiter abwärts, bis er meine Klitoris findet. Er beginnt, mit den Fingerspitzen langsame, sinnliche Kreise zu zeichnen, und ich möchte schreien und schluchzen, und ich möchte kommen. Sofort.

Seine Lippen und seine Zunge auf meinen Brüsten und seine Finger an meiner Klitoris – ich werde gleich in Flammen aufgehen.

»Ich ... kann nicht ... Es ist zu viel.«

Seine Lippen geben meine Brustwarze frei, nur seine Zähne halten gerade noch die oberste Spitze fest, und das reicht, um mich auf den Gipfel zu bringen.

Meine Beine beginnen zu zittern, mein Rücken biegt sich durch, und ich kann meinen Atem nicht mehr kontrollieren. Ich zittere und bebe im Orgasmus.

Ich spüre Calebs Lächeln an meiner Wange, während er mein Gesicht mit Küssen bedeckt.

»Alles klar?«, fragt er.

»Oh ja!«

Er lacht, gleitet von mir herab und setzt sich neben mich. »Gut.«

»Und du?«

»Ich. Oh, alles in Ordnung.«

»Soll ich … du weißt schon.«

Er senkt den Blick. »Hast du schon.«

»Was?« Ich stütze mich auf die Ellenbogen und blicke an ihm herab.

Tatsächlich, da ist ein feuchter Fleck an der Vorderseite seiner Shorts.

»Bist du in deinen Shorts gekommen, ohne dass ich nur deinen Schwanz berührt habe?«

Er hustet und lacht gleichzeitig. »So, wie du es ausdrückst, hört es sich an, als wäre ich ein hilfloser Teenager, der seinen Penis nicht unter Kontrolle hat.«

»Nein, nein, so ist das nicht. Es ist, ehrlich gesagt, irgendwie … heiß.«

»Heiß?«

»Ja. Frauen lieben es, wenn ein Mann es erregend findet, ihnen Lust zu bereiten. Hier ist der Beweis, dass du gekommen bist, weil du mich zum Kommen gebracht hast.«

»Oder ich habe einfach deine Matratze gevögelt.«

Ich schüttle den Kopf und lasse mich zurück aufs Kissen fallen. »Zerstör nicht den Zauber des Augenblicks, Caleb.«

Er beugt sich über mich, seine Unterarme umschließen meinen Kopf.

»Das warst alles du, Zoe. Dich zu sehen, wie du unter mir liegst und dich gehen lässt …« Sein Blick landet wieder auf meinen nackten Brüsten, und sein Ausdruck wird erneut lüstern. »Diese verflixten Nippelringe …« Er richtet seine Aufmerksamkeit wieder auf mich. »Das warst alles du.«

Ich greife in sein Shirt und ziehe seinen Kopf zu mir herab, bis ich ihm einen Kuss auf die Stirn pressen kann. »Umso besser.«

Er deutet auf seinen Schoß. »Ich mache mich frisch. Und du, schlaf.«

»Wir würden schon längst schlafen, wenn du dich nicht auf mich gestürzt hättest.«

»Daran bist du schuld, weil du so unwiderstehlich bist.«

»Tatsächlich? Ich werde dich daran erinnern, Caleb.«

Er brummt etwas Unverständliches und geht zum Badezimmer. Ich höre das Wasser in der Dusche, drehe mich auf die Seite und denke nach.

Zunächst kann ich gar nicht fassen, wie intensiv mein Orgasmus war. Ich habe alles gleichzeitig gespürt. Jedes noch so zarte Schnippen an meine Brustwarzen, jede Berührung meiner Klitoris. Mehr noch als das konnte ich Caleb spüren und nicht nur im offensichtlichen Sinn. Ich konnte spüren, was er fühlte, war er brauchte. Ich war so auf ihn eingestimmt, dass ich nicht mehr genau wusste, wo sein Körper anfing und meiner aufhörte.

Das habe ich noch nie erlebt, ich war noch nie mit jemandem so im Einklang.

Es fühlte sich … gut an. So verdammt gut.

Ich bin erstaunt, dass wir heute Nacht so weit gegangen sind, erstaunt, wie viel Zärtlichkeit und Rücksicht er gezeigt hat. Und seine Reaktion auf mein Brustwarzenpiercing?

Woah! Seine Augen haben so sehr geglüht vor Leidenschaft und heißer Begierde. Ich kann mich nicht erinnern, wann mich ein Mann zum letzten Mal mit solchem Verlangen angesehen hat.

Caleb verwandelt sich, er wird zu so viel mehr, als ich jemals erwartet hätte.

Meine früheren, albernen »Wow, heißer Typ!«-Momente haben sich verwandelt in ein ganz tiefes Verlangen. Ich sehne mich nach Caleb, kann es nicht erwarten, dass er mich anfasst und meinen Körper in Flammen aufgehen lässt.

»Bist du noch wach?«

Ich zucke fast zusammen, als ich seine Stimme höre. Ich war so in Gedanken verloren, dass ich nicht gehört habe, dass das Wasser in der Dusche abgedreht wurde oder dass er ins Zimmer zurückgekommen ist.

Er schlüpft ins Bett, schmiegt sich an mich, nimmt mich von hinten in die Arme und zieht mich zu sich heran. Er drückt einen zarten Kuss auf meine nackte Schulter, und ich seufze.

»Du seufzt schon wieder.«

»Stimmt.«

Ich spüre, dass er lächelt.

»Hey, Caleb?«

»Ja?«

»Ich mag dich … sehr.«

»Ich mag dich auch sehr.«

»Lass uns das nicht kaputtmachen, okay?«

Er schweigt einige Sekunden, bevor er endlich antwortet: »Ich werde mein Bestes tun, Zoe.«

• • •

Caleb hat eine Hand auf meinen Oberschenkel gelegt, mit der anderen hält er das Lenkrad, als wir den Highway hinab in Richtung Outer Banks sausen. Mittens liegt auf dem Boden zwischen meinen Füßen und genießt die Nachmittagssonne. Die Seitenfenster sind offen, und der kühle Fahrtwind fährt mir ins offene Haar. Mein Road-Trip-Partner trägt seine typische Baseballkappe, diesmal richtig herum, und sein blondes Haar quillt darunter hervor.

Ich glaube, ein paar Tage Freisein wird uns guttun. Nach der letzten Nacht habe ich das Gefühl, diese Reise könnte der Beginn einer tieferen Beziehung zwischen uns sein, und ich denke, ich bin bereit dafür.

Ich strecke den Arm aus und lasse die Finger durch Calebs Haar gleiten. Wie weich sich die Locken anfühlen. »Irgendwie mag ich dein Haar, wenn es länger ist, so wie jetzt.«

»Wirklich? Ich habe meine Locken immer gehasst.«

»Sie sind so sexy, sie verstärken deine Netter-Junge-von-nebenan-Ausstrahlung.«

Er grinst. »Ich bin nicht so unschuldig, wie du mich sehen möchtest, Zoe.«

Meine Wangen werden heiß. »Nach der letzten Nacht fange ich an, das zu glauben.«

»Bist du eigentlich in Outer Banks aufgewachsen?«

»Nee. In Nord-Virginia. Meine Eltern sind erst hierhergezogen, als ich zum College ging.«

»Warum gerade Outer Banks?«

»Warum nicht? Das ganze Jahr über Strand – was ist daran nicht wundervoll?«

Er hebt eine Schulter. »Ich bin kein besonderer Strandliebhaber.«

»Tatsächlich? Ich hätte gedacht, du stehst total drauf.«

»Ach was. Ich meine, es ist nicht übel, aber ich würde dafür keine besonderen Anstrengungen unternehmen, verstehst du?«

»Das macht mich irgendwie traurig. Ich liebe den Strand. Die Sonne zu genießen, zuzuhören, wie sich die Wellen am Ufer brechen – er ist einer meiner Lieblingsorte. Ich war so froh, als meine Eltern beschlossen, dorthin zu ziehen.«

»Vielleicht wirst du mich ja überzeugen, den Strand genauso zu lieben wie du.«

»Das hoffe ich. Es wäre schrecklich, wenn das zum entscheidenden Faktor werden würde bei der Frage, ob ich mit dir zusammen sein will oder nicht.«

»Willst du das, Zoe? Willst du mit mir zusammen sein?«

»Ich glaube, ja.«

»Glaubst du? Oder willst du? Komm schon, Süße!«

Ich hole tief Luft und bleibe für mehrere Meilen stumm.

Mag ich Caleb? Ja. Will ich eine Beziehung mit ihm, will ich, dass mehr aus uns wird als Zimmernachbarn, die sich gerne küssen? Ja. Habe ich eine Scheißangst davor? Verdammt, ja.

Aber ich glaube, ich bin bereit, es zuzulassen, mich auf diese Art von Glücklichsein einzulassen, von der Delia immer redet, und ich glaube, ich bin bereit, das mit Caleb zu versuchen.

»Ich will.«

Aus dem Augenwinkel nehme ich wahr, wie sich ein Grinsen auf seinem Gesicht ausbreitet.

»Ich habe ja gesagt, du willst mich.«

Ich sehe ihn erbost an. »Sei still!«

»Schon okay. Ich will dich auch.«

»Das wurde letzte Nacht offensichtlich.«

»Da du letzte Nacht erwähnst ... dein Piercing – wann hast du das machen lassen?«

»Das ist noch nicht lange her, vielleicht sechs Monate.« Ich lege die Hand auf sein Bein, zeichne mit den Fingern kleine Kreise und bringe sie immer näher an seinen Schwanz. »Du bist der Erste, der es gesehen hat.«

Caleb hustet und rutscht auf seinem Sitz hin und her. »Aha.«

»Ja.«

»Das, äh, das finde ich gut.«

»Ja?« Meine Finger gleiten immer näher an seine Erektion.

»Ich sitze am Steuer, Zoe.«

»Na und?«

»Lass die Finger von meinem Schwanz.«

»Oder ...«

»Oder dieses Spiel kann man auch zu zweit spielen.«

»Du kannst jederzeit rechts ranfahren«, schlage ich vor.

»Kommt nicht infrage. Wir haben einen Zeitplan, und an den halte ich mich. Außerdem, wie willst du deinen Eltern erklären, warum wir uns verspäten? Ich möchte nicht, dass ihr erster Eindruck von mir der ist, dass ich nicht pünktlich sein kann.«

Als er meine Eltern erwähnt, ziehe ich die Hand weg, verschränke die Arme vor der Brust und mache einen Schmollmund. »Na schön, du hast gewonnen.«

»Das dachte ich mir.«

Ein paar Meilen später frage ICH: »Also willst du? Ich meine, dass wir sozusagen ein Paar sind?«

»Ich bin dabei, wenn du dabei bist?«

»Dann werde ich ihnen sagen, dass du mein Freund bist.«

Sein Kopf fährt zu mir herum. »Warte mal! Wer? Was?«

Ich lache und zwinge ihn behutsam, wieder auf die Straße zu blicken. »Pass auf, wo du hinfährst. Ich werde meinen Eltern sagen, dass du mein Freund bist.«

»Bin ich das?«

»Wir haben ausgemacht, dass wir ab jetzt zusammen sind, oder? Also bist du ja wohl mein Freund.« Ich schweige einen Moment. »Und ich erlaube dir, meine weiblichen Teile anzufassen und meine Brustwarzen anzuschauen – das macht dich endgültig zu meinem Freund.«

Er schüttelt belustigt den Kopf. »Ich schätze, das tut es wohl.«

»Also ist alles klar, oder?«

»Alles klar.«

Da kommt mir ein Gedanke. Ich beuge mich vor, denn

ich kann es kaum erwarten, die Antwort auf meine nächste Frage zu hören. »Und wir sind … monogam?«

»Ich weiß nicht, wie du es damit hältst, aber ich bin schon die ganze Zeit monogam.«

»Gut.« Ich lehne mich zurück. »Das ist gut.«

»Zoe?«

»Ja?«

»Ich bin wirklich froh, dass du jetzt meine Freundin bist.«

»Ich auch, Caleb. Ich auch.«

17. Kapitel

»Nervös?«

»Ein bisschen.« Caleb zieht die Kappe vom Kopf und stopft sie in eine Seitentasche seiner Reisetasche. »Ich habe noch nie die Eltern von meiner Freundin kennengelernt.«

»Ich mag es, wenn du das sagst.«

»Was? Freundin?«

Ich nicke. »Ich auch.«

»Aber du hast noch nie zuvor die Eltern kennengelernt?«

»Du musst allerdings zugeben, dass ich als jemand, der bei dir wohnt und dich ab und zu küsst, ins Auto gestiegen bin und du mich während der Autofahrt dazu verleitet hast, dein Freund zu werden. Ich war darauf nicht vorbereitet.«

Ich stoße ein unattraktives Schnauben aus. »Du tust, als hätte ich dich gezwungen, mein Freund zu sein. Es ist doch keine große Sache.«

Er sieht mir in die Augen, sein Blick ist ernst. »Doch, ist es.«

Seine Stimme klingt dermaßen ernst, dass ich denke, vielleicht sind all die Gefühle, die sich auf meiner Seite so schnell entwickelt haben, gar nicht einseitig, und Caleb empfindet das Gleiche wie ich.

Mein Herz beginnt zu pochen, so heftig und so laut, dass ich fürchte, er könnte es hören.

»Liege ich falsch, Zoe? Ist das für dich nur eine kurze Affäre?«

Ich schüttle den Kopf. »Nein.«

Er blickt mich forschend an, versucht alle Gefühle aus meinem Gesicht herauszulesen – Freude, Angst, Unsicherheit, Fröhlichkeit.

»Gut.«

»Gut«, wiederhole ich.

Ich hebe die Hand, bereit, auf die Türklingel zu drücken. »Letzte Chance, wegzulaufen.«

Caleb muss lachen. »Jetzt drück schon auf die Klingel, Zoe.«

Wir hören die Klingel im Haus widerhallen und warten.

Und warten ... und warten.

Niemand kommt.

»Bist du dir sicher, dass es das richtige Haus ist?«, fragt Caleb.

Ich blicke ihn scharf an. »Ich weiß doch, wo meine Eltern wohnen.«

Er zieht die Unterlippe ein, und seine Augenbrauen schießen in die Höhe. »Wie du meinst.«

Ich ziehe mein Handy aus der Tasche, die von meiner Schulter baumelt, und wische, bis ich bei der Videochat-Option lande. Ich tippe auf die grüne Schaltfläche neben Moms

Gesicht, halte das Handy in der ausgestreckten Hand und warte darauf, dass sie sich meldet.

Ihr Gesicht – besser gesagt: ihr Nasenloch – füllt den Bildschirm aus.

»Mom, beweg das Handy von deinem Gesicht weg.«

Sie tut es und schenkt mir ein breites Lächeln. »Ah! Da ist ja mein hübsches Mädchen!«

»Ich bin hier, aber wo bist du? Ich dachte, du und Dad, ihr würdet noch bis morgen hier sein?«

»Tja, das wollten wir auch, Liebes, aber dein Dad –« Sie hält ihm das Handy vor die Nase. »Sag Hallo, Rafe.«

»Hallo, Rafe«, witzelt er.

Das Gesicht meiner Mutter füllt erneut den Bildschirm. »Er spielt einfach nie mit. Egal, jedenfalls hat er beschlossen, mich zu einem romantischen Ausflug in ein B&B zu entführen, bevor wir deine Großmutter besuchen.«

»Ich mache das nur, weil ich vorher noch etwas Anständiges essen will!«, protestiert mein Dad, und ich glaube ihm jedes Wort.

Aus irgendeinem Grund isst meine Großmutter ausschließlich in einem lokalen Restaurant, und das Essen dort ist absolut schrecklich. Ich kann es ihm nicht verdenken, dass er früher losgefahren ist.

»Okay, also ich schätze, dann muss ich euch meinen neuen Freund per FaceTime vorstellen.« Ich gehe zur Seite, bis Caleb auf dem Bildschirm auftaucht. »Mom, Dad, das ist Caleb, mein neuer Freund.«

»Freund?«, wiederholt meine Mutter überrascht. »Du

hast mir erzählt, er sei nur dein neuer Mitbewohner. Wann ist das passiert?«

Caleb und ich tauschen einen Blick aus.

»Auf dem Weg hierher«, erwidere ich. »Wir haben es gerade beschlossen.«

Sie schürzt die Lippen. »Zohanna Marie, willst du mich veräppeln?«

»Nein, Mama. Gar nicht. Wir sind zusammen.«

»Oh!« Ihr Gesicht hellt sich auf. »Also, wenn das so ist, gut gemacht – er ist eine Augenweide!« Sie zwinkert in Calebs Richtung. »Hallo, Caleb, ich bin Sofia. Tut mir leid, dass wir dich nicht persönlich begrüßen können, aber wir kommen zurück, bevor ihr wieder weg seid. Dann musst du mich ganz doll umarmen.«

»Mama, ich stehe neben ihm. Hör auf zu flirten.«

»Und ich sitze neben dir. Lass den armen Jungen in Ruhe«, ermahnt mein Dad sie.

»Oh, sei still, Rafe! Du weißt, dass du diese Woche meine Nummer eins bist.«

Der Bildschirm wird unscharf, und das Handy fliegt offenbar durch die Luft. Dann wird alles schwarz.

»Ah, verflixt! Sekunde, Kinder. Ich habe nur das verflixte Handy fallen lassen.«

»Nicht abschnallen. Wir fahren!«

»Nur für zwei Sekunden. Reg dich ab, Kumpel!«

Mein Kinn fällt herab. »Mama, hast du Dad gerade Kumpel genannt?«

Jetzt sieht man ihr Gesicht wieder, diesmal mit Dad im

Hintergrund. »Also, wenn er nicht manchmal so ein Großmaul wäre –«

»Mama!«

»So nennt sie mich in letzter Zeit oft, hat da so einen Roman über ›Großmaul‹-Wrestler gelesen …«

»Hand ans Lenkrad!«

»… und jetzt hört sie gar nicht mehr damit auf«, fährt mein Dad fort. »Übrigens hallo, Caleb! Ich bin Rafe, die bessere Hälfte dieses Duos.«

»Freut mich, dich kennenzulernen, bessere Hälfte Rafe.«

Mein Dad lächelt breit. »Ich glaube, ich sollte dich etwas Normales fragen, wie z. B. was ist dein Hauptfach? Sollen Dads den Freunden ihrer Töchter nicht solche Fragen stellen, Sofia?«

»Klar.«

»Mein Hauptfach ist Sporternährung. Ich will versuchen, einen Job beim Universitäts-Team zu bekommen, um mich dort langfristig zu engagieren. Von dort aus will ich mich zum Cheftrainer hocharbeiten.«

»Ich würde sagen, mit der Sporternährung, das machst du schon ganz gut.«

»Sofia! Lass den Jungen in Ruhe!«, tadelt mein Dad.

»Ich meine ja bloß, er scheint in Topform zu sein.«

Ich stehe da mit offenem Mund, peinlich berührt vom Verhalten meiner Mutter.

»Danke, Sofia«, erwidert Caleb und grinst.

»PFIRSICHE – PEACHES!«, schreit mein Dad.

»RAFE!«

Der Bildschirm wird schwarz.

Ich blicke auf mein Handy und bin einfach nur verwirrt.

»Peaches?«, wiederholt Caleb fragend.

»Ja, keine Ahnung, was das zu bedeuten hat. Lass uns den Schlüssel suchen. Vor nicht allzu langer Zeit ist weiter oben in der Straße eingebrochen worden, und seit ich das letzte Mal hier war, haben sie das Schloss ausgewechselt.«

Wir blicken unter die Fußmatte, in den Topf der Pflanze neben der Haustür und in den der Hängepflanze auf der vorderen Veranda ... nichts.

»Vielleicht beim Grillplatz?«, schlägt Caleb vor.

»Gute Idee. Gehen wir ums Haus herum.«

Ich gehe voraus, und Caleb folgt mir zur Rückseite des Hauses. Er stößt einen Pfiff aus.

»Wow, das ist ja toll, Zoe.«

»Nicht wahr? Mein Dad ist ganz stolz darauf. Er ist Handwerker, er hat das alles selbst entworfen und gebaut.«

An die Rückseite des Hauses schließt sich eine elegante halbkreisförmige Terrasse an mit einer eingebauten Feuerstelle in der Mitte, darum herum eine luxuriöse Garten-Couch mit passenden Sesseln. An der Seite befindet sich eine große Grillstation aus Edelstahl, umgeben von einer Steinwand.

Genau in dem Augenblick klingelt mein Handy – wieder ein FaceTime-Anruf von Mom.

»Oh, du meine Güte, dein Vater ist total durchgeknallt!«, sagt sie, als ihr Gesicht erneut den Bildschirm ausfüllt. »Er hat uns fast in den Straßengraben gefahren, als er vor einem Obstverkaufsstand anhalten wollte.«

Sie hält das Handy etwas von sich weg, und jetzt erscheint Dad auf dem Bildschirm. Er hält eine große Tüte mit Pfirsichen und grinst schelmisch. »Jetzt steht es fest – ich ziehe aufs Land. Hab schon die Pfirsiche besorgt!«

»Steht etwa deine ganze Familie auf Musik aus den Neunzigern?«, sagt Caleb, wohl wissend, dass mein Dad auf den total beliebten Song *Peaches* von der Band *Presidents of the United States of America* anspielt.

»Stimmt genau«, antwortet meine Mom. »Hört sie immer noch diese Rap-Musik?«

»Allerdings, Ma'am.«

Meine Mom schüttelt den Kopf. »Wir haben versucht, sie auf Alternative und Grunge einzuschwören, aber sie konnte es einfach nicht lassen.«

»Ich steh einfach auf guten Rhythmus«, sage ich trocken.

»Wie du meinst, Schätzchen. Wir müssen Schluss machen. Ich wollte nur sagen, ich liebe dich, und es tut uns leid, dass wir nicht da sein konnten, um euch zu begrüßen. Wir kommen aber vor eurer Abreise zurück.«

»Es war schön, euch kennenzulernen, Rafe und Sofia.«

»Bis bald, Caleb!«

Meine Mom hebt die Hand und macht das Peace-Zeichen. »So, Mama muss jetzt Schluss machen.«

»Halt! Warte! Wo ist der neue Schlüssel?«, sage ich schnell, obwohl ich kichern muss. Meine Mutter hat offenbar den Verstand verloren.

»Wir haben ihn in die Feuerstelle an der Rückseite gelegt.«

»Und Magnus?«

»Er ist in unserem Schlafzimmer eingesperrt, du musst ihn unbedingt gleich rauslassen. Wahrscheinlich muss er inzwischen dringend.«

»Ich werde ihn ganz sicher ASAP herauslassen«, versichere ich.

»Und, Zoe, bei allem, was heilig ist, bitte bleib der Küche fern. Ich will nicht wieder einen Anruf von der Feuerwehr bekommen.« Caleb kriegt einen Lachanfall. »Siehst du, er weiß offenbar auch, wovon ich rede.«

»Allerdings«, sagt er.

Ich schlage nach ihm. »Hört auf, ihr beiden! Genießt eure Nacht im Hotel. Hab euch lieb!«

»Wir haben dich auch lieb. War nett, dich kennenzulernen, Caleb! Viel Spaß am Strand!«

Ich beende das Telefonat und blicke Caleb an. »Tja, das waren meine Eltern.«

»Sie scheinen ganz lustig zu sein.«

»Oh, die sind ihre eigene Marke.« Ich hebe meine Tasche auf, die neben mir auf dem Boden liegt, und schlinge mir den Riemen um die Schulter.

Dann gehe ich zur Feuerstelle und muss lachen, als ich den Schlüssel mitten darin liegen sehe, weit sichtbar für jeden potenziellen Einbrecher.

»Sie hätten wenigstens ein paar Holzscheite drauflegen können«, bemerke ich.

Ich stecke den Schlüssel ins Schloss und drehe ihn herum. Sofort höre ich, wie Magnus im Schlafzimmer meiner Eltern durchdreht.

»Soll ich ihn holen?«, fragt Caleb.

»Sicher. Das Zimmer ist ganz am Ende des Flurs. Ich passe auf Mittens auf, nur zur Sicherheit.«

Caleb gibt mir den Käfig, und ich lasse den Kater heraus, nehme ihn jedoch auf den Arm und halte ihn fest, während Caleb das Schlafzimmer ansteuert.

Ungefähr zehn Sekunden später stürmt der dreißig Kilo schwere Boxer meiner Eltern aus dem Schlafzimmer, springt an mir hoch und leckt mir ab. Mittens stößt ein lautes Fauchen aus und versucht, an mir höher zu klettern in der Hoffnung, ihm zu entkommen.

»Seine Leine hängt dort.« Ich deute auf die Wand neben der Hintertür. »Lass ihn einfach nur raus, ich versuche Wolverine hier zu beruhigen.«

»Alles klar.«

Es gelingt Caleb, Magnus die Leine anzulegen, und schon sind sie durch die Tür. Ich nehme das Katzenbett, lenke Mittens in das Schlafzimmer, das wir teilen werden, und lasse ihn erst frei, nachdem die Tür geschlossen isst. Sofort ringelt er sich zusammen und starrt mit großen Augen und gespitzten Ohren zur Tür.

»Du wirst sehen, ihr beide werdet beste Freunde sein, wenn unsere Zeit hier um ist.«

Ich lasse die Tür einen Spaltbreit offen und gehe zurück ins Wohnzimmer, wo Caleb gerade Magnus die Leine abnimmt. Kaum ist er frei, schießt er den Flur hinab, und ich kann hören, wie er und Mittens sich miteinander bekannt machen.

»Das wird noch ein Spaß«, sagt Caleb, als er die Leine an den Haken hängt.

»Zu dumm. Ich hatte gehofft, meine Eltern würden wenigstens hier sein, um die beiden einander vorzustellen, aber das ist jetzt unser Job. Er benimmt sich besser, wenn sie in der Nähe sind.«

Ich setze mich auf die luxuriöse Couch, die meine Mom letztes Jahr gekauft hat, und blicke mich im Zimmer um.

Die Wände haben eine andere Farbe, besonders die optisch vorstechende Wand hinter dem Fernseher. Sie war früher blassblau, aber jetzt ist sie dunkelgrau, was sehr schön zu dem grauen Fußboden passt, den sie vor ein paar Jahren verlegt haben. Meine Mom hat außerdem ihre normalerweise blauen Accessoires gegen hellgelbe getauscht, was den ganzen Raum heller wirken lässt.

Caleb setzt sich neben mich. »Ein schönes Zuhause.«

»Nicht wahr? Perfekt für die beiden. Ich komme sie gern besuchen. Sie haben es so gemütlich gemacht.«

»Ich bin sicher, wo immer deine Eltern sind, ist es gemütlich für dich.«

»Trifft das auf dich auch zu?«

»Nein. Tut es nicht.«

Er scheint in Gedanken überall zu sein, nur nicht bei mir, aber ich höre die Traurigkeit in seiner Stimme.

Ich weiß nicht, ob ich ihn küssen, ihn umarmen oder einfach weinen will.

• • •

»Meine Eltern mögen dich. Meine Mom hat mir geschrieben und uns ihren Segen gegeben.«

Caleb stößt einen erleichterten Seufzer aus. »Gut. Ich hatte schon Sorge, sie würden mich dafür hassen, dass ich bei ihrer Tochter eingezogen bin und dann, du weißt schon, mehr daraus gemacht habe als eine Wohngemeinschaft.«

»Nein, nein, sie sind ziemlich locker.«

»Sie scheinen tolle Leute zu sein.«

Wir sitzen aneinandergekuschelt hinterm Haus, den Bauch voll von dem chinesischen Essen, das wir bestellt hatten, und teilen uns ein Bier, während in der Feuerstelle ein Feuer prasselt.

Seit ich das letzte Mal hier war, hat mein Dad eine kleine Lichterkette rund um die Veranda aufgehängt. Das Licht verleiht den Dingen um uns herum einen romantischen Schimmer.

Ich schließe die Augen, lege den Kopf an Calebs Brust und lausche der Brandung am nahe gelegenen Ufer.

»Ich finde es wundervoll hier.«

Caleb küsst meinen Hals, seine Lippen fühlen sich kalt und feucht an vom Bier. »Ja, es ist nicht übel.«

Ich lächle, denn ich weiß, er meint damit nicht nur die Umgebung, sondern auch den Umstand, dass er hier Zeit mit mir verbringen kann.

»Dein Dad hat mich auf den Gedanken gebracht ... was willst du nach deinem Abschluss machen, Zohanna?«

»Das ist dir nicht entgangen, was?«

»Nein, ist es nicht. Du hast mir nie gesagt, dass das dein richtiger Name ist.«

»Er ist ein bisschen seltsam ...«

»Seltsam?« Ich spüre seine Lippen an meiner Ohrmuschel. »Er ist verdammt sexy.«

Ich erschauere und spüre, dass er lacht.

»Also, nach dem Abschluss?«, wiederholt er.

»Ich …« Meine Lippen werden trocken. Es ist das erste Mal, dass jemand anders als meine Eltern mich so direkt fragt. Selbst Delia habe ich immer eine ausweichende Mal-sehen-wenn-es-so-weit-ist-Antwort gegeben. »Ich, äh, ich habe ein paar Bewerbungen als Grafikerin eingereicht, manche als freie Mitarbeiterin, manche in New York – sogar eine bei einem Comic-Verlag.«

Caleb strafft die Schultern hinter mir, und ich drehe mich zu ihm um.

»Tatsächlich?« Seine Augen strahlen. »Das ist großartig, Zoe.«

»Danke!« Ich senke den Kopf, überrascht, wie sehr ich mich über seinen Enthusiasmus und seine Ermutigung freue. »Sag mal, ist das, was du meinem Dad erzählt hast, wirklich das, was du machen willst?«

»Ja, das ist es. Nun ja, jetzt ist es das. Nachdem Baseball nicht mehr möglich ist, ist das wohl meine einzige Option.«

»Und wirst du glücklich damit sein?«

Er blickt auf einen Punkt in der Ferne, und sein Gesicht nimmt einen sehnsüchtigen Ausdruck an. Ich weiß, er denkt jetzt an die Karriere, die er hätte haben können. Endlich richtet er den Blick wieder auf mich.

»Ja, werde ich.«

Ich sehe ihn forschend an und versuche herauszufinden, ob er lügt.

Tut er nicht.

»Gut«, sage ich. »Das ist gut. Und was ist mit den ... Verpflichtungen, die du sonst noch hast? Deine Eltern?«

Caleb stößt ein bitteres Lachen aus. »Mein Dad kommt in der Gleichung nicht vor, Zoe.«

»Tut er nicht?«

»Nein, da sind nur meine Mom, mein Bruder und ich. So war das immer.«

»Das ist ...« Ich hole zitternd Luft. »Wow! Das tut mir leid.«

»So ist das Leben.«

»Ich weiß solche Dinge nicht über dich. Du bist dir bewusst, dass du mir nie etwas über deine Familie oder deine Vergangenheit erzählst, oder? Das war eben das erste Mal, dass du deinen Bruder erwähnt hast. Ich wusste nicht einmal, dass du überhaupt einen hast.«

»Wirklich?«

Ich nicke. »Ich glaube, das Einzige, was du mir erzählt hast, war, dass du ein Riesen-Comic-Nerd bist, weil du sie damals so billig bekommen hast, dass du in einem Trailerpark gelebt hast und, wie ich gerade jetzt erfahren habe, dass du deinen Vater nicht kennst und einen Bruder hast. Das ist alles.«

Caleb kratzt an den Stoppeln auf seiner Wange. »Oh!«

»Ja. Oh!«

Wir hören auf zu reden, und irgendwann kehre ich zu meiner vorherigen Position zurück und lehne mich an ihn. Wir lauschen den Geräuschen, die vom Meer kommen, und das schläfert mich beinah ein. Schließlich fängt Caleb an zu reden.

»Es tut mir leid, Zoe. Ich versuche nicht, etwas vor dir zu verbergen, es ist nur so, dass ich nicht gern darüber spreche. Ich halte das Leben dort lieber getrennt von meinem Leben hier. Ich will nicht, dass sich die Grenzen verwischen.«

»Das klingt gut in der Theorie, Caleb, aber die Grenzen haben sich schon verwischt. Du bist jeden Sonntag weg, manchmal kommst du erst am nächsten Tag wieder, und du beeilst dich immer, die Anrufe zu beantworten, die mitten in der Nacht kommen ...«

»Du hast das mitbekommen?«

»Mehr oder weniger.«

Ich habe den Anruf in jener Nacht mitbekommen, als wir zusammen auf der Couch eingeschlafen waren, und außerdem ist mir ein paarmal aufgefallen, dass er zu den unmöglichsten Zeiten SMS beantwortet.

»Verdammt! Tut mir leid, Zoe.«

»Schon gut. Ich will nur, dass dir klar ist – wenn es zwischen uns funktionieren soll, ich meine, wenn wir mehr als nur eine Wohngemeinschaft sein wollen, dann wirst du ab und zu darüber reden müssen.«

Er bläst zitternd die Luft aus. Ich kann im Rücken spüren, wie sein Herz pocht, ein sicheres Zeichen dafür, dass er Angst hat, sich zu öffnen.

»Ich schätze, das ist nur fair, aber nicht diese Woche, okay? Lass uns die Zeit hier einfach genießen. Glaub mir, du willst das jetzt nicht hören.«

Ich verrenke den Hals, bis ich Caleb in die Augen blicken kann. »Aber wenn wir wieder zu Hause sind?«

»Wenn wir wieder zu Hause sind, versprochen.«

18. Kapitel

»Zoe.«

Ein Kuss auf die Wange weckt mich aus meinem Schlummer.

»Zoe.«

Ein weiterer Kuss.

»Zoeeee.« Diesmal wird mir mein Name zärtlich ins Ohr geflüstert.

Ich öffne ein Auge und sehe den digitalen Wecker auf dem Nachttisch.

6:30 Uhr. *Was zum Teufel …*

»Du hast hoffentlich einen guten Grund, oder es gibt einen Tritt zwischen die Beine.«

»Es ist zu früh, um anderen Leuten mit einem Tritt zwischen die Beine zu drohen, Zoe.«

»Darüber lässt sich streiten.« Ich wälze mich herum und sehe Caleb, der auf mich herabblickt und grinst wie ein Honigkuchenpferd. »Warum lächelst du, und warum weckst du mich so früh auf? Wir sind doch im Urlaub. Im Urlaub schläft man lange.«

»Nicht, wenn man einen unwiderstehlichen Freund hat, der den Sonnenaufgang am Strand betrachten möchte.«

Ich mustere ihn misstrauisch. »Du willst zum Strand gehen?«

»Ich will zum Strand gehen.«

»Bist du betrunken?« Ich strecke die Hand aus und berühre seine Stirn. »Hast du Fieber?«

»Nein und nein. Ich will den wunderschönen Sonnenaufgang sehen, von dem alle Welt schwärmt.«

»Du willst den Sonnenaufgang sehen?«

»Willst du einfach hier liegen bleiben und alles wiederholen, was ich sage, oder willst du mit mir kommen?«

»Mit dir kommen!«

»Oh, das wirst du. Später.«

Ich stöhne, wälze mich zurück und wende ihm den Rücken zu. »Es ist zu früh für Wortgeplänkel, Caleb.«

»Wenn es nicht zu früh ist für Tritte zwischen die Beine, dann ist es auch nicht zu früh dafür. Gerecht ist gerecht. Und jetzt hoch mit dir.« Er gibt mir einen Klaps auf den Po und weicht schnell zurück, außerhalb meiner Reichweite. »Da ist ein Sonnenaufgang, der beobachtet sein will.«

»Das war mein Hintern, du Arsch!«

»Ich weiß, Baby.« Er zwinkert. »Und es war Absicht.«

Er geht aus dem Zimmer, unbändig stolz auf sich selbst. Zögernd verlasse ich die warme Behaglichkeit meines Betts.

Ich wühle in der Tasche, die auszupacken ich am Abend zuvor zu faul war, auf der Suche nach etwas, das ich anziehen könnte. Es ist früher Morgen, und der Wind am Strand wird eisig sein, ich sollte mich also warm anziehen.

In der Nacht haben wir uns bis weit nach Mitternacht aneinandergekuschelt, uns im Dunkeln geküsst und gegenseitig Dinge ins Ohr geflüstert. Ich bin dankbar für die Zeit, die wir zusammen verbracht haben, aber weniger als sechs Stunden Schlaf, das reicht nicht.

Caleb kann von Glück reden, dass ich ihn gernhabe.

Ich ziehe mir planlos Sweathose und Hoodie über und lasse die Füße in ein Paar Flip-Flops gleiten, greife auf dem Weg zur Tür nach meinem Kulturbeutel und gehe über den Flur.

Ich mache im Badezimmer halt und fahre mit der Bürste kurz durch mein Haar, bevor ich es nachlässig zu einem lockeren Knoten aufstecke. Dann putze ich mir die Zähne, wische mir den Schlaf aus den Augen und gehe wieder auf den Flur hinaus, wo ich auf einen ungeduldig wartenden Caleb treffe.

»Fertig?«

»Ich schätze, ja, aber du schuldest mir danach Kaffee und Frühstück«, sage ich und hole zwei Decken aus dem Wäscheschrank, neben dem er steht.

»Hat denn so früh schon irgendetwas geöffnet?«

»Oh ja. Glaubst du, du bist der Einzige, der den Sonnenaufgang sehen will?«

Ich laufe voraus, als wir das Haus verlassen und über die Straße gehen.

Es ist ganz still, denn die meisten Leute schlafen noch um diese Zeit. Schweigend gehen wir etwa eine halbe Meile, bis wir den nächsten Zugang zum Strand erreichen.

Wir schlendern den ausgetretenen Pfad hinab, und Caleb greift nach meiner Hand, als wir den Strand betreten.

»Es ist ganz schön kalt hier draußen.«

»Ja, ich hätte dich warnen sollen«, erwidere ich. »Gut, dass ich zwei Decken mitgenommen habe. Auf einer können wir sitzen und uns mit der anderen zudecken.«

»Du bist zu gut zu mir.«

Caleb blickt ehrfürchtig aufs Meer hinaus, als wir uns der Uferlinie nähern. Seine Baseballkappe sitzt ihm verkehrt herum auf dem Kopf, und seine Augen sind noch etwas verquollen vom Schlaf. Er hat ein simples schwarzes T-Shirt übergezogen und war schlau genug, Sandalen anzuziehen, um seine Schuhe davor zu bewahren, dass sie sich mit Sand füllen.

Ich schaue zu, als er die frische Seeluft tief inhaliert. Seine Nasenflügel beben, und er schließt die Augen.

»Mmm, Salz und Fisch«, sagt er beim Ausatmen.

Ich zupfe an seinem Arm und ziehe ihn noch weiter den Strand hinab. »Oh, komm schon. So schlimm ist es nicht.«

»Nein, ist es nicht. Eigentlich mag ich es.«

»Wie ich sehe, wirkt der Zauber des Ozeans schon auf dich.«

»So etwas in der Art«, brummt er und blickt endlich zu mir herüber.

»Hör auf mit dem Kitsch«, sage ich und grinse. »Such einen Platz aus. Wir haben nicht mehr viel Zeit.«

Caleb geht voraus zu einem Platz, der etwa zwei Meter von den auslaufenden Wellen entfernt ist. Dort bleibt er stehen und nimmt mir die Decken aus der Hand. Die kleinere breitet er auf dem Sand aus und setzt sich darauf, dann klopft er auf den Platz zwischen seinen Beinen.

»Komm, lass uns den romantischen Scheiß durchziehen.«

»Du kannst nicht das Wort ›Scheiß‹ verwenden und erwarten, dass das als romantisch rüberkommt«, sage ich tadelnd, als ich es mir zwischen seinen Beinen bequem mache.

»Immerhin habe ich dich, wo ich dich wollte, oder?«

»Nur wegen der Aussicht auf eine warme Decke. Aber netter Versuch.«

Caleb schlingt die Arme um mich, und ich schmiege mich an ihn. Im Nu findet sein Mund den Weg zu meinem Nacken. Er drückt das Gesicht an mich, und ich seufze und lehne mich noch etwas fester an ihn.

Die Sonne beginnt ihren Aufstieg am Horizont und entzündet mit ihren goldenen Lichtstrahlen in den grauen Wolken ein Feuerwerk aus Orange- und Gelbtönen. Der Anblick ist wunderschön, und ich erinnere mich, dass jeder Sonnenaufgang wieder neu ist und verschieden von jedem anderen. Das Farbenspiel ist jedes Mal anders.

Ich habe so viele Male hier an diesem Strand gesessen und beim Aufgehen der Sonne zugesehen, aber irgendwie fühlt es sich neu an, jetzt, da ich zum ersten Mal mit Caleb hier sitze. Die Farben am Himmel sind strahlender, die Luft frischer, die Brandung stärker und großartiger.

Es fühlt sich neu und frisch an, so wie wir uns fühlen. Das war es wert hierherzukommen, so viel steht fest.

»Das war eine gute Idee«, sage ich laut.

»Und vor nicht einmal einer Viertelstunde hast du mich noch gehasst.«

»Hass ist ein starkes Wort. Sagen wir, ich war nicht dein größter Fan.«

»Und jetzt?«

»Du bist ganz okay, oder wenigstens wirst du das sein, wenn du mich zum Frühstück einlädst.«

Wieder drückt er die Lippen auf meinen Nacken und löst einen erregten Schauer in mir aus. »Danke, dass du mit mir hierhergekommen bist. Ich habe so etwas noch nie gesehen. Es ist atemberaubend.«

»Ich habe dir ja gesagt, es ist einzigartig. Ich bin froh, dass du mich aus dem Bett herauskomplimentiert hast, damit wir es uns ansehen.«

»Herauskomplimentiert?«

»Das ist Schönsprech für unter Druck gesetzt.«

Er lacht, sein Mund vibriert an meiner Haut. »Ich weiß, was herauskomplimentieren bedeutet, Zoe.«

»Ich meine ja bloß. Ich weiß, ich bin geistig nicht so richtig auf der Höhe, solange ich keinen Kaffee bekommen habe.«

»Soll das heißen, du möchtest jetzt dein Frühstück?«

Ich springe auf und ziehe an der Decke, die Caleb noch um sich gewickelt hat. »Na ja, wenn du das anbietest …«

Er versteht den Wink und steht auf, schüttelt, so gut es geht, den Sand aus der anderen Decke und faltet sie zusammen.

»Also zurück zum Haus?«

»Oh nein. Wir gehen zu *That Pancake Joint*. Das ist nur eine halbe Meile die Straße runter.«

»Bist du dir sicher, dass du nicht vorher nach Hause gehen und dich umziehen willst?«

Ich blicke an mir herab. »Warum? Ist es dir peinlich, mit mir gesehen zu werden?«

»Überhaupt nicht.«

»Aha. Was du damit sagen willst, ist wohl, dass ich echt übel aussehe und mich umziehen sollte?«

»Was? Nein!«

»Aber du findest, dass ich glaube, dass ich so aussehe?«

Er reißt die Augen auf und bewegt den Kopf langsam hin und her. »Jetzt bin ich so verwirrt, dass ich gar nichts mehr zu sagen wage.«

Ich lache, gehe an ihm vorbei und tätschle dabei seine Schulter. »Spaß, Caleb. Ich mache nur Spaß. Jetzt komm schon! Nicht, dass wir Schlange stehen müssen.«

• • •

»Rosco! Altes Haus!«

Ich begrüße den Typen hinterm Tresen im *That Pancake Joint* mit einem High five.

»Zoe! Wie geht's dir?«

»Ganz gut. Ich war total beschäftigt mit dem College, aber du weißt ja, wie das läuft. Du bist jetzt fast fertig, oder?«

Er grinst. »Ich mache bis zum Ende des Sommers meinen Abschluss.«

»Prima!«

»Wann bringst du mal wieder deine hübsche Freundin mit? Ich vermisse sie.«

»Und ich habe dir schon letztes Mal erklärt, dass sie besetzt ist, du alte Schlange.«

»Vorsicht, Kleines. So alt bin ich noch nicht.« Er nickt Caleb zu. »Und wer ist der hübsche Junge? Dein neuestes Opfer?«

»Sie hat mich gekidnappt, Sir. Ich bin am Strand spazieren gegangen und wollte nur nach Hause, aber sie hat mich entführt und verlangt, dass ich sie zum Frühstück einlade.«

Wieder grinst Rosco. »Ja, das klingt nach ihr.«

»Rosco, das ist mein neuer Freund Caleb. Sei nett zu ihm.«

»Jawohl, Ma'am.« Die Männer schütteln sich die Hand. »Schön, dich kennenzulernen. Und es tut mir wirklich leid für dich, dass du von der da eingefangen worden bist.«

»Danke! Nett von dir.«

»Blödmänner«, brumme ich. »Können wir bitte einen Tisch für zwei Personen haben?«

»Als ob du danach fragen müsstest«, erwidert Rosco. »Geht nur und sucht euch einen Tisch aus. Ich bin gleich bei euch.«

Ich führe Caleb an meinen Lieblingstisch im hinteren Bereich mit Blick auf den Ozean.

»Ich nehme an, du warst hier schon ein paarmal?«, fragt er, als wir uns auf der Bank niederlassen.

»Jedes Mal, wenn ich zu Besuch hier bin. Unzählige Male. Es ist mein zweitliebster Aufenthaltsort hier.«

»Und dein liebster ist der Strand, richtig?«

»Bingo bongo.«

»Und hier hast du Rosco kennengelernt?«

»Nee.« Ich greife nach dem Zuckerbehälter und ziehe drei Tütchen heraus, bevor ich ihn wieder an seinen Platz schiebe. »Dem bin ich am Strand zum ersten Mal begegnet. Er hat dort diese grässlichen T-Shirts verkauft mit dem Aufdruck *Hab mir die Tierchen geholt in Outer Banks* und auf der Rückseite *Von deiner Mutter*. Ich musste ihm danach ein Stück Kuchen kaufen.«

»Oh nein.« Caleb unterdrückt ein Lachen. »Ich weiß nicht, ist das mutig, oder einfach nur dumm?«

»Ein bisschen von beidem, denke ich. Nun ja, als ich das nächste Mal herkam, hat er hier gearbeitet. Seitdem schaue ich jedes Mal hier vorbei.«

»Klingt irgendwie gut. Und er studiert?«

»Ja. Er macht gerade seinen Bachelor-Abschluss. Er ist wirklich ein guter Typ, aber sag ihm nicht, dass ich das gesagt habe.«

»Zu spät. Ich hab's gehört.« Rosco taucht an unserem Tisch auf. »Was soll ich euch bringen? Für dich das Übliche, Zoe?«

»Ja, bitte. Für Caleb auch. Ich weiß, dass es ihm schmecken wird.«

»Okay.« Er klopft zweimal auf die Tischplatte. »Bin gleich wieder da mit dem Kaffee für euch.«

»Was hast du für mich bestellt?«, will Caleb wissen, als Rosco weg ist.

»Das wirst du schon sehen.«

»Besser nichts total Bizarres.«

»Ich esse niemals etwas Bizarres.«

»Stimmt nicht«, erwidert er. »Ich habe einmal eine Frühstücksschale ausgespült, in der die Reste von drei verschiedenen Frühstücksflocken und Organgensaft waren.«

»Hey, warte erst einmal ab, bis du es selbst versucht hast.«

»Fängt sie schon wieder mit ihrem Orangensaft-Haferflocken-Quatsch an?« Rosco stellt zwei Becher mit dampfend heißem Kaffee vor uns auf den Tisch.

»So bizarr ist das auch wieder nicht«, sage ich.

Rosco blickt Caleb an, zieht eine Grimasse und zeigt dabei auf mich. »Bitte sag, dass etwas mit ihr nicht stimmt.«

»Oh, ganz eindeutig.«

»Ärsche!«, sage ich laut, fast schreiend.

Rosco zieht ab und kichert vor sich hin, Caleb weicht dem Zuckertütchen aus, das ich nach ihm werfe.

»Ich glaube, hier könnte es mir gefallen«, stellt er fest.

»Weil du jemand hast, der auf deiner Seite ist, während du mich nervst?«

»Ts, ts, ja klar.« Er nimmt einen Schluck aus seinem Kaffeebecher. »Deshalb und weil hier alle so … so fröhlich sind, so lässig.«

»Du hast jetzt gerade mal eine Person außer meinen Eltern kennengelernt.«

»Aber die Leute am Strand, die haben fröhlich gewunken, um sieben Uhr morgens.«

»Das stimmt.«

»Aber im Ernst, es ist bis jetzt gar nicht übel. Ich hasse es nicht, das ist schon mal gut.«

»Du hast gedacht, du würdest es hassen?«, frage ich überrascht.

»Nicht wirklich hassen, ich war mir einfach nicht sicher. Outer Banks ist eine schöne Stadt. Man hört immer, dass die Leute hier ihren Urlaub oder ihren Ruhestand verbringen. Die Stadt ist ›in‹, verstehst du?« Er schließt die Finger um seinen Becher und blickt auf die dunkle Flüssigkeit. »Ich komme sozusagen von der anderen Seite, ich meine, wirklich aus einer ganz anderen Gegend. Ich habe immer Angst, die Leute merken, dass ich ein totaler Hochstapler bin.«

Ich öffne die Zuckertütchen und schütte alle drei in meinen Kaffee, bevor ich eine ordentliche Dosis Kaffeesahne hinzufüge. Dabei denke ich über Calebs Worte nach.

Es ist nicht das erste Mal, dass er erwähnt, dass er aus einer nicht sehr guten Gegend stammt, das überrascht mich also nicht.

Was mich erstaunt, ist, dass er sich selbst wegen seiner Herkunft so herabsetzt, als ob das seine Schuld wäre.

Sieht er nicht, wie weit er über seine Herkunft hinausgewachsen ist? Dass er innerhalb von vier Jahren ein so viel besseres Leben für sich aufgebaut hat? Natürlich ist er immer noch mit den Leuten dort verbunden, aber er ist anders. Er ist nicht mehr einer von denen. Er ist herausgekommen. Er wird ein besseres Leben haben.

Nimmt er das nicht wahr?

»Ich glaube nicht, dass du ein Hochstapler bist, Caleb. Wo du herkommst? Das bist nicht du. Deine Träume, deine Ziele, alles, was dir lieb und teuer ist? Das bist du. Der Rest bestimmt nur über dich, wenn du es zulässt.«

Endlich blickt er von seinem Kaffee auf und erwidert meinen Blick. »So siehst du mich also? Als jemand, der Träume und Ziele hat?«

»Ich sehe dich auf viele verschiedene Arten. Ich sehe den traurigen, unsicheren Teil von dir. Ich weiß, da ist etwas, das dich immer noch an dein altes Leben bindet und an dem du anscheinend nichts ändern kannst, aber ich sehe auch den Träumer, den Jungen von nebenan. Ich sehe den dritten Baseman, den netten Kerl, den wundervollen Freund, die starke Schulter zum Anlehnen.« Ich schweige einen Moment und befeuchte mir die Lippen. Ich hoffe, das, was ich als Nächstes sage, wird ihn nicht kränken. »Kann ich dir etwas sagen?«

»Natürlich.«

»Als ich dir zum ersten Mal begegnet bin, habe ich dich als hirnlosen Muskelprotz eingeordnet. Dann warst du mit Delia zusammen, und ich wusste, das konnte nicht zutreffen, denn das ist überhaupt nicht ihr Typ. Also habe ich dich in die Schublade für nette Jungs gesteckt, und dort bist zu ziemlich lange geblieben. Dann, als letztes Jahr diese schlimme Geschichte passiert ist mit dem Foto, und du uns so unterstützt hast, da habe ich angefangen, andere Seiten an dir wahrzunehmen.« Ich streiche mir eine Strähne aus der Stirn, klemme sie mir hinters Ohr und atme hörbar aus. »Damals hast du, äh, mein Interesse geweckt … bist sozusagen auf meinem Radar aufgetaucht. Du warst so lieb und so erbost und so … du warst einfach da, verstehst du? Du hast alles stehen und liegen lassen und bist uns zu Hilfe gekommen. Nicht nur aus Pflichtgefühl, sondern weil du es wolltest. Du bist gekommen und hast dir sozusagen die Hände schmutzig gemacht, wenn es nötig war. Da habe ich dich respektiert und bewundert.«

Er sagt nichts, sondern blickt mich nur an.

Ich nehme einen Schluck Kaffee und räuspere mich »Du bist nicht so eindimensional, Caleb, und du bringst meine Welt ins Wanken.«

Caleb verlagert das Gewicht auf seinem Sitz und weicht meinem Blick aus. Ich merke, dass ihm das, was ich ihm gestanden habe, ein bisschen unangenehm ist, aber es fühlt sich gut an, es endlich ausgesprochen zu haben.

Ich beobachte ihn, während er zum Fenster hinausblickt, die Brauen zusammenschiebt und konzentriert die Lippen zusammenpresst.

Gerade als ich etwas sagen will, um das Thema zu wechseln, fängt er an zu reden.

»Weißt du, damals habe ich auch angefangen, dich richtig wahrzunehmen. Nun ja, du warst schon immer jemand, mit dem man rechnen musste, aber erst als Delia diesen Mist durchmachen musste und du für sie da warst, da habe ich gemerkt, dass ich dich toll finde.« Endlich sieht er mich an. »Erinnerst du dich an den Abend, als du mit Delia ausgegangen bist, nachdem sie und ich Schluss gemacht hatten?«

Ich verstecke mein Gesicht hinter den Händen. »Ich war so betrunken.«

Er zieht meine Hände weg und schenkt mir ein schiefes Grinsen. »Ich meinte den Teil des Abends, bevor du betrunken warst. Du warst so ... locker und so witzig. Ich war schon eine Weile da, bevor ich euch zwei endlich angesprochen habe. Ich habe in der Ecke gesessen und euch beiden beim Tanzen und Flirten zugesehen und gehofft, du würdest auch zu mir kommen, um mit mir zu flirten.« Er zieht die Schultern hoch. »Dann habe ich mich wie ein Arsch gefühlt, weil Delia und ich gerade erst Schluss gemacht hatten.«

»Ich habe dich den ganzen Abend als Blödmann beschimpft, und du wolltest, dass ich mit dir flirte?«

»Ich sagte, bevor du betrunken warst, vergessen?«, scherzt er. »Wie auch immer, das war das erste Mal, dass ich mich wirklich zu dir hingezogen fühlte. Seitdem wird das Gefühl von Mal zu Mal stärker, wenn ich dich sehe.«

Mein Herz pocht wild, als er das sagt, und ich spüre das Echo in meinen Ohren.

»Jedes Mal?«

»Jedes verdammte Mal, ja, und obwohl ich mit dir zusammenwohne, wird es immer noch jeden Tag stärker. Da ist etwas, was mich immer mehr in deine Richtung zieht.« Er schüttelt den Kopf. »Gott, das hört sich so blöd an.«

»Mir geht es genauso, Caleb.« Ich richte meine Aufmerksamkeit auf das Fenster, während in meinem Kopf alle möglichen Gedanken durcheinanderwirbeln. »Delia meint, das ist gut. Sie sagt, wir sind dabei, uns zu verlieben«, sage ich fast geistesabwesend.

Genau in dem Augenblick taucht Rosco mit zwei Tellern an unserem Tisch auf.

»So, also zweimal Pfannkuchen mit Erdnussbutter und Banane, mit extra Schlagsahne und Chocolade Chips. Außerdem eine Portion gebratener Speck«, verkündet er und serviert unser Essen.

»Oh Gott, es sieht genauso lecker aus, wie ich es in Erinnerung habe.« Ich stöhne geradezu.

»Schmeckt auch genauso gut«, verspricht Rosco. »Sonst noch etwas?«

»Sirup?«

Er streckt den Zeigefinger in die Höhe. »Ah ja.« Er greift in die Tasche seiner Schürze und zieht eine Flasche Sirup heraus, die ganz sicher vorgewärmt ist, und stellt sie auf den Tisch. »Für die Dame.«

Ich drehe begeistert den Daumen nach oben. »Das wäre dann alles.«

Er zwinkert mir zu. »Ich komme wieder, mein Trinkgeld abholen. Guten Appetit!«

Ich greife nach der Sirupflasche und verteile eine großzügige Dosis über meinem Teller, auch über den Speck.

»Das wird mir entweder einen Ständer oder einen Zuckerschock bescheren«, sagt Caleb, als er beginnt, einen seiner Pfannkuchen zu zerteilen. »Oder beides.«

Ich sehe zu, wie er seinen ersten Bissen nimmt, die Lippen langsam um die Gabel schließt und sie dann ganz sauber wieder herauszieht. Genießerisch schließt er die Augen, und sein Körper entspannt sich. Ich weiß das, denn ich habe das ganz genauso erlebt.

»Verdammt, verdammt! Du hast mich verdorben, Zoe. Total verdorben.«

»Es ist unglaublich, nicht wahr? Gern geschehen.«

»Jetzt steht es fest: Wir werden hier unseren Ruhestand verbringen.«

Wir.

Ich habe es genau gehört.

Ich bin sicher, er meint es nicht auf die Art, die mein Herz galoppieren lässt, aber das Wort fühlt sich verdammt gut an.

Wir verschlingen unsere Pfannkuchen schweigend, nur Calebs Seufzer und das Schaben unserer Gabeln auf den Tellern sind zu hören.

Als wir unsere leeren Teller beiseiteschieben, sagt Caleb etwas.

»Übrigens, Zoe, du bringst auch meine Welt ins Wanken.«

19. Kapitel

»Das war alles so geplant, dass ich mit dir zusammen hier den Hundesitter spiele, oder?«

»Nein«, erwidere ich nicht sehr glaubwürdig.

»Aha.« Caleb krault Magnus' Ohren. »Sie ist ja so eine Schwindlerin, nicht wahr, Magnus?« Er bellt. »Siehst du, nicht einmal er glaubt dir.«

»Was bist du doch für ein Idiot, Magnus.« Er bellt erneut, und ich hebe eine Braue, um ohne Worte zu sagen: »Siehst du, er weiß nicht, was er tut.«

»Mittens ist mit der Gesamtsituation im Moment nicht besonders zufrieden.«

Caleb hat nicht unrecht. Der Kater hat sich auf meinem Schoß zusammengeringelt, und seine Augen schleudern Blitze nach seinem Besitzer. Mittens ist ziemlich genervt, weil Magnus permanent Aufmerksamkeit von Caleb einfordert, und noch mehr nervt es ihn, dass der Hund inzwischen den Kopf auf Calebs Schoß gelegt hat und fröhlich zu ihm herüberblickt.

»Es tut mir leid, Alter. Ich mache es wieder gut.« Caleb will Mittens streicheln, doch der wehrt ihn mit der Pfote ab.

»Ooooooh, jetzt hast du es ihm aber gegeben, Mittens! High five.« Ich packe seine Pfote und drücke sie gegen meine Hand.

»Ihr zwei seid unmöglich.«

»Sagt der Verräter.«

Caleb breitet die Arme aus, und Magnus winselt wegen des Verlusts an Körperkontakt. »Ist nicht meine Schuld, dass er mich mag.« Er hält dem Hund die Ohren zu. »Das Verrückte ist, dass ich Hunde eigentlich nicht besonders mag.«

Als ob er es gehört und verstanden hätte, trottet Magnus genau in diesem Augenblick davon und lässt den Kopf hängen.

»Toll, jetzt hast du auch noch seine Gefühle verletzt, Caleb.«

»Das wird schon wieder.« Er blickt mich an. »Was machen wir übrigens heute Abend?«

»Können wir nicht einfach auf der Couch sitzen, wie wir es schon den ganzen Tag machen? Es ist so gemütlich hier.«

»Stimmt, aber nein. Ich will dich ausführen. Es wäre unser erstes richtiges Date als Paar.«

»Das stimmt nicht – wir waren im *That Pancake Joint*.«

»Okay, dann also unser erstes romantisches Date.«

Wir sind jetzt seit mehreren Tagen im Haus meiner Eltern und verbringen unsere Zeit abwechselnd mit Sonnenbaden am Strand, Wandern und Faul-auf-der-Couch-Rumhängen. Zu behaupten, das sei entspannend, wäre eine Untertreibung, aber ich kann nicht leugnen, dass ich anfange, mich ein wenig zu langweilen. Vielleicht würde es uns guttun, einmal abends auszugehen.

Ich stöhne. »Für einen Abend kann ich wohl auch mal eine Hose anziehen.«

Caleb fasst nach der Decke, unter der ich meine Beine verstecke, und versucht, einen Blick darunter zu erhaschen. »Du hast keine Hose angezogen, nachdem wir am Strand waren? Lass mich sehen.«

Ich wehre seine Versuche ab. »Geh weg du Perversling! Du kannst doch nicht anfangen, schmutzig zu reden, wenn ich ein Kätzchen auf dem Schoß habe. Das ist verrückt, Caleb.«

Er hebt Mittens hoch, hält ihn vor sein Gesicht und starrt ihn mit gespielter Entrüstung an. »Du versaust mir meinen Auftritt, Alter.«

Mittens leckt sich nur die Pfote und könnte nicht desinteressierter sein. Caleb setzt ihn auf den Boden und wendet sich dann mir zu. Seine Augen werden dunkel vor Verlangen.

Er kniet auf der Couch und bewegt sich auf allen vieren auf mich zu. Seine Lippen sind zu einem spöttischen Lächeln verzogen. »Wie war das noch mal mit der Hose, die du nicht anhast?«

Jetzt liegt er auf mir, genau im richtigen Winkel zwischen meinen Beinen.

»Was?«, erwidere ich.

»Hast du wirklich keine Hose an?«

»Vielleicht.«

Caleb drückt rhythmisch seinen Unterleib an meinen, und ich bringe meine ganze Selbstbeherrschung auf, um nicht zu stöhnen, aber er durchschaut mich. Ich spüre es, und ich sehe es an seinem Blick.

»Vielleicht ... ja?«

»Vielleicht.«

Ein weiterer Stoß mit dem Unterleib. »Noch keine Antwort?«

»Nö.«

»Wenn wir so weitermachen, bleiben wir die ganze Nacht hier.« Er lacht.

Ich hebe eine Schulter. »Oder ich warte einfach, bis du es mir besorgst.«

Er stößt einen überraschten Laut aus, etwas zwischen Keuchen und Lachen. »Du bist ja so ein Früchtchen.«

Dann küsst er mich. Seine Zunge bettelt um Einlass, und ich gebe nach, ziehe Caleb an mich, schlinge die Beine um seine Taille und stemme die Fersen in seinen Hintern. Er liebkost meine Lippen mit seinen, und das macht er so geschickt, dass nur ein kurzer Moment vergeht, bis ich mein Becken an seines drücke. Ich muss ihn spüren, unbedingt. Ich zerre an seinem Shirt, und er löst sich lange genug von mir, um es sich mit einer schnellen Bewegung über den Kopf zu ziehen. Irgendwie schafft er es, diese Baseballkappe, die ihn so unfassbar sexy macht, auf dem Kopf zu behalten.

Verdammt!

Ich streiche über seinen muskulösen Rücken und gebe ihm meine Nägel zu spüren, gerade genug, um es aufregend zu machen.

Er keucht auf, aber der Laut wird überdeckt von den

Seufzern, die ich ausstoße, als er wieder seine Erektion an mich presst und damit meine empfindlichste Stelle reizt. Es erinnert mich an unsere früheren Aktionen, aber irgendwie ist dieses Mal das Verlangen nach mehr noch stärker, noch intensiver.

Ich will Caleb nackt, ich will ihn nackt, jetzt.

Ich lasse die Hände an seinem Rücken tiefer gleiten, bis unter den Rand der Boxershorts, die er unter seiner Sweathose trägt. Einen Moment verharre ich dort, um darüber zu staunen, wie viele Kniebeugen er wohl macht, damit sich sein Hintern dermaßen gut anfühlt. Dann wandern meine Hände zu seiner Vorderseite. Ich lasse mir Zeit, reize ihn, streiche mit den Fingerspitzen über seine Schenkel, bevor ich endlich die Finger um sein Glied schließe.

Caleb hört auf, mich zu küssen, und lehnt seine Stirn an meine. Sein Atem ist in dem ansonsten so stillen Raum deutlich zu hören.

»Wir müssen aufhören«, fleht er und drückt sich in meine Hand.

Er will es genauso sehr wie ich, vielleicht noch ein bisschen mehr.

»Warum? Wir spielen dieses Spiel jetzt seit Tagen. Du bringst mich fast in Ekstase, und dann peng! Du ziehst dich zurück. Meine Eier tun weh, dabei habe ich gar keine. Du küsst mich, du berührst mich, und du lässt meine Brustpiercings nicht in Ruhe, verflixt noch mal, aber vögeln willst du mich nicht?«

»Was? Nichts geht über Vorfr...«

»Sag es!«

Er zieht die Brauen zusammen. »Das wollte ich ja, aber du bist mir ins Wort gefallen.«

»Na und«, brumme ich. »Du wirst dich daran gewöhnen. Jetzt erklär es mir.«

»Wenn du meinst, ich will nicht mit dir schlafen, irrst du dich. Ich würde es dir gleich hier auf der Couch besorgen, aber so will ich es nicht bei unserem ersten Mal. Ich will, dass der Augenblick perfekt ist.« Er richtet sich halb auf und sieht mir in die Augen. »Wir ziehen uns jetzt an. Wir gehen zum Essen aus. Dann gehen wir nach Hause, und ich vernasche dich zum Nachtisch.«

Meine Finger greifen unwillkürlich fester zu bei dieser Ankündigung, und ich beiße mir in die Unterlippe.

»Zoe?«

»Ja?«

»Nimm die Hand weg, bevor es zu spät ist.«

Er hat recht. Ich weiß, dass er recht hat. Ich will auch nicht, dass unser erstes Mal auf der Couch stattfindet.

Aber ich begehre ihn – bis zum Wahnsinn.

Zögernd nehme ich die Hand weg, und Caleb drückt sich weg von mir und auf seine Knie. Ich setze mich auf, lasse mein Haar fliegen und drücke die Brust heraus.

Calebs Pupillen weiten sich, und er deutet in Richtung Schlafzimmer. »Geh jetzt, bevor ich es mir anders überlege.«

Schmunzelnd erhebe ich mich von der Couch. Die Decke halte ich um mich gewickelt, denn ich trage darunter definitiv keine Hose. »Wohin gehen wir?«

Caleb lehnt sich auf der Couch zurück, atmet zitternd aus und verlagert das Gewicht, um sich selbst in seiner Hose mehr Platz zu verschaffen. »Bist du einverstanden mit Meeresfrüchten?«

»Bist du einverstanden mit Meeresfrüchten, sagt er zu der Frau, die mehrere Wochen im Jahr in Outer Banks verbringt.«

»Das heißt ja in der Zoe-Sprache, oder?«

»Ja, Caleb.«

Er wischt sich mit der Hand den imaginären Schweiß von der Stirn. »Puh! Gott sei Dank!«

»Gibst du mir eine halbe Stunde?«

»Meinst du dreißig Minuten, oder ungefähr eine halbe Stunde?«

»Ziemlich genau eine halbe Stunde.«

»Na gut«, erwidert er skeptisch.

Als ich losgehe, habe ich eine Idee, und ich bleibe an Anfang des Flurs stehen.

»Hey, Caleb?«

Er verrenkt sich den Hals, um mich von der Couch aus anzublicken. Seine Augen glühen immer noch vor Verlangen. »Ja?«

Ich lasse die Decke fallen, und sein Kinn fällt fast genauso tief wie sie. »Ein Stringtanga!«, ruft er. Ich gehe weiter den Flur hinab und höre hinter mir ein lautes Stöhnen. »Du machst mich fertig, Zoe. Du machst mich fertig!«

• • •

Caleb schaltet auf Parken und öffnet die Fahrertür.

»Bleib sitzen!«, befiehlt er.

»Du könntest wenigstens bitte sagen!«, entgegne ich, aber er wirft schon seine Tür zu.

Ich sehe, wie er um den Wagen herumläuft, und stelle überrascht fest, dass er sich beeilt, zu meiner Tür zu kommen, um sie für mich zu öffnen.

Er streckt die Hand aus. »Bitte.«

Ich lasse mir von ihm beim Aussteigen helfen und betrachte ihn skeptisch. »Wieso bist du so höflich? Weil du Sex haben willst? Ich will sowieso mit dir schlafen.«

Er lächelte. »Nein, aber das ist gut zu wissen.«

»Also ...«

»Es gehört sich einfach. Vorhin beim Restaurant habe ich gesehen, wie ein älterer Mann das für seine Frau getan hat, und dabei erst gemerkt, wie blöd das von mir war, dass ich es bis jetzt nie gemacht habe.«

Ich möchte ihn auslachen, aber irgendwie ist es doch süß und romantisch.

»Ja, also danke schön.«

»Gern geschehen.«

Er nimmt meine Hand und will offenbar zu dem Pfad gehen, der hinab zum Strand führt.

Ich ziehe an seinem Arm. »Falsche Richtung.«

»Nein, gar nicht.«

»Willst du mir gerade sagen, dass du jetzt zur Abwechslung mal mich zum Strand ziehst?«

»Was? Ich fange an, den Strand zu mögen.«

Ich strahle. »Hey, keine Einwände.«

Wir gehen in der Dämmerung den Pfad hinab. Bevor wir den Sand betreten, ziehen wir unsere Schuhe aus, und Caleb krempelt seine Jeans hoch. Dann führt er mich zu der Stelle, die wir zu unserem Lieblingsplatz auserkoren haben, bleibt aber nicht stehen, sondern geht weiter, bis wir direkt am Wasser stehen.

Er schließt von hinten die Arme um mich, zieht mich zu sich heran. Wir blicken auf den endlosen Ozean hinaus, während die letzten Sonnenstrahlen dem Nachthimmel weichen, und lassen das Wasser um unsere nackten Füße herumplätschern. Die Sterne blinken am Himmel, der Mond spiegelt sich im Wasser, eine malerische Szene. Es ist ganz still und wundervoll. Und es ist die einfachste, aber romantischste Geste, die ich je erlebt habe.

»Daran könnte ich mich gewöhnen«, sagt Caleb in die Dunkelheit. »Du, ich, Nächte am Strand.«

Mein Herz beginnt zu pochen bei der Vorstellung, Tage, Wochen oder sogar Jahre mit Caleb hier zu verbringen.

»In einem romantischen Restaurant am Meeresufer zu Abend essen ... danach am Strand S'Mores rösten.«

Auch das kann ich mir vorstellen.

»Die ganze Zeit hier verbringen ... nackt. Ganz viel Zeit nackt am Strand.«

Ich muss lachen und drehe mich in seinen Armen um. »Jetzt hast du den Augenblick ruiniert. Außerdem klingt Nacktheit am Strand nicht besonders verlockend. Sand setzt sich in alle Körperöffnungen, und das mag niemand.«

»Was zum Teufel würdest du denn tun? Dich flach mit dem Gesicht nach unten hinlegen? Wir würden natürlich eine Decke ausbreiten. Liebe Güte!«

Ich gebe ihm zweimal einen Klaps auf die Brust und

gehe dann weiter ins Wasser. »Süß, wie du Pläne machst für Strand-Sexkapaden. Es wird nie dazu kommen.«

Er stürzt mir nach. »Glaubst du nicht?«

»Nein.«

»Du willst also behaupten, wenn ich mich jetzt sofort nackt ausziehen und dich dann langsam ...« Er beißt sich auf die Fingerknöchel und macht einen Schritt auf mich zu. »... aus diesem sündhaft aufregenden Kleid schälen würde, dann wärst du nicht bereit, es mit mir zu treiben?«

Meine Brust hebt und senkt sich, während ich mir vorstelle, wie Caleb genau das tun würde. Ich muss meine Schenkel zusammenpressen, um wenigstens ein winziges bisschen an Reibung zu erzeugen, denn genau danach schreit mein Körper jetzt.

»Nein«, lüge ich.

»Ah, ja.« Er macht noch einen Schritt auf mich zu. »Und wenn du ganz nass wärst und dich ausziehen müsstest? Was dann?«

Feucht bin ich ja schon. »Nein.«

»Bist du sicher?«

»Ja.«

Plötzlich nimmt er mich auf die Arme – meine Beine schlingen sich automatisch um seine Taille, um Halt zu finden – und rennt in das seichte Wasser. Ich finde es lustig, aber ich habe auch Angst hineinzufallen.

Er liebkost meine Ohrmuschel mit den Lippen. »Ich frage noch einmal: Bist du dir sicher?«

»Ich schwöre, wenn du mich jetzt ins Wasser fallen lässt, Caleb Mills, dann werden dir nach diesen Ferien die Eier so wehtun, wie noch nie jemandem die Eier wehgetan haben, außerdem wirst du mit mir im Wasser landen.«

Er grinst breit und tut, als würde er mich fallen lassen. Ich kreische laut und klammere mich noch fester an ihn.

»Caleb!«

»Zoe!«

»Lass mich runter!«

»Runter? Jetzt gleich?«

Ich ziehe den Kopf zurück und blicke ihn wütend an. »Wage es nicht.«

Lachend trägt er mich zurück an den Strand, bis wir nicht mehr fast knietief im Wasser stehen. Dann lockert er seinen Griff.

Ich gleite an ihm herab, langsam, so langsam, wie ich mich noch nie in meinem ganzen Leben bewegt habe.

Ich spüre ihn überall, jede harte und weiche Stelle seines Körpers. Ich spüre das pochende Herz in seiner Brust, wie das Toben eines eingesperrten wilden Tiers.

Seine schimmernden blauen Augen blicken tief in mich hinein. Einen Moment verharren wir wie in Trance. Seine und meine Brust berühren sich bei jedem keuchenden Atemzug, und ich weiß, er fühlt genau das Gleiche wie ich.

Ich weiß nicht, ob es an dem romantischen Mondlicht liegt, oder an der Spannung, die schon die ganze Zeit immer stärker wurde, bis zu unserem Date heute Abend. Jedenfalls will ich Caleb.

Ich will ihn unbedingt.

Ich hebe den Kopf, bis meine Lippen sein Ohr berühren. »Caleb?«

Ich spüre, dass ihn ein Schauer überläuft, höre, wie er zitternd einatmet. »J-ja?«

»Bring mich nach Hause.«

• • •

Wir gehen Hand in Hand die kurze Einfahrt hinauf und lassen uns nur los, um die Haustür aufzuschließen.

Caleb führt mich schweigend den Flur hinab zu unserem Zimmer.

Ich stoße mit den Kniekehlen ans Bett und falle nach hinten. Die Matratze federt unter mir zurück, und ich brauche einen Moment, bis ich mein Gleichgewicht finde. Caleb steht vor mir und betrachtet mich, als wäre ich die letzte Mahlzeit seines Lebens.

Er hält mit beiden Händen mein Gesicht fest und dreht meinen Kopf, bis er den richtigen Winkel findet, dann kommt er zu mir herunter. Seine Lippen streichen sacht über meine, seine Zunge dringt in meinen Mund ein. Eine Hand umfasst weiter mein Kinn, während die andere höhergleitet. Ich spüre seine Finger in der ungeordneten Masse meines Haars, das ich einfach nur zu einem Pferdeschwanz gebunden habe. Vorsichtig befreit er das Chaos aus dem Gummiband.

Er hält meinen Kopf fest und macht Liebe mit meinem Mund. Es ist der sinnlichste Kuss, den ich je erlebt habe. Mein Körper erwacht, ich stehe in Flammen. Meine Muskeln entspannen sich, und ich spüre reine Lust, dabei tut Caleb nichts weiter, als mich zu küssen.

Ich spüre es überall – meine Brustspitzen werden hart und richten sich auf, mitsamt den durch sie hindurchgesteckten Metallstiften; tief in mir spannt sich etwas an, und meine Schenkel drücken sich zusammen in der Erwartung der Befriedigung, die bald kommen wird.

Mehr. Ich will mehr.

Ich greife nach dem Knopf an Calebs Hose und drücke ihn durchs Knopfloch. Quälend langsam ziehe ich den Reißverschluss auf. Ich taste nach dem Rand seiner Jeans und ziehe sie zusammen mit den Boxershorts nach unten, bis sein hartes Glied befreit ist.

Ich verschwende keine Zeit und schließe die Finger darum.

Caleb löst seine Lippen von meinen und keucht.

»Zoe ... was machst du da?«

»Sei still! Lass mich das jetzt für dich machen.«

»F-für mich machen?«

Ich stehe auf und sorge dafür, dass Caleb sich aufs Bett setzt und ich über ihm stehe, sein erigiertes Glied federt gegen seinen Bauch. Ich gehe auf die Knie und drücke Calebs Schultern zurück, bis er sich etwas entspannt und nachgibt.

Er streckt die Hand aus, umfasst mein Kinn und sucht meinen Blick.

»Du musst das nicht tun«, sagt er.

»Ich weiß, dass ich das nicht muss. Aber ich will.«

Sein Schwanz richtet sich noch ein Stückchen auf, als ich das sage. Ich lache leise, bevor ich mich über ihn beuge. Ich strecke die Zunge heraus und streiche damit über die Penisspitze.

Nur über die Spitze.

Ich lache in mich hinein, und Caleb stöhnt wegen der Vibration, die über seinen Schwanz fährt. Ich lasse meine Zunge am Schaft herabgleiten, lasse mir Zeit dabei, um ihn noch ein wenig mehr zu reizen.

»Zoe ...«

Endlich umschließe ich ihn mit den Lippen. Ich sauge an ihm und nehme ihn tief in mich auf bis zur Wand meines Rachens. Dann gebe ich ihn frei und wiederhole die Aktion.

Plötzlich greift Caleb nach meinem Kopf und zieht mich von sich weg.

»Nein. Nein! Verdammt, du deep-throatest mich, und das ist nicht fair. Du bekommst womöglich alles in die Kehle, aber das ist nicht das, was ich will.«

Ich setze mich auf die Fersen und kichere.

»Du lachst? Äh, wieso hast du mir nie gesagt, dass du darin so gut bist?«

»Was hätte ich tun sollen? Dieses Detail zusammen mit meinem Namen nennen?«

»Verdammt, ja!«

Ich muss lachen. »Das hätte ja total die Überraschung verdorben.«

»Ich schätze, du hast recht«, murmelt er.

Er steht auf und zieht gleichzeitig mich auf die Füße. Dann beginnt er die Träger meines Kleids langsam herabzuziehen.

»Es hat übrigens hinten einen Reißverschluss.«

Caleb dreht mich um und drückt mich fest an sich. Ich spüre seine Erektion, die perfekt zwischen meine Pobacken passt, als er sein Becken langsam gegen mich stößt. Mit jedem seiner Atemzüge drückt sich Calebs Brust an meinen Rücken, sein warmer Atem streicht über meine feuchte Haut und lässt mich erschauern.

Vorsichtig zieht er den Reißverschluss nach unten. Ich könnte schwören, dass er es genießt, wie meine Pobacken ihn umschließen.

Ich aber habe überhaupt keine Geduld mehr, greife in den Stoff und fange an, mir das Kleid über den Kopf zu ziehen, nur um auf halbem Weg stecken zu bleiben.

»Oh Mann! Blöder Busen!«, schimpfe ich und wende mich hin und her, um mich von dem Kleid zu befreien.

Da spüre ich Calebs Hände auf meinem Körper. Er hält mich fest.

»Oh nein. Du rührst dich nicht. Du bleibst jetzt so, wie du gerade bist.«

»Caleb, mein Kleid ist nur bis zur Hälfte hochgerutscht, und ich komme nicht weiter.«

»Genau«, erwidert er, schiebt mich zum Bett und drückt mich nach unten, bis ich mit dem Oberkörper auf der Matratze liege und den Po in die Luft strecke. »Wie ich sehe, hast du wieder einen Stringtanga an.« Ich spüre, wie er daran zupft. »Ich habe nie verstanden, wie Frauen es mit diesen Dingern aushalten, aber ich soll verdammt sein, wenn mich dieser Anblick nicht anmacht.«

»Lass uns einfach vögeln.« Ich schreie fast.

»Alles zu seiner Zeit«, verspricht Caleb.

Er schiebt mein Kleid höher, und jetzt kann ich es endlich ganz abstreifen. Caleb lässt es geschehen, er richtet seine ganze Aufmerksamkeit auf meinen Po.

Ich keuche, als seine Lippen an meiner Wirbelsäule entlanggleiten, verliere beinah die Fassung, als ich seine Zungenspitze ein Stück weiter unten spüre und dann noch ein Stück weiter unten. Caleb ergreift mit beiden Händen meine Pobacken und verteilt nasse Küsse darauf.

»Du trainierst regelmäßig, nicht wahr, Zoe?«, flüstert er.

»Oh mein Gott! Sei still und tu es endlich!«

Er beißt mich, und ich zucke ihm entgegen. »Noch nicht.«

Seine Küsse wandern immer weiter nach Süden, dabei zupft er an dem dünnen Streifen Stoff, der meine Pobacken trennt, und jedes Zupfen löst wundervolle Gefühle an genau den richtigen Stellen aus.

Ich warte sehnsüchtig, während Caleb meinen Slip herabzieht und auf die Knie geht. Seine Finger kommen meiner entblößten Öffnung immer näher. Ich stöhne laut, als ich seine Fingerspitzen genau dort spüre. Ich schiebe das Becken zurück, weil ich mehr will, aber Caleb hält mich mit seiner anderen Hand fest und fährt fort, mit einem einzelnen Finger kleine Kreise auf meine Haut zu zeichnen.

Er legt die Hand auf meinen unteren Rücken und drückt mich tiefer aufs Bett. Ich bin jetzt völlig entblößt vor ihm. Noch nie habe ich mich einem Mann auf die Art preisgegeben. Es ist erregend auf eine Weise, die ich bis jetzt nicht gekannt und nicht vermisst habe.

Normalerweise würde ich mich jetzt bedecken, es wäre mir peinlich, einem Mann meinen Intimbereich so zu offenbaren, aber bei Caleb fühle ich mich frei. Ich fühle mich selbstbewusst.

Begehrt.

Gerade als ich anfange zu denken, es war wohl alles nur Petting, dringt Caleb mit zwei Fingern in mich ein. Wieder keuche ich, und mein Becken bewegt sich wie von selbst.

Die süße Qual wird fast unerträglich, als er zusätzlich seine Zunge einsetzt. Er tastet nach meiner Klitoris, saugt vorsichtig daran und zieht sie in seinen Mund.

»Oh, Caleb!«

Meine Beine beginnen zu zittern, und ich kann mich kaum noch aufrecht halten. Ich erreiche meinen Gipfel, bevor ich richtig verstehe, was passiert.

Calebs rhythmische Bewegungen werden langsamer, und schließlich zieht er sich zurück, und seine Finger gleiten heraus aus meinem unersättlichen Körper. Sachte dreht er mich herum, bis ich auf dem Rücken liege und zu ihm hochblicke. Er krümmt einen Finger um meinen Slip und zieht ihn vollends herunter, während ich nach Atem ringe.

Er steht vor mir, mit einem Folienpäckchen in der Hand, und sein glühender Blick begegnet meinem.

»Rutsch weiter hoch, Zoe.«

Wie rau seine Stimme klingt. Das allein genügt schon, um tief in mir einen Schauer auszulösen, und ich zögere keine Sekunde und gehorche. Ich rutsche auf dem Bett höher, bis genug Platz für uns beide ist. Er reißt das Folienpäckchen auf, schiebt das Kondom auf seinen Schaft und massiert ihn ein paarmal. Ich könnte ihm den ganzen Tag dabei zusehen, und er weiß das, denn meine Schenkel öffnen sich bei dem Anblick.

Er stützt sich mit einem Knie aufs Bett, sieht mich an und hebt eine Braue.

»Bist du dir sicher?«

Ich nicke begeistert.

Caleb verliert keine Sekunde, positioniert sich zwischen meinen Beinen und dringt tief in mich ein.

»Oh Gott«, stöhnt er.

Schwer atmend zieht er sich zurück, bis die Spitze seines Glieds gerade noch in mir ist. »Verdammt! Du fühlst dich so wahnsinnig gut an. Ich werde mich total blamieren, wenn ich so weitermache.«

Ich schlinge die Beine um ihn, stemme die Fersen in seinen Hintern und versuche, ihn wieder in mich hineinzuziehen. »Das ist mir jetzt alles egal. Ich will dich einfach in mir spüren.«

»Mir ist es nicht egal. Ich will nicht, dass es gleich vorbei ist. Ich will, dass es gut für dich wird.«

Ich halte mit beiden Händen seinen Kopf fest und erwidere fest seinen Blick. »Wenn du mich jetzt schnell vögelst, dann kannst du mich später ganz langsam vögeln, immer und immer und immer wieder.«

Ich ziehe seinen Mund zu mir heran und küsse ihn, bis er endlich wieder in mich eindringt.

Sein Becken hämmert gegen meinen Körper, während er nach unten greift und mit den Fingern kreisförmige Bewegungen um meine Klitoris macht. Wir finden einen Rhythmus, der uns beiden gefällt, seufzend und stöhnend, bis es einfach zu viel wird.

»Ich halte nicht mehr lange durch.«

»Ich weiß, ich weiß. Fester.«

Meine inneren Muskeln zucken um Calebs Glied, und er beschleunigt das Tempo. Immer schneller und immer fester werden seine Stöße. Es fühlt sich so gut an, so intensiv, so perfekt in jeder Hinsicht, dass ich ein weiteres Mal zum Höhepunkt komme.

Noch einmal stößt er in mich hinein, noch einmal klatschen unsere Körper aneinander, noch einmal stöhnt Caleb auf, dann findet er selbst zum Gipfel. Ich spüre, wie sein Glied in mir pulsiert, als er sich in mir verliert.

Seine Arme beginnen zu zittern, denn er stützt sich auf, um nicht mit dem ganzen Gewicht auf mir zu liegen. Er grinst, als wäre er der glücklichste Mann der Welt. Dann schmiegt er sein Gesicht an meins und schließt die Augen.

»Zohanna.«

Mehr sagt er nicht.

Nur meinen Namen, geflüstert.

Und ich verliebe mich rettungslos.

20. Kapitel

Ich strecke die Arme weit über den Kopf und fühle mich auf die beste Art erschöpft und wund gerieben.

Unwillkürlich lächle ich, während ich das Gesicht an mein Kopfkissen schmiege und an letzte Nacht denke ... wow!

Nachdem wir uns unter der Dusche gewaschen haben, sind wir unter die Bettdecke geschlüpft und noch stundenlang wach geblieben, um uns gegenseitig zu erkunden.

Ich glaube, ich hatte noch nie so viel Spaß dabei, jemandes Körper kennenzulernen.

Als ich die Hand suchend zur Seite ausstrecke, stelle ich überrascht fest, dass das Bett dort ganz kalt ist.

Nanu?

Ich schlage die Decke zurück und erhebe mich zögernd aus dem Bett. Ich hebe eines von Calebs verstreuten Shirts auf, ziehe es mir über den Kopf und seufze, als sein Geruch mich einhüllt. Ich fische ein Paar Socken aus der Reisetasche, die ich immer noch nicht ausgepackt habe, und ziehe sie mir über die Füße, bevor ich schließlich das Schlafzimmer verlasse und über den Flur tappe.

Ich habe damit gerechnet, dass Caleb auf der Couch sitzt, aber er ist nicht da.

Stattdessen begegne ich einem einsamen Magnus, der mich mit seinem allertraurigsten Blick ansieht.

»Was ist los, Kumpel?«

Er knurrt leise.

Na schön.

Ich trotte in die Küche … kein Caleb.

Vielleicht ist er ja hinterm Haus?

Nö, da ist er auch nicht.

Im Badezimmer?

Nein.

Vor dem Haus?

Nada.

Wo zum Teufel steckst du, Caleb?

Ich renne zurück ins Schlafzimmer und checke mein Handy nach Botschaften. Aber da ist – wieder nichts. Ich rufe meine kürzlich aktualisierte Kontaktliste auf und wische über seinen Namen.

Der Anruf landet direkt in der Voicemail.

Was zum …?

Etwas Weiches reibt an meinen Beinen, und ich höre Mittens leise miauen.

»Nicht jetzt, Schätzchen«, sage ich, aber er geht nicht weg. Er hört nicht auf, sich an mir zu reiben und mit der Pfote an mein Bein zu tippen, bis ich mich schließlich bücke und ihn auf den Arm nehme.

Ich streiche über sein Fell und versuche ihn und mich

selbst zu trösten, bis meine Hand an etwas hängen bleibt, das da nichts zu suchen hat.

Ich blicke nach unten und sehe erstaunt einen gefalteten orangen Post-it-Zettel, der in Mittens Nacken klebt. Ich pflücke ihn ab und setze Mittens auf den Boden.

Meine Hände zittern, als ich den Zettel auseinanderfalte.

Zoe,
ich erkläre später alles.
C.

Mehr steht da nicht.

Vier Worte.

Vier verdammte Worte.

Was um alles in der Welt, verdammt noch mal ...?

Ich versuche es noch einmal mit Calebs Telefonnummer. Diesmal klingelt es zweimal, bevor sich der Anrufbeantworter meldet, was bedeutet, dass Caleb mir absichtlich aus dem Weg geht.

»Mistkerl!«

Total verletzt werfe ich mein Handy auf die Couch.

Habe ich etwas falsch gemacht? Sind wir zu früh ins Bett gehüpft, nachdem wir uns zum Paar erklärt haben?

Aber im Ernst ... was ist passiert in den sechs Stunden, die ich geschlafen habe?

Ich weiß nicht, was der Auslöser sein könnte. Ich weiß nicht, wie ich Caleb erreichen kann, wenn er meine Anrufe nicht beantwortet. Ich weiß nicht, wie ich sein Verschwinden meinen Eltern erklären soll, die voraussichtlich morgen früh nach Hause kommen.

Ich weiß im Augenblick gar nichts, und der Einzige, von dem ich mir wünsche, er wäre hier, um mich zu trösten, ist der, der mich verlassen hat.

• • •

»Wir sind wieder da!«

»Ich bin sicher, sie ist total überrascht, das zu hören, Honey. Du hast ihr gerade geschrieben, dass wir die Einfahrt hochfahren«, bemerkt mein Dad trocken.

Als die neuen Stimmen in seine Welt eindringen, fliegt Mittens von meinem Schoß und rast den Flur hinab zu seiner sicheren Schlafstelle.

Ich erhebe mich zögernd von der Couch, wohl wissend, dass die Reaktion meiner Mutter sehr dramatisch ausfallen wird, wenn sie mich erst einmal sieht. Ich habe dunkle Ringe unter den Augen vom Schlafmangel, und mein Haar ist ein totales Chaos. Letzte Nacht hatte ich nicht viel mehr als eine Stunde Schlaf, weil sich kein Caleb an mich gedrückt hat.

Ich vermisse ihn.

Ich bin sauer auf ihn.

Und ich habe immer noch keinen Ton von ihm gehört.

Einen Augenblick bin ich besorgt um ihn, und im nächsten koche ich vor Wut. Ich finde einfach keinen Mittelweg.

»Hey, bist du –«

Meine Mutter presst die Hand auf den Mund, genau wie ich es vorhergesehen habe.

»Lieber Himmel, Zohanna. Was ist passiert? Du siehst furchtbar aus.«

Wie du es eingeübt hast, Zoe. Ganz ruhig bleiben.

»Mir geht es nicht gut, Mama. Ich glaube, ich habe mir etwas eingefangen. Wahrscheinlich fahre ich heute Abend nach Hause.«

Sie nimmt mich in die Arme, und ich lasse mich fallen, lasse mich von ihr trösten, auch wenn sie nicht so recht weiß, warum. »Unsinn. Du bleibst bis morgen, wie geplant. Wir füttern dich mit Suppe und schicken dich morgen zurück zum College.«

Ich nicke an ihrer Schulter.

»Bist du dir sicher, dass alles in Ordnung ist? Wo ist denn dein sündhaft attraktiver neuer Freund?« Sie kichert mädchenhaft, und ich muss einfach lächeln.

»Er musste schon los. Seine … früheren Mitbewohner machen Schwierigkeiten wegen seines Motorrads, das er dortgelassen hat.«

Moms Augenbrauen schieben sich zusammen, und aus dem Augenwinkel nehme ich wahr, dass mein Vater zu uns herüberblickt.

Verdammt, habe ich etwa erzählt, dass Caleb sein Motorrad verkauft hat? Ich weiß es nicht mehr …

Sie tauschen einen Blick aus, sagen aber weiter nichts dazu.

»Na, das ist aber schade. Hat er wenigstens sein süßes

Kätzchen dagelassen? Ich habe gehofft, ein bisschen mit ihm schmusen zu können.«

»Ja, hat er. Ich hole es.«

»Halt, halt – keine Umarmung für deinen alten Herrn?«

Ich gehe auf meinen Dad zu, direkt in seine ausgebreiteten Arme. Er drückt mich besonders fest an sich, als ob er wüsste, dass irgendetwas nicht stimmt. Ich blinzle die Tränen weg, die mir in den Augen brennen. Ich liebe meine Eltern und ihre bedingungslose Unterstützung, aber im Moment möchte ich einfach allein sein. Ich brauche Zeit, um mir über alles klar zu werden, um mir über meine Gefühle klar zu werden.

Als mein Vater mich freigibt, gehe ich schnell den Flur hinab und schließe mich in das Zimmer ein, das ich mit Caleb geteilt habe.

Ich bin so … wütend.

Warum konnte er mich nicht aufwecken? Warum konnte er nicht mehr hinterlassen als vier Worte auf einem Stück Papier? Und warum zum Teufel kann er nicht ans Telefon gehen? Mir schreiben? Irgendetwas!

Ich ziehe mein Handy aus der Tasche und checke es zum millionsten Mal.

Nichts.

Immer noch.

Ich glaube, es ist diese totale Schweigsamkeit, die mich am meisten ärgert.

Am liebsten würde ich ihm jetzt ein paar sehr wütende Botschaften zukommen lassen, aber ich weiß, dass uns das nicht weiterbringt. Ich habe aber auch nicht genug Energie übrig, um Freundlichkeit vorzutäuschen, also schreibe ich gar nichts.

Ich hebe Mittens hoch, gehe zur Tür und bleibe stehen. Ich hole tief Luft und straffe die Schultern.

Was soll's!

Ich werde nicht zulassen, dass Calebs Verschwinden den Tag mit meinen Eltern ruiniert. Ich gehe jetzt da hinaus mit einem Lächeln auf den Lippen und genieße den Rest meines Urlaubs. Zum Teufel mit Caleb Mills!

21. Kapitel

CALEB: Morgen bin ich zu Hause.

CALEB: Tut mir leid, dass ich verschwinden musste. Es gab da etwas, um das ich mich kümmern musste.

ICH: Also, weißt du, Caleb, es gibt immer »etwas«, um das du dich kümmern musst, das ist auch okay. Ich verstehe, dass du Verpflichtungen hast usw., aber nicht einfach mitten in der Nacht wegzugehen, DIREKT NACHDEM WIR ZUM ERSTEN MAL MITEINANDER GESCHLAFEN HABEN, das wäre einmal eine gute Idee gewesen.

CALEB: Es lag nicht an dir. Es lag an mir.

ICH: KLISCHEE!

CALEB: Aber die Wahrheit!

ICH: Bestimmt. Aber das entschuldigt trotzdem nicht, dass du einfach verschwunden bist und während der ganzen Zeit, die du weg warst, nicht einmal meine Anrufe beantwortet hast. Nicht einmal eine kleine SMS geschickt hast. Nicht ein Wort darüber verloren hast, wohin um alles in der Welt du verschwunden bist.

ICH: Ich verstehe es nicht. Wir sind zusammen, oder? Das hatten WIR besprochen. Freund und Freundin ghosten sich nicht gegenseitig. So funktioniert eine Beziehung nicht, so funktioniert Kommunikation nicht.

CALEB: Wir haben aber darüber geredet. Wir haben besprochen, dass wir über mein anderes Leben reden, wenn wir wieder zu Hause sind.

ICH: Stimmt, aber das bedeutet nicht, dass es erlaubt ist, MITTEN IN DER NACHT ZU VERSCHWINDEN und dann auch noch NICHT MIT MIR ZU REDEN.

CALEB: Das hätte ich nicht tun dürfen. Es tut mir leid.

ICH: Entschuldigung angenommen, aber das ändert nichts daran, wie sauer ich bin.

ICH: Verlassen zu werden, tut weh. Nackt im Bett verlassen zu werden, tut noch mehr weh.

ICH: Ganz zu schweigen davon, dass ich meinen Eltern, die sich übrigens sehr auf dich gefreut hatten, erklären musste, wo du abgeblieben warst.

ICH: Und dein Kater. Nicht zu vergessen, dein Kater. Den hast du auch noch hiergelassen.

CALEB: Es lag wirklich nicht an dir. Ganz bestimmt.

CALEB: Und ich werde mich auch ganz sicher bei deinen Eltern entschuldigen. Es war blöd von mir.

ICH: Ja, ja.

CALEB: Es tut mir leid, dass ich dir das angetan habe. Das war nicht fair.

ICH: Noch einmal, ich akzeptiere deine Entschuldigung, aber ich bin trotzdem wütend.

ICH: Ich glaube, ich brauche noch Zeit, um mich zu beruhigen. Ich muss nächste Woche ein Projekt abgeben und mich wirklich darauf konzentrieren. Ich glaube, du brauchst auch Zeit für dich, um zu entscheiden, wie du in Zukunft damit umgehen willst, dass du hier ein Leben hast und dort. Die Grenze zwischen beiden scheinen sich zu verwischen, und das nervt.

CALEB: Was heißt das für uns beide?

ICH: Ich bin mir nicht sicher, Caleb.

CALEB: Heißt das, wir ... wir machen Schluss?

ICH: Nein, ich glaube nicht. Ich glaube, wir müssen uns nur irgendwie ... über manche Dinge klar werden.

CALEB: Das macht mir Angst.

ICH: Ich weiß. Mir auch.

• • •

CALEB: Tut mir leid, dass ich dich allein gelassen habe. Tut mir leid, dass ich dich mit deinen Eltern allein gelassen habe. Tut mir leid, dass ich für den Rest unseres Urlaubs nicht da war.

CALEB: Ich habe das Gefühl, ich stecke fest zwischen zwei Welten, beide voller Verpflichtungen, vor denen ich mich nicht drücken kann.

CALEB: Es tut mir so verdammt leid.

• • •

Es ist fast Mitternacht, als ich höre, wie sich im Schloss der Eingangstür ein Schlüssel dreht. Seit fast einer Stunde liege ich schon im Bett und versuche zu schlafen, ein neuartiges Problem für mich, seit Caleb weg ist. Ich habe mich so daran gewöhnt, ihn bei mir zu haben, dass ich mich anscheinend ohne ihn nicht mehr genug entspannen kann. Ich spüre jede Unebenheit in der Matratze, jede Vertiefung, jeden kühlen Fleck.

Es nervt mich zu sehr, um einschlafen zu können.

Ich höre, wie er in der Wohnung umhergeht, höre, wie er leise mit dem Kater murmelt. Ich lausche, als er sich im Badezimmer einschließt. Das Quietschen des Wasserhahns hallt von den Wänden wider.

Ein Teil von mir kann kaum der Versuchung widerstehen, die Tür zu öffnen und mich zu Caleb unter die Dusche zu stellen. Der andere Teil will sich nicht von der Stelle rühren.

Dieser Teil behält die Oberhand.

Caleb bleibt volle zwanzig Minuten unter der Dusche, dann hört der Wasserstrahl auf. Ich unterdrücke ein Lachen, als er eine Reihe Flüche ausstößt, nachdem er bemerkt, dass er keine frischen Sachen mit ins Badezimmer genommen hat.

Die Badezimmertür öffnet sich. Ich presse die Augenlider zusammen.

Caleb tappt herein, und mein Herz schlägt so laut, dass ich nicht den geringsten Zweifel daran habe, dass er merkt, dass ich wach bin.

Schubladen werden aufgezogen und wieder zugeschoben, und obwohl Caleb sich alle Mühe gibt, leise zu sein, klingt jedes Geräusch unglaublich laut in der Dunkelheit.

Neben mir senkt sich die Matratze ein wenig ab. Plötzlich ist die Spannung im Raum körperlich spürbar.

Ich kann mich nicht rühren.

Kann nicht denken.

Kann nicht atmen.

Caleb schlingt die Arme um mich und drückt einen Kuss auf meine nackte Schulter. Er schmiegt das Gesicht an meinen Hals und atmet tief ein.

Ich gebe keinen Mucks von mir.

»Zoe.«

Es klingt wie ein Fluch und wie ein Gebet.

Ich habe es vermisst, das zu hören. Ich habe es vermisst, Caleb meinen Namen sagen zu hören.

Ich habe ihn vermisst.

Ich kämpfe mit mir, möchte mich zu ihm umdrehen und ihn umarmen, aber ich möchte auch alles einfach verdrängen und mich ausruhen und erst morgen früh darüber reden.

Ja. Morgen. Das klingt gut.

Zum ersten Mal seit mehreren Nächten falle ich in einen tiefen, erholsamen Schlaf und habe nicht den geringsten Zweifel, dass das daran liegt, dass Caleb mich fest in den Armen hält.

• • •

CALEB: Ich wollte dir nur Bescheid sagen, dass ich heute Abend nicht vor elf zu Hause bin und deshalb nicht kochen kann.

ICH: Ich arbeite heute Abend, also kein Problem.

CALEB: Oh! Ich dachte, du hast dienstags frei.

ICH: Normalerweise ja, aber jemand hat gekündigt, und was liegen geblieben ist, muss aufgeholt werden.

CALEB: Verstehe.

• • •

CALEB: Du sollst wissen, dass ich dir NICHT aus dem Weg gehe. Ich war einfach zu beschäftigt. Ich nehme an, das weißt du, aber ich wollte einfach jeden Zweifel ausräumen.

CALEB: Ich vermisse dich wahnsinnig, und ich bin dankbar, dass du mich noch nicht aus deinem Zimmer ausgesperrt hast.

ICH: Das ging nicht. Du bist nachts einfach zu kuschelig.

CALEB: Ha! Ist das der einzige Grund, weshalb du noch nicht Schluss gemacht hast?

ICH: Nein.

ICH: Ich mag dich.

ICH: Ich bin immer noch sauer, aber ich mag dich.

CALEB: Ich weiß, und es tut mir leid. Ich erkläre dir nachher alles, aber ich will, dass wir dieses Gespräch von Angesicht zu Angesicht führen.

ICH: Wann?

ICH: Ich sterbe nämlich gleich, Caleb.

CALEB: Wann bist du das nächste Mal frei?

ICH: Frei im Sinn von Zeit haben oder frei im Sinn von gleichzeitig mit dir freihaben?

CALEB: Mist! Du hast recht. Ich schätze, Letzteres.

ICH: Ich habe jeden Donnerstag frei. Kein Kurs, gar nichts.

CALEB: Dann muss ich es so einrichten.

CALEB: Zoe?

ICH: Ja?

CALEB: Danke, dass du mich nicht hasst und mir eine Chance gibst, alles zu erklären. Ich vermisse dich.

ICH: Ich vermisse dich auch.

22. Kapitel

»Miss? Ist dieser Platz frei?«

Ich blicke auf den leeren Sitz neben mir und runzle die Stirn.

»Nein. Setz dich ruhig«, sage ich zu dem Fremden.

Der Platz sollte besetzt sein, aber er ist es nicht.

Als ich heute Morgen aufwachte, war das Bett neben mir kalt und leer, und ein Zettel von Caleb lag da mit der Nachricht »Wir reden heute Abend«.

Dann kam der Abend, und wer nicht auftauchte, war Caleb.

Also bin ich losgegangen, denn ich werde auf gar keinen Fall mein monatliches Date mit *Rocky Horror* verpassen wegen eines Mannes, der mich ständig ghostet und versetzt.

Die vergangene Woche hat mich daran erinnert, wie es war, als Caleb gerade eingezogen war. Wir leben mit völlig unterschiedlichen Zeitplänen und haben keine Chance, uns für ein echtes Gespräch Zeit zu nehmen. Er ist damit beschäftigt, die Stunden auszugleichen, die er während der Zeit in Outer Banks verpasst hat, und ich bin mit meinem Projekt beschäftigt.

Um ehrlich zu sein, habe ich mich kein einziges Mal beeilt, nach Hause zu kommen, um ihn zu sehen. Ich bin immer noch ein bisschen sauer, weil er mich im Urlaub sitzen gelassen hat, nackt und allein im Bett und später mit meinen Eltern.

Da kein echtes Gespräch mehr stattgefunden hat, seit er mitten in der Nacht nach Hause geschlichen kam, bin ich bis jetzt kein bisschen klüger. Ich möchte ein paar Antworten, und ich glaube, das ist nicht zu viel verlangt.

Ich bin wütend, aber ich habe es ehrlich gemeint, als ich Caleb sagte, dass ich ihn immer noch mag. Das tue ich wirklich, und das ist das Schwierigste an der ganzen Sache – Gefühle zu haben. Deshalb wollte ich immer nur kurze Affären. Die sind problemlos, ohne Zusatzlasten. Ich muss nicht noch mehr zur Liste an Herzschmerz in meinem Leben hinzufügen.

Ist ja klar, wenn ich beschließe, der Beziehung zu einem Mann eine echte Chance zu geben, dann schleppt der seine eigenen Altlasten mit sich herum.

Typisch mein Pech.

Ich möchte wieder wie früher vor den Gefühlen fliehen und diesem ganzen Mist einfach aus dem Weg gehen. Das war einfacher als das, was jetzt passiert.

»Danke«, sagt der Mann und quetscht sich auf den Sitz neben mir.

Er fängt an, in dem Prop-Bucket herumzukramen, den das Theater zur Verfügung stellt und der alle notwendigen Requisiten enthält. Er zieht die Anleitung heraus und überlegt wohl, was zum Teufel er damit anstellen soll.

Anfänger.

Das Licht wird gedimmt, der berühmte Mund erscheint auf der Leinwand und ein freudiger Schauer überläuft mich. Es spielt keine Rolle, wie oft ich diesen Film schon gesehen habe, ich finde es immer noch aufregend, wenn der Vorspann losgeht.

Außer diesmal.

Sosehr ich die *Rocky Horror Picture Show* liebe und mich jeden Monat auf diesen Abend freue, irgendwie fehlt heute etwas. Ich sollte eigentlich mit Caleb hier sein. Mittlerweile sollte zwischen uns alles klar sein, aber er ist nicht da, und nichts ist klar.

Der Typ neben mir greift wieder in seinen Eimer und versucht sich auf die erste Publikumsaktion vorzubereiten.

»Reis«, sage ich.

»Wie?«

»Jetzt brauchst du den Reis. Das ist die erste Requisite, die drankommt.«

Er blickt mich dankbar an. »Danke! Bin zum ersten Mal dabei.«

»Ich weiß. Merkt man.«

»So offensichtlich?«

»Du kriegst das schon hin. Mach es einfach mir nach.«

Jemand tritt gegen meine Rückenlehne, und ich drehe mich um und werfe einen erbosten Blick auf die Person, die hinter mir sitzt. Da ist jede Menge Platz zwischen den Sitzreihen, also kein Grund, gegen meinen Sitz zu treten.

Es ist dunkel im Kino, aber man kann doch eindeutig erkennen, dass der Mann von Kopf bis Fuß als Dr. Frank N. Furter ausstaffiert ist.

Ich musterte ihn oberflächlich, bevor ich mich wieder umdrehe und ihn aus meinen Gedanken verbanne.

Der erste Song nähert sich dem Ende, und wir sind auf dem Weg zur Kirche, um der Verlobung von Brad Majors (Arschloch!) und Janet Weiss beizuwohnen.

Der arme Kerl neben mir ist zu nervös, um seinen Reis richtig weit zu schleudern, und deshalb endet das meiste davon in der Kapuze seines Vordermanns. Der Mann ist für mich wirklich das Highlight des Abends. Während der Film weiterläuft, helfe ich ihm Schritt für Schritt durch seinen Prop-Bucket.

Nach dem dritten Tritt gegen meine Rückenlehne bin ich richtig sauer.

Was ist nur los mit dem Typ?

Ich beuge mich zu dem Mann neben mir. »Tritt der auch ständig gegen deinen Sitz?«

Er sieht mich an und macht große Augen. »Wer?«

Schon wieder ein Tritt.

»Dieser Idiot hinter uns«, sage ich.

»Nein, ich merke nichts.«

»Was zum Teufel …?«, brumme ich. »Bilde ich mir das nur ein?«

Ich tue mein Bestes, um für den Rest des Abends diese Tritte zu ignorieren, wobei mir auffällt, dass sie nur dann auftreten, wenn ich mit meinem Nachbarn rede.

Idiot.

Die Lichter flackern kurz, und mein Nachbar hüpft fast

vom Sitz. Das Greenhorn ist wirklich das Beste heute Abend.

»Ganz ruhig. Das ist jetzt die Aufforderung an alle kostümierten Zuschauer, nach vorne zu kommen für die Burlesque-Nummer. Es macht viel mehr Spaß, wenn zwanzig oder noch mehr Franks und Rockys auf der Bühne sind.«

»B-Burlesque?«

Ich muss lachen, der Typ ist ja so arglos. »In jedem Kino läuft es ein bisschen anders, und hier werden jetzt die Kostümierten auf die Bühne gerufen.«

Er nickt und blickt wieder nach vorne.

Ich spüre, dass der Typ hinter mir an meine Rückenlehne stößt, als er aufsteht, um sich vor dem voll besetzten Saal zu präsentieren. Ich blicke in seine Richtung und ziehe eine verächtliche Grimasse.

Er antwortet mit einem belustigten Grinsen.

Blödmann!

Ich widerstehe der Versuchung, etwas nach ihm zu werfen, und schaue zu, wie er nach vorne stakst. Unfassbar, wie er es schafft, mit diesen Vierzehn-Zentimeter-Absätzen zu gehen. Ich selbst komme kaum mit zehn Zentimetern klar.

Das »Ensemble« versammelt sich auf der Bühne, und ich ertappe mich dabei, dass mein Blick von dem Kerl, der hinter mir gesessen hat, magisch angezogen wird. Er überragt alle anderen bei Weitem, muss also ohne die Absätze schon mindestens eins achtzig groß sein. Sein Blick irrt suchend über die Zuschauer, und ich frage mich einen Moment lang, ob es für ihn vielleicht auch das erste Mal ist.

Dann landet sein Blick auf mir, und er fängt an, breit

zu grinsen. Kurz bevor die Musik einsetzt, wirft er mir eine Kusshand zu.

Völlig perplex verkrieche ich mich in meinen Sitz und weiche seinem Blick aus.

»Ich nehme mal an, der meint dich«, flüstert der Typ neben mir.

Ich antworte nicht. Ich bringe keinen Ton heraus.

Etwas wird mir gerade sonnenklar.

Der Typ in Slip, Netzstrümpfen, Strumpfhalter, rotem Korsett und Federboa ist niemand anders als der Mann, in den ich mich in kürzester Zeit ernsthaft verliebt habe.

Ein extrem breites Grinsen breitet sich auf meinem Gesicht aus, und da weiß er, dass ich es kapiert habe.

Amüsiert schaue ich zu, wie sie den gesamten *Rose Tint My World*-Teil durchtanzen, komplett mit dem unvermeidlichen Stolpern und dem Verlust einer Perücke. Es ist keine Sekunde langweilig, zumal meine Aufmerksamkeit sich auf Caleb konzentriert und seine auf mich.

Er macht das für mich.

Bei der letzten Szene stehen wir auf und applaudieren. Die Franks und Rockys und Magentas und Riff Raffs verbeugen sich, und dann strömen die Zuschauer nach vorne zu ihren Freunden und Partnerinnen.

Ich winke einigen von ihnen zu, die ich im Lauf der Jahre kennengelernt habe, und warte geduldig darauf, dass Caleb zu mir herüberstakst.

Es sind nur noch wenige auf der Bühne, als er endlich von der Seitenbühne her auftaucht.

Einer der Organisatoren der Show ist bei ihm und klopft

ihm auf die Schulter. Sie bewegen die Lippen, aber ich kann nicht verstehen, was sie sagen.

Endlich, nach einer gefühlten Ewigkeit, geht er in meine Richtung.

Mir bleibt der Atem stehen, und mein Herz pocht wie verrückt vor Aufregung.

»Hi«, flüstert er, als er einen knappen halben Meter von mir entfernt stehen bleibt.

Er hat immer noch Lippenstift auf den Lippen, und ich muss mich beherrschen, nicht die Hand auszustrecken und die Farbe wegzuwischen.

»Hi!«

»Wie hat dir die Show gefallen?«

»Wann hast du nur die Zeit gefunden, diese verflixten Tanzschritte einzuüben?«

Er grinst. »Deshalb war ich diese Woche immer bis spätnachts unterwegs – trainieren für *Rocky Horror*.«

»Du bist nicht nach Hause gekommen, um mit mir zu reden, wegen der *Rocky Horror Picture Show*?« Er nickt. »Ich kann dir nicht einmal böse sein.«

»Umso besser.«

Ich deute mit dem Finger auf ihn. »Das heißt aber nicht, dass du aus dem Schneider bist.«

Er seufzt und setzt sich auf den Sitz neben mir. »Ich weiß. Ich habe dir eine Menge zu sagen.«

»Ja, das tust du.«

»Was hältst du davon, nach Hause zu gehen? Beim Frühstück erzähle ich dir alles.«

»Frühstück?«

Er zieht sein Handy hervor. »Es ist zwei Uhr morgens.«

Mein Magen knurrt, während ich über seinen Vorschlag nachdenke, und seinem Lächeln nach zu urteilen, hat er das gehört. Ich neige den Kopf, schürze die Lippen und denke nach.

»Wird das ein *Breakfast mit Beats?*«

»Als ob du mich das fragen müsstest.«

• • •

Ich schließe die Wohnungstür auf.

Mittens kommt aus dem Schlafzimmer gerannt und springt direkt auf Calebs Arme.

»Er hat dich vermisst, weißt du.«

Caleb steckt die Nase in das Fell des Katers. »Ich habe dich auch vermisst, Kumpel.«

Wir lassen uns zu dritt in der Küche nieder, wo ich mich um die Musik kümmere und Caleb die Zutaten für *Biscuits and Gravy* zusammenstellt.

Als ich mir ein Bier holen will und auf dem Weg zum Kühlschrank an ihm vorbeikomme, legt er den Arm um meine Taille und zieht mich zu sich heran. Er legt mir einen Finger unters Kinn und zwingt mich, seinen Blick zu erwidern. Er streicht mir eine Strähne aus dem Gesicht und lächelt.

»Kann ich dich küssen?«

Meine Knie werden weich, als er das sagt, und ich antworte, indem ich meine Lippen auf seine drücke, zum ersten Mal in dieser Woche.

Es ist ein zärtlicher, langsamer Kuss, doch Caleb entzündet genau die richtige Art von Feuer in mir, als er meine Lippen mit seinen liebkost. Er hebt mich hoch, setzt mich auf dem Stück Arbeitsplatte ab, das gerade erreichbar ist, und geht zwischen meinen Beinen in Position.

Unser Kuss wird immer intensiver, der Druck von Calebs Lippen stärker. Dann spüre ich seine Hände in meinem Haar, und er hält meinen Kopf fest. Er küsst mich, als ob das unsere allerletzte Chance wäre, uns zu küssen, als ob er Angst hätte, mich jemals wieder gehen zu lassen, ja, als ob er Angst hätte.

Es gibt nichts, wovor er Angst haben müsste.

Meine Hände gleiten über seinen Rücken und seine Brust. Als meine Finger seine warme Haut berühren, zuckt er zurück, löst seinen Mund von meinem und schnappt nach Luft.

»Verdammt«, sagt er. »Es tut mir leid. Ich wollte nicht, dass es ausartet.«

»Caleb, es ist in Ordnung.« Ich zupfe an seinem Shirt. »Ich will es. Ich will dich.«

»Ich will dich auch, aber du verdienst ein paar Antworten.«

In meinem Anfall von heißem Verlangen habe ich ganz vergessen, wie sauer ich eigentlich auf ihn bin.

»Du hast recht. Geh weg!«

»Was?«

»Geh weg! Geh, setz dich an den Tresen oder was auch immer. Ich schneide die Wurst.«

Er weicht zurück. »Du willst was mit meinem Schwanz machen?«

»DIE Wurst, nicht deine.« Er schiebt verwirrt die Brauen zusammen. Ich deute auf den Herd. »Für *Biscuits and Gravy*.«

»Oooooh. Ja, das macht Sinn.«

»Ja, also zieh Leine. Ich kann dich jetzt nicht in meiner Nähe haben. Ich will einen klaren Kopf, wenn du mir alles erklärst.«

Er nickt langsam. »Richtig. Okay. Du hast recht.«

Er setzt sich an den Küchentresen, stößt einen tiefen Seufzer aus und klappt die Hände zusammen. Er sieht fast aus, als würde er beten, als er das Kinn auf die Fingerspitzen stützt.

»Meine Mom war nicht immer die allerbeste Mom.«

Ich hüpfe von der Arbeitsplatte herunter und gehe zum Herd, denn ich denke, es hilft Caleb vielleicht, wenn er das Gefühl hat, unbeobachtet zu sein.

»Sie ist Stripperin – du weißt schon, Hauptsache, es kommt irgendwie Geld herein. Aber wie man sich vorstellen kann, kommt man in so einer Umgebung nicht gerade mit den besten Leuten zusammen, zumal es in der Stadt, aus der ich komme, kaum etwas gibt außer Kriminalität und Abschaum und hungrige Kinder. Sie ... hängt also dort fest, und sie zieht meinen Bruder mit sich in den Abgrund. Es ist ein verdammtes Wunder, dass ich es da herausgeschafft habe.«

Ich bearbeite die Wurst mit dem Spatel und sage, ohne mich umzudrehen: »Aber hast du das auch wirklich, Caleb?«

»Wie?«

»Hast du es wirklich herausgeschafft? Du steckst so fest zwischen den beiden Welten, dass ich nicht glaube, dass du wirklich so weit weg davon bist, wie du selbst glaubst.«

Ich höre, wie er mit den Händen auf den Tresen schlägt, nicht wütend, eher resigniert. »Es ist so schwer ... so viel schwerer, als du dir vorstellen kannst.«

»Was ist schwer?«

»Sie rufen an, ständig. Sie wollen, dass ich bei ihnen bin – sie brauchen mich. Sie haben nichts zu essen mehr, keinen Alkohol mehr, kein Geld, keine Zigaretten und so weiter. Und ich?« Er lacht bitter. »Ich habe kaum noch Kraft zum Widerstand.«

Es ist das erste Mal, dass er offen über seine Familie redet, und es schmerzt mich, ihn so reden zu hören. Er hört sich so kraftlos an, so vernichtet. Außerdem höre ich auch eine gewisse Panik aus seinen Worten heraus. Ich habe den Eindruck, Caleb meint, er muss das Sicherheitsnetz zur Verfügung stellen, damit seine Familie nicht untergeht, und vergisst dabei, sein eigenes Leben zu leben.

»Ich habe meine Chance, in die Major League aufgenommen zu werden, wegen ihnen verspielt.« Seine Stimme verzerrt sich, und ich lasse fast den Spatel fallen. »Ich habe alles aufgegeben.«

»Was ist passiert?«

»Mein Bruder hat einem kaputten Typen Geld geschuldet. Der ist zu ihnen gekommen und hat versucht, ihm einzuheizen. Ich habe das nicht zugelassen. Er ist ja erst sechzehn. Also habe ich mich der Sache angenommen.«

»Der Sache angenommen?«

»Mit den Fäusten.«

»Oh«, sage ich nur.

»Das ist noch nicht alles.« Caleb verzieht angewidert die Lippen. »Die Cops wurden alarmiert, und sowohl meine Mom als auch mein Bruder haben ausgesagt, ich hätte die Prügelei provoziert.«

Ich fahre herum, fassungslos. »Nein.«

»Doch.«

»Das ist … i-ich … mir fehlen die Worte, ich kann gar nicht sagen, wie niederträchtig das ist.«

Eine Weile herrscht Schweigen. Das Essen brutzelt auf der heißen Herdplatte, aber ich kümmere mich nicht darum.

»Warum gehst du immer wieder dorthin?«

»Meine Grandma. Sie lebt dort im Altenheim.« Caleb dreht den Kopf in meine Richtung. »Sie ist es, die ich jeden Sonntag besuche.«

»Ich dachte, du fährst wegen deiner Mom und deinem Bruder dorthin?«

»Ich fahre hin, um ihnen Geld zu geben oder was immer sie wollen. Ich treffe mich mit ihnen an der Bushaltestelle. Ich weigere mich, noch einmal den Trailer zu betreten.«

Aha. Interessant …

»Und dieses letzte Mal, als du nach Hause gefahren bist?«

Zorn blitzt auf in seinen Augen. »Meine Mom hat mitten in der Nacht angerufen, total hysterisch, und behauptet, meine Grandma sei gestürzt, also bin schnell hingefahren.« Er schüttelt den Kopf, wütend auf sich selbst. »Ich hätte wissen müssen, dass das vorgetäuscht war – meiner Mom ist es völlig egal, was mit meiner Grandma passiert.«

»Vorgetäuscht?«

»Grandma ging es gut.« Er grinst. »Die alte Soldatin haut so schnell nichts um. Sie ist zäh wie Rindsleder.«

»Aber was wollte deine Mom denn sonst?«

Sein Blick wird eiskalt, und ich sehe, dass er jeden einzelnen Muskel anspannt. »Geld.«

»Nach allem, was passiert ist, hat sie dich angerufen, weil sie Geld wollte?«

»Klar hat sie das. Sie findet nicht, dass sie etwas falsch gemacht hat.«

»Sie findet nicht …« Ich stoße einen wütenden Schrei aus. Ich weiß nicht, wie ich darauf reagieren soll. »Warum bist du dann länger geblieben?«

»Papierkram. Ich bin jetzt Alleinerbe meiner Grandma und ihre einzige Kontaktadresse für Notfälle. Jetzt habe ich praktisch nichts mehr mit meiner Mom und meinem Bruder zu tun.«

Ich verschränke die Arme vor der Brust. »Und warum konntest du mir das nicht schon längst erklären?«

Er stößt einen lauten Seufzer aus und wischt sich mit beiden Händen übers Gesicht. »Es ist mir einfach peinlich, die ganze Sache mit meiner Familie. Meine Mom ist einem Drogendealer gegenüber loyaler als gegenüber ihrem eigenen Sohn. Mein Bruder will lieber selbst Drogendealer sein, als seinen Highschool-Abschluss zu machen.«

Caleb starrt blicklos an mir vorbei. Es macht mich ganz

verrückt, zu sehen, wie sich ein Wust von Gefühlen auf seinem Gesicht ausdrückt. Er wirkt so … verloren.

»Ich habe es versucht. Ich habe mir so verdammt viel Mühe gegeben, um ihr Leben zu verbessern. Mann, ich habe ihnen sogar angeboten, ihnen zu helfen, hierher zu ziehen und den ganzen Mist hinter sich zu lassen, aber das wollen sie gar nicht. Sie mögen es, so zu leben. Wie soll ich erklären, dass meiner Familie das mehr wert ist als ich? Als Stabilität? Es ist traurig und schmerzhaft und so verdammt dumm.« Endlich blickt er mich an. »Ich wollte dir keine Angst machen. Im Nachhinein war es vielleicht keine gute Idee, so eine Nachricht zu hinterlassen.«

»Im Nachhinein?« Ich hebe die Stimme bei der letzten Silbe. »Findest du?«

Verlegen zuckt er mit den Schultern. »Es tut mir leid, Zoe. Es tut mir wirklich leid.«

»Was jetzt, Caleb? Wie geht es jetzt weiter?«

Er richtet sich auf seinem Stuhl auf und wölbt entschlossen die Brust vor. Sein Blick wird härter.

»Ich bin es leid, ihre Bank zu sein, bin es leid, mich von ihnen ausnutzen zu lassen, und ich habe verdammt noch mal die Nase voll davon, mir meine Zeit mit dir von ihnen stehlen zu lassen. Ich habe genug davon, ständig Kompromisse zu machen. Ich will diese toxischen Verhältnisse nicht mehr. Ich will dich.«

»Mich?« Mir versagt fast die Stimme.

Caleb steht auf und geht auf mich zu. Seine Bewegungen drücken Stärke und Entschlossenheit aus.

Er umfasst mein Gesicht mit beiden Händen und kippt

meinen Kopf zurück, damit ich seinen Blick erwidern kann. Er blickt ganz ernst zu mir herab.

»Dich, und dieses Apartment. *Breakfast und Beats*. Mittens. Unsere Touren zum Supermarkt, die verflixten Stundenpläne und das Chatten. Dich. Ich will dich.«

»Bist du dir sicher?«

»Ich war mir in meinem ganzen Leben noch nie sicherer.«

»Gute Antwort.«

Er grinst. »Ich weiß.«

Er drückt mir einen schnellen Kuss auf die Lippen, und ich ziehe an seinem Shirt und halte ihn fest.

Ich warte, bis er mir in die Augen sieht, bevor ich etwas sage. »Du hast nichts, was dir peinlich sein müsste, verstanden? Ich bin für dich da, ich bin nicht dafür da, dich zu verurteilen. Wir sind ein Team. Lass mich nie wieder – und ich meine wirklich NIE wieder – auf diese Art allein. Okay?«

Er schluckt hörbar. »Okay.«

Ich halte ihn immer noch fest.

»Ich verlange nicht von dir, dass du deine Familie aufgibst, klar? Das habe ich nicht gemeint, als ich von zwei Welten gesprochen habe. Ich wollte dir damit kein Ultimatum stellen. Ich mache mir Sorgen um dich und um sie und irgendwie auch um uns und darum, was das für unsere Zukunft bedeuten könnte.«

»Ich mag es, wenn du so etwas sagst wie ›unsere Zukunft‹.«

»Caleb …«

»Ich weiß.« Er drückt seine Stirn an meine. »Aber ich

muss das tun. Wenn ich jetzt kein Machtwort spreche und etwas unternehme, dann werde ich es niemals tun und werde immer nur mein Leben darauf einstellen, dass ihre Bedürfnisse befriedigt werden. Ich kann und ich werde das nicht tun. Ich bereite mich darauf vor, das College abzuschließen. Ich muss mir Gedanken um meine Zukunft machen. Ich kann mich nicht von ihnen immer wieder zurück in die Vergangenheit ziehen lassen. Ich tue das für mich, für uns und für sie.«

»Du bist ein guter Mann, Caleb.« Ich gebe ihm einen Klaps auf die Brust. »Und jetzt mach mir was zu essen. Ich sterbe vor Hunger, und du bist auf meiner schwarzen Liste.«

»Was?«

»Oh ja. Du bist noch nicht aus dem Schneider.«

»Bin ich nicht?«

»Nö.« Ich schüttle den Kopf. »Aber du kannst es wiedergutmachen mit ganz, ganz vielen Nächten im Bett ... oder auf der Couch. Dem Küchenboden, der Dusche, dem Tisch ...«

»Aber wir haben keinen Tisch.«

Ich zucke mit den Achseln. »Der Tresen zählt auch.«

»Versuchst du gerade, Sex mit mir zu haben, Zoe?«

»Nicht direkt jetzt. Jetzt will ich, dass du mir Frühstück machst.«

»Ich dachte, du bist die Frühstücksspezialistin.«

»Ja, aber das ist Teil deiner Bestrafung.«

Er kneift die Augen zusammen, als würde er mir nicht trauen. »Okay ...«

»Super!« Ich klatsche in die Hände. »Und jetzt zieh dich aus.«

»Wie bitte?«

»Hast du gepupst?«

Er prustet los. »Ich werde noch bereuen, dass ich dir das beigebracht habe.«

Ich schnippe mit den Fingern. »Ich warte.«

»Du meinst das ernst?«

»So ernst wie ein Herzinfarkt.« Ich gleite an ihm vorbei und den Flur hinab. »Ich nehme mein Frühstück im Bett ein!«

Ich höre, dass die Herdplatte ausgeschaltet wird, und grinse.

»Ha, ich auch«, verspricht er, als ich seine Schritte hinter mir höre. »Ich auch.«

• • •

ICH: Hast du mich tatsächlich schon wieder geghostet?

ICH: Nachdem wir Sex hatten?

ICH: WIEDER?!?!

CALEB: Ja.

ICH: Und, sprich, was ist dieses Mal so wichtig?

ICH: Hallo?

ICH: CALEB! Du hast zwei Minuten, um zu antworten, dann stehe ich auf, verlasse dieses Bett und und …

CALEB: Und was?

CALEB: Nichts? Ja, das dachte ich mir.

CALEB: Und jetzt still.

ICH: Caleb!

CALEB: STILL!

Ich koche, aber ich schreibe nicht zurück.

Es dauert keine dreißig Sekunden, dann höre ich, dass die Wohnungstür aufgeht. Ich lausche, als Caleb im Wohnzimmer umhergeht, seine Schlüssel auf dem Tisch ablegt. Dann landet etwas auf dem Tresen in der Küche, schließlich raschelt eine Tüte. Was zum …?

Dann höre ich das vertraute Bum-Bum-Bum eines fetten Basses aus den Lautsprechern im Wohnzimmer.

Ein Lächeln breitet sich auf meinem Gesicht aus, als die Musik von DMX durch die Wohnung dröhnt.

»Da sind die Beats«, murmle ich.

»Ich gehe durch den Flur!«, brüllt Caleb. »Ich betrete das Schlafzimmer!«

Ich lache über seine sarkastischen Ankündigungen und bin angenehm überrascht, als ich sehe, dass er eine Schachtel mit heißen, frischen Duck Donuts in der Hand hält.

Er setzt sich aufs Bett und rutscht nach oben, bis er sich neben mir ans Kopfende lehnen kann.

»Und hier ist das Frühstück.«

Ich blicke ihn tadelnd an, die Arme vor der Brust verschränkt, und merke erst jetzt, dass ich nur ein sehr dünnes weißes Hemd anhabe. »Ich dachte, du bist schon wieder fort. Ich war in Panik.«

Caleb legt die Schachtel mit Donuts auf den Nachttisch und wendet sich dann mir zu. Er zieht an meinen Händen, bis ich die Arme löse, und beugt sich zu mir herab. Dann hält er mit beiden Händen mein Gesicht fest und zwingt mich, seinen Blick zu erwidern und ihm aufmerksam zuzuhören, auf dass mir kein Wort entgehe.

»Ich habe dir doch gesagt, dass ich nicht mehr zu ihnen zurückgehe. Ich bin jetzt hier. Sie haben keine Macht mehr über mich. Ich will dieses Leben hier, mit dir. Ich will hier sein, will dein Freund sein, dein Mitbewohner. Einfach nur … für dich da sein. Jetzt und hier.«

»Jetzt und hier«, wiederhole ich. »Mit Breakfast.«

»Und Beats«, ergänzt er.

»Und Beats. Du bist wirklich eine Nummer, Caleb.«

»Und du magst das.«

Ich drücke mich an ihn und bringe meinen Mund ganz nah an seinen. »Ich mag das. Ich mag das wirklich, wirklich sehr.«

Epilog

Zehn Monate später.

»Warum, sagtest du, machen wir das?«

»Weil ich so sexy bin und du mich anbetest.«

»Verdammt«, brummt er. »Es ist scheißkalt hier draußen.«

»Scheiße ist heiß.«

»Was sagst du da?«

Ich drehe mich um. »Ich habe gesagt, Scheiße ist heiß. So heiß wie ich.«

»Hast du dich gerade mit Scheiße verglichen?«

»Oh!« Mein Kinn fällt herab. »Äh, egal. Du weißt, was ich meine.«

Er lacht leise. »J-j-ja.«

»OH mein Gott, hör auf, so ein Weichei zu sein. So schlimm ist es doch gar nicht.«

»Sagt das Mädchen, das bis zum Hals warm eingepackt ist.«

»Du hast auch eine Jacke an.«

»Eine Jacke, Zoe! Eine Jacke! Verdammt, ich habe nichts

an unter dieser ach so warmen Jacke bis auf ein Paar knappe goldene Shorts.«

Ich grinse. »Und wessen Schuld ist das?«

Er stößt eine Reihe Flüche aus. »Meine. Ich hätte lügen sollen, hätte sagen sollen, es war das mieseste Essen, das ich je zu mir nehmen musste.«

»Du kannst nicht lügen, wenn du jemanden liebst.«

»Ich fange wirklich an, mich zu fragen, wie tief meine Liebe zu dir geht.«

»Weil sie so viel tiefer geht, als du je gedacht hättest, nicht wahr?«

»Klar. Lassen wir es dabei.« Er fängt wieder an zu zittern. »Also wirklich, machen die jetzt bald die Tür auf, oder was? Mir friert gleich der Schwanz ab.«

»Hör auf mit dem Getue.«

Ehrlich gesagt stehen wir bei knapp zwei Grad über null im Freien, und Caleb trägt wirklich nur eine Jacke über seinen knappen goldenen Shorts, aber das passiert eben, wenn man wettet, dass die eigene Freundin keine anständige Mahlzeit zusammenbringt und sie die Wette gewinnt.

»Ich kann nicht glauben, dass du mich dazu gebracht hast, mich als Rocky zu verkleiden.«

»Hättest dich nach den Bedingungen erkundigen sollen, bevor du mit Handschlag zugestimmt hast.«

»Im Ernst, du hast ein verdammtes Glück, weil du so sexy bist und so gut im Deepthroating.«

Ich gebe ihm einen Klaps auf die Brust. »Caleb!«

»Was!«

»Du bist so ein Blödmann!«

»Aber das magst du doch so.«

»So! Halt, ich meinte no!«

Er wackelt mit dem Zeigefinger. »Ha-ha, ich habe es gehört. Gesagt ist gesagt.«

»Mach nur weiter so, dann lasse ich mich scheiden.«

»Wir sind noch nicht einmal verheiratet.«

Ich blicke ihn an und ziehe eine Braue hoch. »Noch. Aha?«

»Das wirst du mir jetzt ewig aufs Brot schmieren, oder?«

»Wahrscheinlich.«

Plötzlich ist sein Mund ganz nah an meinem Ohr. »Eines Tages werde ich dich heiraten, Zoe. Warte nur ab.«

»Könnt ihr bitte damit aufhören? Das ist ja ekelhaft.«

»Ja. Mir kommt es gleich hoch, und ich sehe gar nicht gut aus, wenn ich kotze.«

»Niemand sieht gut aus beim Kotzen, Zach«, stelle ich fest.

»Was soll's. Reißt euch einfach ein bisschen zusammen, okay?« Er dreht sich zu Delia um. »Wieso machst du eigentlich kein Deepthroating?«

Caleb und ich prusten vor Lachen, als Delia anfängt, ihn zu boxen. »Du bist so ein –«

»Arsch! Sag Arsch, Delia!«, sporne ich sie an.

»ARSCH!«

»Siehst du?«, sagt Caleb. »Ich bin nicht der einzige.«

»Du bist so eine Nervensäge.«

Er grinst zu mir herab. »Aber du liebst mich.«

Ich kann nicht verhindern, dass ich lächle. »Aber ich liebe dich.«

Danksagungen

Danke an meinen Marinesoldaten. Manchmal bin ich fast geschockt, wenn mir bewusst wird, in welchem Ausmaß du schon Eingang in meine Storys gefunden hast. In jedem meiner Helden steckst in gewisser Weise du. Dann wird mir klar, was für ein Glück ich habe, denn jeder meiner Helden ist ein verdammt toller Typ. Danke für zehn Jahre totale Verrücktheit. Du bist das Highlight in meinem Leben, und ich möchte nicht das Geringste daran ändern. Ich liebe dich.

Mom, du bist meine Heldin. Ich sage dir das nicht oft genug, aber es stimmt. Danke dafür, dass du immer an mich glaubst. Danke dafür, dass du immer für mich da bist, trotz der Entfernung, und danke dafür, dass du mich bedingungslos liebst. Das ist es, was ich am allerliebsten an dir mag.

C, Stann, Laurie und Nikki, vielen, vielen Dank für eure Anmerkungen. Danke dafür, dass ihr an Caleb und Zoe glaubt und dass ihr mir geholfen habt, dieses verflixte FaceTime-Kapitel in Ordnung zu bringen, und ein extralautes Dankeschön an Stann dafür, dass er mein Buch »gesund gepflegt« hat.

Wie immer an meine wundervolle Lektorin Caitlin von

Editing by C. Marie. Du forderst mich auf die bestmögliche Art, und ich glaube wirklich, dass meine Schreibe dank dir besser geworden ist. Danke!

Colleen Hoover, ich mache Screenshots von all den Gemeinheiten, die du an mich richtest. Eines Tages werde ich ein Buch daraus machen, und dann wird jeder wissen, was für eine fiese Nummer du wirklich bist. Nur im Scherz … vielleicht.

Alle meine Fieslinge, ihr wisst, dass ihr gemeint seid. Ihr seid die Schlimmsten, aber auf die bestmögliche Art.

Auch Sara Ney schulde ich ein großes Dankeschön. Sie steht immer zur Verfügung, mit ihrem verflixten coolen Akzent, um meine zufälligen Fragen zu beantworten oder mir Ratschläge zu geben. Du bist irgendwie so etwas wie die wirklich ältere, mit Wahnsinnsaugenbrauen gesegnete große Schwester, die ich nie wollte, aber das werde ich niemals wieder eingestehen – niemals, du Angeberin.

#Soulmate und Dammit Diann, ihr beiden … meine Güte, was ihr mit mir macht. Danke für die besten Marco-Polo-Abenteuer aller Zeiten!

An meine Familie, verwandt oder verschwägert, eure Unterstützung bedeutet mir alles.

Teagan's Tidbits, wir haben uns in den letzten Monaten so toll weiterentwickelt, und ich kann nicht glauben, wie sehr ich mich inzwischen auf euch alle verlasse. Ihr seid mein Fels, mein Paradies, meine Spezialtruppe. Danke dafür, dass ihr immer zur Verfügung steht, um an meinen albernen Live-Videos teilzunehmen, euch an den Marinesoldaten heranzuschleichen und meinen Pizzafimmel zu ertragen. Es bedeutet mir wirklich viel, einen Ort zu haben, wo ich einfach ich selbst sein und mich akzeptiert und geliebt fühlen kann. Das ist es, was ihr mir gebt. Also danke. Okay, genug der Lobhudeleien. Nicht, dass Aubrey noch meint, ich mag sie, oder so.

An meine Leserinnen, vielen Dank für eure Unterstützung. Ich kann nicht glauben, wie viel Begeisterung Delia und Zach in *Let's Get Textual* ausgelöst haben. Es haut mich immer noch um, jeden Tag aufs Neue. Als ich von euch hörte, dass ihr ein Buch über Zoe und Robbie wollt, verfiel ich in Panik, weil für mich schon immer klar war, dass Zoe und Caleb der Stoff für das Finale waren. Ich hatte solche Angst, nicht liefern zu können, was ihr wollt, aber wenn ihr mir bis hierher gefolgt seid und auch an Zoe und Caleb glaubt, danke! Danke, dass ihr mir eine Chance gebt, euch zum Lachen zu bringen und dafür zu sorgen, dass ihr euch in die beiden verliebt. Ich hoffe, ihr versteht jetzt, warum ich finde, dass sie ein tolles Paar sind.

Liebe Grüße und ein riesengroßes Dankeschön
Teagan

Was tun, wenn man per Textnachricht vor dem Altar abserviert wird?

Brooklyn Bailey träumt seit dem Tod ihrer Eltern nur von einem: einer eigenen Familie. Doch ihr Traum zerplatzt, als sie von ihrem Verlobten Jeff verlassen wird, mit dem sie den Rest ihres Lebens verbringen wollte. Wyatt Whithmore ist eigentlich nur vorübergehend in Lake Starlight. Niemals hätte er damit gerechnet, in Alaska jemandem wie Brooklyn zu begegnen. Wyatt ist der Typ Mann, der sich auf nichts Festes einlässt. Brooklyn ist die Art Frau, die sich für immer bindet. Und doch fühlen sie sich unwiderruflich zueinander hingezogen. Das kann nicht gut gehen ...

Piper Rayne
Kisses from the Guy next Door
Roman

Roman
Aus dem Amerikanischen von Cherokee Moon Agnew
Klappenbroschur
Auch als E-Book erhältlich
www.ullstein.de

ullstein

Die neue Serie der Smart-Romance-Queen Penny Reid!

Nachdem Janie Morris am selben Tag Freund, Wohnung und Job verloren hat, fragt sie sich wirklich, welchen fiesen Plan das Schicksal für sie vorgesehen hat. Zu allem Überfluss ist Quinn Sullivan, der äußerst attraktive Securitymann, auch noch Zeuge ihres blamablen Abgangs. Und läuft ihr danach ständig über den Weg. Wie ein Paar Schuhe, das man gerne hätte, sich aber nicht leisten kann. Doch das Letzte, was Janie von ihm erwartet hätte, ist ein Angebot, das sie einfach nicht ablehnen kann.

Penny Reid

Love factually

Roman
Aus dem Amerikanischen von Peter Groth
Klappenbroschur
Auch als E-Book erhältlich
www.ullstein.de

ullstein

Willkommen in Green Valley, Tennessee, der Stadt der Brüder, Bärte und Biker!

Die Zwillinge Beau und Duane Winston teilen zwar ihr verboten gutes Aussehen, ansonsten könnten sie jedoch verschiedener nicht sein. Wo Beau freundlich und zuvorkommend ist, ist Duane verschlossen und grüblerisch. Kein Wunder, dass Jessica James schon seit Jahren heimlich für Beau schwärmt, während Duane ihr nur Ablehnung entgegen bringt. Doch als Jessica nach dem College in ihre Heimat Green Valley, Tennessee, zurückkehrt, kommt es zu einer folgenschweren Verwechslung (inklusive intensiven Knutschens) und Jessica befindet sich mitten im Gefühlschaos. Zumal ihre Rückkehr in die heimatliche Kleinstadt eigentlich sowieso nur kurzfristig sein soll. Aber Duane Winston ist nicht nur schwer zu verstehen, er ist noch schwerer hinter sich zu lassen.

»Fünf von fünf Sternen!« (Samantha Young, Spiegel-Bestseller Autorin)

Penny Reid
Winston Brothers
Wherever you go

Aus dem Amerikanischen von Sybille Uplegger
Taschenbuch
Auch als E-Book erhältlich
forever.ullstein.de

FOREVER